KB141651

미완의 귀향

한상준

1994년 《삶, 사회 그리고 문학》에 〈해리댁의 망제〉를 발표하면서 작품 활동을 시작했다. 장편소설 《1986, 학교》(2022)가 있고, 소설집 《오래된 잉태》(2002), 《강진만》(2006), 《푸른농약사는 푸르다》(2019)가 있으며, 미니픽션 창작집 《민규는 '타다'를 탈 수 있을까?》(2023)를 냈다. 산문집으로 《다시, 학교를 디자인하다》(2013)가 있고, 2004년 동인 소설집을 내면서 결성된 소설 동인 '뒷북'의 일원으로 그동안 아홉 권의 동인 소설집에 작품을 싣고 함께해 왔다.

미완의 귀향

초판 1쇄 찍은날 2024년 7월 10일
초판 1쇄 펴낸날 2024년 7월 15일

지은이 한상준

펴낸이 최윤정
펴낸곳 도서출판 나무와숲 | 등록 2001-000095
주 소 서울특별시 송파구 올림픽로 336 910호(방이동, 대우유토피아빌딩)
전 화 02-3474-1114 | **팩스** 02-3474-1113
e-mail : namuwasup@namuwasup.com

© 한상준 2024

ISBN 979-11-93950-07-4 03810

미완의 귀향

한상준 소설집

나무와숲

이번 소설집은 내가 만났던 혹은 직접 뵙지는 못했지만 가슴에 힘껏 그리고 가득 품고 있던 사람들에 관해 쓴 작품들로만 묶고자 했다. 이렇게 소설로 만나고자 하는 분이 몇 분 더 있으(었으)나 역량의 부족과 게으름으로 아직 쓰지 못하고 있다.

고은 선생이 시에서 만인보萬人譜를 일구셨듯, 소설에서도 그런 작업이 이뤄진다면 좋겠다는 생각을 감히 외람되게 해보긴 했으되, 언급했듯 부재한 능력으로 줄기찬 시도를 이어가질 못하였다. 다만, 그동안 써놓았던 몇 편을 모아 부족함에도 염치를 무릅쓰고 엮어 보았다.

딴은, 소설에 담고 있는 한 분 한 분, 그 인물들의 크고 넓고 높고 깊으며, 밝고 맑은 인격과 품성에 비해 너무 짧은 소품이고 부족한 글이어서 꾸지람을 자초하고 있나니… 그저, 널리 혜량을 바랄 뿐이다.

또한 나 자신에 관한 글을 두 편 넣은 건 아무려나, 작품 수를 채우기 위한 측면도 없지 않다. 한편으로는 가족사를 중심으로 한 장편의 서막을 쓰고 지우고, 썼다가 버리면서 마침내는 써내지 못할 것 같은, 그 갈증을 풀기 어려울 것 같은 안타까운 마음을 대신하는 일환이기도 하여 나무람을 스스로 떨쳐 낼 수 없다.

특별히 사투리를 많이 쓴 건 내가 본디 농업·농민소설— 흔히 농촌소설이라 일컫지만 나는 굳이 이렇게 부르고자 해 왔다—을 주로 써왔기에 그러하다. 또한 이 땅의 원형적 삶을 여태 지니고 사는 늙은 농민들의 애환이 진득하게 담긴 입말에 더욱 애착이 가기도 하거니와 나의 모습도 거기에서 그리 멀지 않은 탓이라, 섣불리 여긴다. 읽으며 불편을 느낄 수도 있겠으나 민족의 정서가 담긴 말에 관심을 요망하고자 한다.

종이책으로 엮어 내는 문학 시장이 참으로 어려운 상황에서도 꼼꼼하게 책을 내주는 나무와숲 출판사에 감사함을 전한다.

2024년 6월
구례 어느 산중턱 이이재耳耳齋에서
한 상 준

농민

−. 밀 밟아 주고 잠시 앞산을 보다

입춘도, 우수도 지났다. 소한에 얼었던 얼음 대한에 녹는다지만, 산등성 응달로는 잔설이 드물지 않다. 바람 끝이 여전히 맵다.

"어여 가세이잉."

아내, 경숙이 나설 기미가 없다. 말린 엿기름을 방앗간에서 빻아 오고 독에 담느라, 점심나절부터 분주하다.

"아, 해 자빠져 불것네."

재촉한다. 밀밭이 넓다.

"부얼부얼한 털옷 입제는 그라요."

경숙이 이내 마당으로 나서며 옷깃을 여민다. 창고에서 연장 정리하다 속에서 열이 나 겉옷을 벗어 놨다. 녹이 탱탱 슨 연장과 손때 전 자루를 만지작거리며 오늘의 농민들 처지처럼 느껴져 미안함과 서러움이 들었던 게다.

"볿다 보믄 땀 안 나것능가?"

하면서도, 창고로 가 겉옷을 걸치고 나온다.

"옷이 날개요, 야."

한복을 즐겨 입어 왔던지라 어색하기도 했다.

"두툼해서 등짝에 땀띠 나불것네."

겨울 막 들 무렵, 큰애가 사서 보내 준 옷이다. 모자에 붙은 털이 걸렸지만 좋으면서도 좀 쑥스러웠다.

"아덜이고 어른이고 죄다 그런 옷 입고 안 댕깁디요."

"유행 타고 그럴 나이인가, 시방."

"젊어 보인다고 시비 걸 사람도 읎지라아."

"여그 요로케 털이 부숭부숭헌 게 쪼깐 그러네이. …어여, 앞스소."

자식에게서 뭘 받는 일이 아직 익숙하지 않은 속내였다.

"녹차 담은 보온벵을 광이다 놓고 나와 부렀네. 당신 먼첨 나스씨요."

"엎어지면 코 닿을 딘디 항꾸네 가제, 머."

해는 아직 중천에 있지만 밀밭은 이천오백 평이다. 오늘이 사흘째다.

"서둘지럴 말던가."

경숙이 보온병을 들고 새실새실 한마디 건네며 앞선다. 집 옆으로 난 길 따라 숨 한 번 깊게 들이마셨다 뱉으면 닿을 데에 밀밭이 있다. 백구와 황구, 두 마리도 꼬리를 흔들며 따라나선다.

어제오늘 사이, 밀싹이 키를 더 키운 듯 한층 푸르다. 입춘 전부터 밟아 줘야지 하다가도 앞선 일에 밀린 밀밟기다. 올겨울은 눈이 적게 내렸다. 눈이 보리 이불이라지만 밀의 이불이기도 하다. 덮어 주고 밟아 줘야 했다.

대여섯 살 무렵, 보리밟기 할 때가 떠오른다. 마을에서 밀 농사를 지었던 집은 없었던 것 같다. 어제는 우리집, 오늘은 아랫집 보리밭을 번갈아 밟고 다녔다. 할아버지 말씀이, 꽉 꽉 눌러 줘야 보리를 더 많이 거둘 수 있다고 했다. 그땐 왜 그러는지 알 수 없었다. 그저, 오랜만에 보리밭에서 뛰노는 놀이였다. 보리농사를 몇 해 짓고서야 두껍게 밟아 줘야만 땅속의 벌어진 틈새가 좁아져 뿌리가 얼지 않는다는 걸 알게 되었다. 밀밟기도 다르지 않았다. 쓱쓱 눌러 두껍게 밟아 줘야만 얼지 않고 뿌리의 생장점이 자극받아 새 줄기가 생겨난다는 걸 터득했다. 줄기가 늘어나고, 그 줄기에서 이삭이 더 뱄다. 수확량 또한 당연히 많아졌다. 밀밟기도 세태에 따라 변했다. 트랙터에 롤러를 달아 밀밭을 밀었다. 고령인 농민들이 밀밟기에 나서지 않았다. 밀밟기에 나설 젊은 사람마저 거의 없다. 아내와 단둘이 이천오백 평 밀밭을 꾹꾹 밟아 주려니, 일주일은 족히 매달려야 했다.

"오메, 오늘은 더 널찍허게 보이요, 이."

"그믐까장은 혀얄 것 같으네. 요로케 봄다간."

보리밟기와 밀밟기가 2월의 주요 농사일이다. 보리 수매가 거의 막힌 뒤부터는 보리를 파종하지 않았다. 2월 보리밟기는 이제 옛적 일이 되었다. 밀농사 짓는 농가는 해마다 늘었다. 쌀 소비는 줄면서 밀 소비는 늘고 있어서다. 국민 1인 연간 밀 소비량이 쌀 소비량의 반이라고 한다. 제2의 주식이라 여기고 있고, 그렇게 부를 만하다. 함에도 거의 전량 수입에 의존하고 있다. 명맥을 유지하던 밀 생산마저 거의 끊긴 건 1984년 수매 중단 이후부터였다. 가톨릭농민회가 우리밀 살리기운동을 벌였다. 재배 농가 확산에 앞장서 왔다.

햇수로 26년째다. 결혼하고 3개월 뒤 고향으로 내려온 게 1982년 초였다. 9대째 살다가 할아버지 돌아가시고 10여 년 비워 두었던 집 여기저기를 고치고 정착하느라 그럭저럭 1년이 지난 이듬해 뒷산을 개간해 밭 오천 평을 일궜다. 큰애가 초등학교 입학하던 해인 1989년부터 한 해도 거르지 않고 이천오백 평에 우리밀을 심었다. 우리밀 종자 구하기도 어려웠던 때였다. 오늘 따라 경숙의 말처럼 밀밭이 커 보인다.

"어제 모냥 한번 뽑아 보씨요."

오천 평 밭 절반의 경계를 이루는 소나무 밑둥치에다 보온병을 내려놓으며 경숙이 우스개처럼 건넨다. '한번 뽑아 보'라는 건 '나, 이제 노래 부를 흥이 돋아 있다'는 경숙의 에두름이다.

"당신이 먼첨 뽑아 보제."

"그러께라."

가락이 흥겹다. 밭일을 이렇게 시작하곤 했다.

"요 며칠 새, 하도 들어서 그만 입에 붙어 부렀제라."

"허허, 당신은 안즉도 청춘인갑소."

노랫말이 '사랑하기 딱 좋은 나인데…' 어쩌고, 한다.

"당신 차례요."

〈농가월령가〉 정월령 한 대목을 읊는다.

"에고, 에고, 귓구녕도 싫타 허요."

경숙이 산자락 동쪽 편 밀밭을 밟아 나간다. 앞산, 활성산이 오늘 따라 아내의 수다에 웃음을 지어 보이는 듯 가깝고 맑다.

−. 물푸레나무로 자루를 만들다

3월 추위가 장독을 깬다지만 그래도 춘삼월이다. 햇볕에 따스함이 배어 있다. 경숙이 마루에 걸터앉아 해바라기를 하고 있다. 앞산, 활성산을 건네보는 경숙의 눈빛이 햇볕의 온기만큼 은근하다. 마당으로 들어서다 경숙을 하릇이 건너보느라 등짐 무거운 줄 모른다. 겨우내 얼지 말라며 땅속에 묻어 둔 무를 캐 왔다.

"자루 부러진 괭이 어디다 뒀소?"

토방에 등짐을 부리며 부러진 괭이자루 바꿔 달라던 두 달 전 경숙의 청을 떠올린다.

"낭구는 잘라 났다요?"

"놔둔 게 있제."

연장 창고에 세워 둔 막대기가 잘 말랐던 걸 어제 봐뒀던 게다.

"괭이자루 껴 달라 헌 게 은젠디, 인자사."

"작년 가실에 비어다 놔뒀는디, 좀 더 몰라야 쓰겄다 싶어 그랬제."

"지난번이도 읍내 나간다 혔을 적에 상설시장 생선전 좀 들렀다 오시오, 혔등만 까먹고 오고 그리서 이참에도 그런

갑다, 혔제.”

“……..”

생각을 늘상 거기에다 두고 사는 것도 아니잖는감, 하려다
입을 다문다.

“인자 일 좀 줄이제는.”

“그라고 자픈디 맘대로 되능가?”

들어도 한쪽 귀로 흘려 버릴 만큼 총기마저 떨어졌다.

“동춘 아재, 저녁참에 읍내서 보자등만 어쩔라요?”

“또 전화했등가? 못 나간다 혔는디.”

우리밀영농조합 사업과 관련해 이야기 나눌 게 있다며 읍
내에서 저녁참에 만나자는 연락을 받았다. 마다했다. 이 일
저 일, 후배들에게 넘겨주고 뒤로 빠질 나이다. 후배들 하는
일을 뒤에서 지켜 주고 북돋우는 울타리 역할이 이제는 마땅
하다. 허나, 어려운 상황이다. 농민운동 하는 후배들, 아니
젊은이들이 농촌에 몇 없다.

“자루로 쓸 만헌 물푸레가 어디 있습뎌?”

“개똥도 쓸라먼 안 보이듯 선산 묏등 지킬 것들만 있드
란 말시.”

집 뒤 산자락에 물푸레나무가 듬성듬성 자랐다. 물푸레
나무 중 매끈한 막대기 하나 찾아내기가 애써 힘들었다는

걸 굳이 드러내느라 '휘어진 나무가 선산 지킨다'는 속담을 아재개그처럼 끌어다 써보는 입담이다.

"수작도 인자 많이 늘었소야, 하하."

경숙의 웃음이 밀싹처럼 파랗다.

"내 말인즉슨, 괭이자루고 도끼자루고 삽자루고 간에 튼실허질 안 허니, 몇 번 쓰다 보면 금시 부러지는 게 연장 자루 아니던가, 허는 말이제. 자루 박아 파는 연장들은 죄다 그 모냥이당게."

"그러게 말이요."

"그런 장삿속으로다가 연장 맹글어 파는 것도 그렇지만, 그걸 그대로 사다 쓰는 농심도 난 여태껏 마땅허지가 안 혔네. 당신이 분질러 묵은 그 괭이자루는 노루 몰아 본 막가지 처럼 삼 년은 우려먹어도 될 성싶게 짱짱허길래 그냥 썼던 것이제."

애당초 자루 박지 않은 연장을 샀다. 쇠로 자루를 만든 삽도, 도끼며 낫도 마다했다. 나뭇짐 져오는 지게도 옛것 그대로다. 날로 쓰는 쇠 부분만 빼면 옛것들은 죄다 나무로 만든 연장이었다. 창고에 걸려 있는 연장들 중 삽, 괭이, 낫, 호미 등속은 연중 쓴다. 손때가 번들번들 짙고, 깊다. 벼농사도 서른 마지기 넘게 짓고 있지만 이앙기, 콤바인, 트랙터 등 농기계를 장만하지 않았다. 벼농사는 기계로 100% 가까이 심고 거뒀다. 농기계는 필요할 때 불러 쓰곤 했다. 언필칭, 일손 없는 농촌에 농기계는 이제 대용이 아니라 필수 장비였다. 비용 절감과 편리함을 줬다. 관행농업 하는 농민들 대부분 농기계로 농사일을 대체했다. 생태농업 하는 농민들 역시 농기계의 유혹을 물리치지 못한다. 소득 작물이 다양하지 않고 여전히 벼농사에서 가장 많은 농가소득을 올리고 있는 게 현실이다. 허나, 농사일 태반은 밭농사다. 밭농사는 애당초 손으로 짓는 손농사다. 농기계 작업이 그만큼 적다. 밭에 작물을 심고 가꾸고, 거둬들이는 데에 여전히 삽, 괭이, 호미, 낫 등속이 널리 쓰인다. 오랫동안 그 모양 그대로인 전통의 농구들이다. 질기고 단단한 나무를 자루로 써야 할 이유다. 꾸지뽕나무 자루를 최고로 쳤으나, 귀했다. 근동에선 물푸레나무 자루를 제일로 꼽았다.

"창고 안쪽, 괭이 걸어 두는 디다 뒀는디 못 봤습뎌?"

"정신머리 좀 봐. 어지께 거그서 봤는디도, 글씨."

"그러케 정신 놓아 불면 나는 어찌케 살으라 허요."

경숙의 시선이 아릿하다.

"당신 생각혀서라도 그리 안 헐 거네."

"그 말 믿소, 이."

새삼, 절박함이 밀려온다.

 –. 장날 벗들과 막걸리를 마시다

이불집에 들른다며 경숙이 가고 국밥집에 든다.

"이녁도 귀는 가렵던 갑제."

한 시간이나 늦었다.

"막, 자네 야그 허고 있었도만."

"핸드폰도 없응게 연락도 안 되고 혀서, 안 올라나 혔네."

매달 17일 장날, 단골 국밥집에서 막걸리 한잔씩 나누는 오랜 벗들의 모임이다. 두어 사발씩 돌았는지 벌써 낯빛이 붉다.

"퇴비 5톤을 오늘 아니먼 갖다 줄 수 없다는디, 워쩌껴."

밀밭에 거름 얹혀 주고 왔다.

"4월 들자마자 뿌렸는디, 자네가 좀 늦고만."

"흰가루병이 쪼깐 비치길래 방제도 허고."

"멀로 혔당가?"

"황토유황 멩글어 썼는디, 잘 듣도만."

"아이고, 후레 삼배라는디 잔에 술도 안 따랐네."

"우체국장 되아 분졌네, 나가."

"자, 항꾸네 들제."

"묵념이라도 허고 묵세. 어제가 세월호 뒤집힌 2주기 되는 날 아닌감."

"그렇잖혀도 잔 듬서부터 그 야그 혔네."

"몇 순배 걸쳐 부렀는디…."

"'나가 쥑였다', 험서나 또 들세."

"그려, 그리 들세."

벗들 모두 가톨릭농민회와 보성농민회의 중심들이다. 몇 안 되는 후배들 다독이며 여전히 치열하게 산다. 말없이 술잔을 든다. 득량 강골마을 오가 화장실 간다며 일어선다. 벗의 눈자위가 어느덧 붉다. 4·16, 말만 들어도 울화가 치밀고 부끄럽고, 서럽다.

"……."

"……."

조성 시장리 김, 벌교읍 부용마을 강, 겸백 자포마을 황, 문덕 석동마을 이, 율어 모암마을 장, 보성읍 오서마을 최 그리고 나, 모두 육십의 아홉 수에 있는 정해년 돼지띠 갑계다. 이마 벗겨지고, 배도 나온 벗이며, 거뭇거뭇 죽음버짐 돋은 늙다리 사내들이다. 술잔을 입안에 붓질 못한다. 강골 오가 화장실에서 세면한 듯 물기 묻은 얼굴을 닦으며 나온다.

"아따, 지랄들 허고 자빠졌네, 늙은 것들이. 그럴나면 자리 비워 작것들아. 딴 손님 받을랑게. 장날 대목 깨지 말고. 아, 인나라고, 어여. 빈자리 읎년 거 보고 저 아랫집으로 가는 치들 안 보여, 시방."

자리가 비지 않은 것도 아니다. 치우지 않아 어지러운 술상이 두 자리다. 애당초 늙다리들이 주로 찾는, 국밥 파는 선술집이기도 하다. 주방 할매 입이 늘 저렇다.

"누님, 예 앉소."

강골 벗이 할매를 챙긴다.

"아, 자식 죽고 멫날 메칠 밥 굶고 있는 디서, 젊은 놈으 새끼들은 닭도 처묵고 피자도 처묵고 그라던디. 이 엠병헐 늙은 축들이 어찐다고 술잔 앞에 놓고 눈물로 잔을 채워, 금메."

겸백 벗이 누님 잔에 소주를 따른다. 누님은 소주만 마셨다.

"크아, 목구녁이 그만 쌔허다."

몇 순배 더 돌았다. 침묵이 안주였다.

경숙의 짐 받아 어깨에 걸머진다. 아들 방에 넣어 줄 봄이불이다. 짐은 가벼웠으나, 못박인 마음이다.

"낯빛이 어찌 채 어둡소."

"…눈 번연히 뜨고 보믄서도…이게 무신 나라여."

"속 끓이며 마셨것네, 다들."

"그러게 말이시."

벗들 속내인들 모를 경숙이 아니다. 운전대 잡은 경숙이 차를 차분히 몬다.

－. 유월이지만, 여전히 오월 광주 속에 살고 있다

오뉴월 겻불도 쬐다 나면 서운한 법이러니, 봄꽃 지고 여름꽃 아직 이른 오월이면 지는 봄꽃마저 아쉽다. 피는 여름꽃 마중하는 눈길 또한 접어야 하는 시절이 유월이다. 불 때던 부지깽이도 거든다는 오뉴월, 농번기다. "비 끝에 볕이 나니 날씨도 맑고 따뜻하다/떡갈잎 퍼질 때에 뻐국새 자로 울고/보리 이삭 패어나니 꾀꼬리 소리 난다/농사도 한창이요, 누에도 제철이라/남녀노소 바삐 나대 집에 있을 틈이 없어/적막한 대사립을 푸르름에 닫았"다는 〈농가월령가〉 사월령 한 대목, 그대로다.

온갖 모종 내고 씨 뿌리는 5월이다. 가지, 오이, 고추, 토마토, 토란, 호박, 참외를 파종하거나 모종을 냈다. 4월 말에 파종하거나 모종 내는 옥수수지만 올해엔 늦어져 5월 초에 모종을 사다 심었다. 상추는 시기별로 나눠 파종하니 적기가 따로 없다. 상추, 부추는 겨울에도 하우스에서 키우는 집이 없지 않다. 참깨 파종하고 수수와 서리태는 돈 사지 않으려 먹을 만큼만 씨를 뿌렸다. 고구마 모종 심으려 치켜세운 밭고랑을 다시 도닥이는 일에도 잔손이 많이 간다. 오이와 토마토 넝쿨이 자라 섶을 만들어 줬다. 땅콩은 작년보다 네 도랑 더 심었다. 종묘상에는 해마다 처음 보는 종자가 넘쳐난다. 채종한 재래의 씨앗만 가지고는 밥상이 풍성하지 않다. 새로운 품종 들먹이지 않으면 농사 정보에 어둡다는 소릴 듣기도 한다.

아무려나, 5월 농사 중 제일은 모내기 채비다. 꼼꼼히 준비하고 서두른다. 위탁영농회사에서 모판까지 판매를 하지만 애당초 사서 쓰지 않는다. 관행농업 하지 않는 농가나 노인들이 짓는 대부분의 농가에서는 못자리판을 만든다. 모가 자리를 제대로 잡아 가는지 하루에도 몇 번씩 살핀다. 이른 모내기를 하려면 논에 물 댈 준비도 단단히 해둬야 했다. 날이 점점 더워지면서 병충해도 많아진다. 생태농업 하는 농사꾼들은 유기농 약제를 만들거나 구입하여 방제를 게을리해서는 안 된다. 방제는 적기, 정량에 맞게 했다. 더도 덜도 어긋나서는 병해를 피하지 못한다. 비 온 뒤끝, 햇볕 따뜻해지니 밭고랑이고 논두렁 어디고 빈틈 비집고 풀이 자랐다. 무성하기 전에 한 번 매줬다. 장마 뒤에는 예초기 작업을 해야 한다. 풀은 아무리 솎아 내도 해볼 도리가 없다. 멀칭 하지 않고 제초제 쓰지 않는 생태농업 하는 농사꾼에게 풀매기는 그냥, 농사일이어야 했다.

발등에 오줌 싼다는 6월 농사 역시 눈코 뜰 새 없다. 감자 캐 장에서 돈 사고 도시 피붙이들에게 보냈다. 고추밭 매고, 늦콩 심고, 마늘과 양파를 거뒀다. 매실 따서 효소도 담았다. 효소도 가지가지였으니, 백초효소까지는 언감생심이다. 논둑, 밭둑 다듬는 일은 장마가 곧이니 빠뜨릴 수 없다. 보리를 심지 않아 타작 일 없어 그나마 다행이다. 밀을 거두는 건 너무 힘들어 손으로 거두지 않았다. 트랙터를 불렀다. 올해는 밀 수매량이 조금 늘어 밀 재배 농가가 한시름 놓긴 했다. 농협 수매는 정부의 수매 고시 양보다 좀 더 늘려 잡곤 한다. 수매하는 날까지 잘 말려 건조도를 높여야 한다. 제대로 건조하지 않으면 등급에서 밀린다.

우리밀은 우리밀살리기운동본부에서 전량 수매했다. 우리밀을 재배하는 일반 농가의 우리밀도 받았다. 우리밀살리기운동 광주·전남본부의 주된 사업이다. 벼와 논보리 등

까끄라기 있는 종자를 뿌려야 할 적당한 시기가 6월 망종이지만, 비닐 모판에서 모가 10일 정도 빨리 자라는 요즘은 모내기가 망종 이전, 5월 중순부터 말엽으로 앞당겨졌다. 좀 더 일찍 모내기를 하니 병충해를 덜 입었다. 수확도 이르고 그만큼 많아졌다. 모내기는 이제 남녘에서는 5월 농사일이기도 하다. 오뉴월은 죽은 송장 손이라도 갖다 쓴다는 농번기인 터, 오뉴월 하루 놀면 동지섣달 열흘 굶는다는 옛말이 참으로 무섭게 닿았다.

함에도, 5월이면 오월 광주가 있다. 전국 방방골골, 처처에서 축제를 여는 계절의 여왕이라지만 5월은 눈물의 계절이기도 하다. 보성역 앞에서 가진 5·18 35주년 기념식에 참석했다. 보성에서 집회가 열리기 시작한 때부터는 광주의 망월에 가지 않았다. 흔히 신묘역이라는 국립묘지에는 발길이 향해지지 않기도 했다. 보성에서 5월 집회가 열리기 전, 광주 망월에 가더라도 구 묘역을 더 찾았다. 35주년째 맞는 오월 광주는 여전히 광주만의 오월로 갇혀 있다.

오월 광주는 지금도 진행 중이다. 2003년 멕시코 칸쿤에서 WTO에 맞서 자결한 이경해 농민 열사의 죽음과 2005년 WTO 홍콩 각료회의 반대 시위에 수백 명의 농민들이 참여하여 바다에 뛰어들고 홍콩 경찰에 붙잡혔던 싸움 역시 쌀 수입을 막겠다는 정부의 말을 믿을 수 없는 농민들의 분노, 즉 오월 광주였다. 현 정부는 17만 원 대인 쌀값을 21만 원 대까지 올리겠다는 대선 공약을 저버렸다. 올해는 도리어 14만 원 대로 떨어졌다. 작금에도 농민에게 가해지는 오월 광주다.

오월 광주는 나의 삶도 바꿔 놓았다. 80년 5월, 서울에서 학생운동 하다 구속되어 수도군단보통군법회의에서 계엄포고령 위반으로 징역 2년을 선고받고 복역 중 이듬해 3·1절 특사로 가석방되어 나온 뒤, 나는 고향으로 내려가기로 결심했다. 그해 박경숙과 결혼하고 3개월 뒤인 1982년 2월, 고향 집에 정착했다. 농사를 짓기로 했다. 10여 년 비워 뒀던 집을 고치면서 논농사, 밭농사를 시작했다. 논농사는 논농사대로 밭농사는 밭농사여서 버거웠다. 아내, 경숙과 함께하지 않았으면 어림없는 일이었음을 다시금 깨닫는다. 학생운동과는 달랐다. 삶의 운동이었다. 발 딛고 서 있는 여기, 이 자리에 마땅한 운동을 하고자 했다. 가톨릭농민회에 가담했다. 한 시절, 갈멜수도원에서 3년을 정진한 수도자였다. 지역의 농민회와도 늘 함께했다.

정부의 농업 정책을 따르지 않고 농사짓는 게 남는 것이라는 현실 확인을 수없이 겪으며 아파했다. 가족농 중심의 농촌 소농구원론에 몰입했다. 농민 생존권 투쟁에 온몸을 내

밀었다. 인류의 생존이 6인치 깊이의 땅의 표층, 토양층에서 생산하는 모든 먹을거리에 있다는 사실에 전율했다. 땅을 살리고 지구를 보존하는 첨병의 역할이 농사라는 인식을 해를 거듭할수록 견고히 다져 갔다. 농사를 지으며 생명과 평화에 대해 늘 고뇌했다. 마땅히 GMO를 배격하고 생태 농업을 했다.

5월이 가고 6월이다. 민주주의가 후퇴하고 유신의 망령이 되살아나고 있다. 여전히 또 다른 형태의 오월 광주 안에 갇혀 있음을 상기하지 않을 수 없다.

–. 아내에게도 그 말은 못 하겠다

아침나절 한바탕 쏟아지던 소나기 잠시 그은 틈 타, 피 뽑으러 논에 다녀온다. 논두렁에는 비 온 흔적이 없다. 여름 소나기 밭고랑을 두고 다툰다더니, 옛말이 틀리지 않다. 마당에도 비는 그어 있다.

"그새 논에 갔다 오요?"

"요 며칠 논에 못 나갔드마 피가 그냥 천지시."

비 오고 아침나절이라 해도 땀이 온몸에 흥건하다.

"셋째헌티서 연락 왔습디다."

수건을 건네며 경숙이 마음을 정했나, 묻는다.

"거그는 밤중일 틴디, 머 헌다고 또 혔으까?"

"7월 건너고 8월 중순 지나서 오면, 헙디다."

막내딸이 봄부터 네덜란드에 오라고 재촉했다.

"그려?"

"가기 힘들면 언능 못 간다고 해불제는 그라요."

경숙도 결정을 차일피일 미루는 속내를 짐작하고 있을
터이다.

"이래도 서운 저래도 서운헐 것 같아서 말여."

네덜란드 여행 제의가 반갑고 고맙기도 했다. 허나, 선뜻
응하기가 쉽지 않다. 막내네에 가서 짐이 될까, 염려도 크다.
감기약 한 알 먹어 보지 않았을 만큼 건강 체질이지만 장담
할 수 없다. 보름이나 되는 장기간 해외여행을 해본 적이 없
기도 하다. 오뉴월 농번기 지나고 어정 칠월 건들 팔월이라
지만, 보름씩이나 농사일을 놔두고 갈 수는 없다.

"일 쪼까 쉬고 갔으믄 허요, 나는."

딸도 손주도 경숙은 더 보고 싶을 게다. 막내 역시 고등학
교를 타지로 보냈다. 이후, 쭉 떨어져 살았다. 결혼마저 네덜
란드 청년과 했으니 아무리 씨억씨억한 경숙이라도 섧다 할

만큼 마음이 아릿할 테다.

"당신 혼자 댕게오믄 으짜것소."

이렇듯 말해서는 아니 된다는 걸 모르지 않는다.

"말이요, 막걸리요, 시방."

"인천공항이서 뱅기 타믄 네덜란드 공항까장 안 쉬고 간다는디 그러믄, 막내가 거그에 나와 있을 테고, 머가 어렵 것능가."

한국에서 비행기 타는 것까진 언니나 오빠가 알아서 할 테고 네덜란드 공항에만 내리면 하나에서 열까지 편하게 모실 테니, 오라는 막내의 애타는 주문이었다. 사위도 꼭 오라고 권했다.

"바늘 가는 디 실 안 가믄 어찌케 꿰메 쓴다요."

"막내 보고자븐 이녁 속내 아니께, 그라제."

"나 맘을 그러코롬 알아준다믄 이참에 일 쪼매 내리놓고 항꾸네 갑시다."

"7월이믄 몰르것는디, 8월이넌 암캐도 밭일이 좀 있잖여."

경숙이 납득하지 않을 변명이다.

"7월은 사우도 그리고 시부모들도 안 된다고 안 혓여."

7월은 그쪽 휴가철이라 한다.

"그짝은 건들 팔월은 아닌 게비네."

"그라고 야그를 헝게 물을라요. 7월이믄 진짜로 갈라고는 혔습디여, 당신?"

아차, 싫었으나 엎질러진 물이다.

"생각은 혀봤제, 7월이라믄."

"8월에는 먼 일이 그리 크다요?"

아들이 집에 와 있으니 보름을 비운들 농사일 걱정은 크지 않다. 오이, 토마토, 호박, 참외 따서 먹고, 볕 나면 고추 따 말리는 소소한 일이다. 가을 농사 채비하고 겨울 김장 대비하는 건, 여행 다녀온 뒤에 해도 늦지 않다. 기간을 줄여서라도 다녀오려면 다녀올 수 있는 여행이기도 하다. 집 안팎의 이 일 저 일이며 농사일 모르지 않은 경숙이다.

"……"

큰애 도라지, 둘째 두산, 막내 민주화라 이름 지은 자식들 생각하며 '민주화된 세상에서 백두산에 올라 도라지 타령을 부르자'는, 오랜 숙원을 아직 이루지 못한 채 하물며 유신 시대로 회귀하려는 흉계를 숨기지 않는 이 정권 하에서, 딸아이 사는 곳에 초청받아 가는 것이라지만 외국 여행에 나서는 게 참으로 마뜩찮다는 속내는 지금, 이 자리에서 경숙에게 차마 꺼내지 못하겠다.

–. 쌀값 하락, 분노를 삭이지 못하다

9월도 추분 전까지는 아랫녘, 윗녘으로 마실도 다닌다. 추분 지나니 온갖 곡식이 영글었다. 들녘이 누렇다. 보기에 참 좋다. 추석 지나고 개천절 즈음해서 이른 벼는 거두느라 여기저기서 콤바인이 부산하다. 콤바인 작업 날짜에 맞춰 중순에 벼 수확을 마쳤다. 쌀값 근심이 크다. 해를 거듭할수록 근심은 더 부풀어만 갔다.

서둘러 차를 몬다. 해가 중천에서 함지 쪽으로 기운 듯하다. 회의가 길었다. 경숙이 밭에서 겨울 쪽파를 심고 있다. 월동 작물인 양파, 마늘, 시금치, 봄동도 심어야 한다. 참깨 애벌 털고, 두 벌 털려고 단을 쌓아 놨다. 콩도 타작했다. 가을 농번기다.

"땅콩도 캐야 허고 호박 따서 광이다 들여야 허는 거, 알믄서도 어디 갔다 인자 오요?"

읍내 다녀오는 걸 경숙이 모르지 않는다.

"오늘 회의가 쪼까 길었네."

"가실걷이 놔두고 먼 야그가 그리 많다요?"

"가실이면 쌀값 투쟁 야그제."

본 집회는 민중총궐기투쟁본부가 주관하는 민중총궐기

대회였다. 쌀값 투쟁은 전농 주관 사전 집회다. 참여 단체별로 사전 집회가 예정되어 있다. 부문별 최대 인원이 집결해야 한다고 강조했다. 회의가 길어진 이유다.

"해마다 허는 투쟁인디 해질녘 그림자멩키로, 먼 야그가 그리 질다요?"

"전농에서 정권 퇴진 투쟁 쪽으로 가닥을 잡은 모냥이여."

"이짝이서 저것덜보다 더 쎄게 나갈 무신 수, 있답뎌?"

경숙의 말끝 마디마다 사분사분하지 않다.

"겨울 쪽파 종구는 쪼까 깊이 심제는."

"첨 해보는 농사요?"

네덜란드 여행이 어긋나고 경숙이 좀 뒤틀려 있다. 7월에는 갈 수 있다면서 8월에는 갈 수 없다는 걸 경숙은 받아들이지 않았다. 그럴 만했다. 네덜란드 여행을 물리친 진짜 이유를 차마 꺼내지 못한 탓이다. 경숙에게 민망하고, 면목 없다. 쌀값 투쟁 집회 마치고 나면 경숙에게 차마 가지 않으려한 이유를 밝히리라, 다짐한다. 감추고 건네지 않은 말이 서로에게 없다. 함께 살아오는 동안 그렇다고 여겨 왔다.

"머 허고 서 있소. 씻든지 허제는."

"해 안즉 있응게 지금 캐제."

해가 함지 쪽으로 기우뚱 걸쳐 있다 땅콩밭에 든다. 북주기도 잘 해주고 풀도 제때 매줬다. 까치가 파먹고 굼벵이도 많이 먹어치운 듯 수확은 예상보다 덜하다. 작년보다 네 고랑을 더 심었는데, 그렇다. 식구들끼리 나눠 먹을 정도다. 껍질 곱고 알은 굵다. 땅콩은 잘 씻어 말리면 보관이 쉬웠다. 해를 넘겨 먹을 수 있다.

"해 지고만 호박은 언지 딸라고 그라요?"

호박 넝쿨이 시들시들하다. 서리 내린다는 상강 전에 따야 한다. 늙은 호박이 보기에도 여러 덩이다.

"낼 아측에 따제, 머."

해가 산등성이에 아직 걸쳐 있다. 지금 따도 늦지 않다. 회의 중에 느낀 감정이 결삭지 않아서다.

"찬도 별반 읎넌디, 언능 때 질러 봅시다."

경숙이 주방에 든 동안 몸을 씻는다. 쌀값 생각하면 절망감이 몰아쳤다. 쌀값 하락 추이와 대책에 대해 살핀 회의 자료를 되새김해 본다. 광주에서 온 젊은 활동가가 차분하게 설명해 줬다. 몇 가지가 또렷하게 떠오른다. 작년 동기 대비 쌀값 하락률은 수확기인 10월 기준, 8%로 예상했다. 출하기인 11월과 12월에는 하락 폭이 더 클 것으로 봤다. 쌀 자급률이 90%대로 떨어진 상태에서 저가 수입쌀 수입 의지를 정부가 여전히 내려놓지 않았단다. 저가 수입쌀의 시장 격리

없이 쌀값 안정은 확보될 수 없다는 지적은 백 번 옳다. 밥
상용 쌀 수입은 그나마 주춤하고 있다고 한다. 40만 톤의
쌀을 차관 형식으로 대북 지원을 하면 80kg 쌀 한 가마당
7,000~8,000원의 가격 상승이 예상된다고 한다. 가격 상승
은 부차적인 문제다. 대북 쌀 지원은 인도적 차원의 동포애
다. 퍼주기가 아니다. 정부의 대북 쌀 지원 외면을 성토하지
않을 수 없는 이유다.

"밥 다 식어 부요."

그랬다. 한 끼 밥에 들어가는 쌀값이 커피 한 잔 값보다 못
하다. 아니 커피값의 10분의 1도 안 된다. 쌀값은 20년 전이
나 지금이나 같다. 쌀농사로 애들 대학 보내지 않았다. 밭농
사와 과실 농사가 그나마 보태 주곤 했다.

"오메, 밥 다 식고마는 머 해쌓요?"

온몸에 찬물을 훅 끼얹는다. 경숙의 성화를 한쪽 귀로
흘린다.

-. 백중밀을 손 파종 하다

초겨울 비가 매초롬히 왔다. 바람 끝은 갈수록 매서워졌다. 상강 지나고 서리가 내렸다. 서리 내리기 전에 거둬야 할 과일과 채소, 서리 맞아도 괜찮은 작물을 미리 갈무리했다. 씨생강은 서리 맞으면 보관이 어렵다. 모래 넣어 둔 장독 단지 항아리에 담아 뒀다. 겨울이면 생강차를 즐겨 마셨다. 밭 두 마지기에 심었더니 양이 낙낙했다. 생강 편강도 처음으로 만들었다. 대봉은 헐값이었으나 그나마 다 돈 샀다. 월하시는 깎아 곶감으로 처마 끝에 매달았다. 줄줄이 걸어 놓은 모양이 보기에 늘 좋다. 가을걷이로 바쁘다. 오곡백과 거둔다지만 월동 작물 파종하는 막바지 가을 농번기다.

밭벼 거둔 뒤 밀밭에 넣어 둔 퇴비가 고슬고슬하다. 작년보다 두 배는 더 뿌렸다. 손 직파를 할 요량이어서 많이 넣었다. 밀농사 역시 땅심이 우선이다. 그동안 파종기로 밀을 뿌렸다. 볍씨 손 직파 농법이 생태농업 하는 사람들 사이에 널리 퍼지며 생산비 절감이 뒤따르고 생산량 역시 이앙기를 이용한 모내기 방법과 거의 동일한 양이 생산되는 걸 확인한 이후, 다른 농작물 파종에도 손 직파 농법이 널리 도입되었다. 관행농업 하는, 규모가 상당한 농사꾼들은 요즈음 볍씨 직파

농 민

첨단 파종기로 씨를 뿌린다. 모판 비용을 절감하고 모내기 일손도 줄이는 효과에다 생산량마저 오르는 까닭이었다.

벼농사의 기계화가 첨단화될수록 농업의 화석연료 의존도는 높아 갔다. 두어 해 전부터 밀을 손 파종 해야겠다고 하면서도 미적미적했다. 30마지기 벼농사도 기계를 최소한 빌려 썼다. 직파기 사용을 마다하면 밀농사만큼은 콤바인으로 거둘 때 말고는 거의 손농사를 짓는 셈이다. 이번에는 마음을 단단히 여몄다. 파종기 사용하지 않고 손 파종을 해야겠다고 했을 때, 경숙은,

"최신 기계 직파기년 그런다 치고 분무 직파기도 안 써 불라요?"

하고 염려했다.

"그럴란다 말이시."

"너르디너른 디를 어쩌게 헐라고 그라요?"

"기계화 영농을 줄여야제."

경숙도 그럴 심사를 지녀 왔다는 걸 안다. 농사가 소득 위주의 산업화된 농업으로 바뀐 지 오래다. 농산물 수확량을 최대한 끌어올려 농가 수입을 높이는 건 당연했다. 하지만, 그로 인한 환경 파괴는 돌이킬 수 없는 지경에 이르렀다. 농사 자체가 지구 환경을 지키는 첨병 역할을 맡고 있는 건

엄연하다. 논의 담수 효과는 대단하다. 비가 많이 오면 담아 됐다가 서서히 땅속에 스며들어 좋은 지하수를 공급해 주기도 한다. 그럼에도, 동시에 산업화된 농사로 인해 지구 환경을 파괴하는 주범인 사실 또한 인정해야 한다. 전 세계적으로 300만 톤 이상의 농약이 한 해에 살포된다. 환경 파괴의 주요인 중 하나다. 농약의 과다 사용을 억제하고 화석연료에 의존하는 기계화된 상업 영농을 줄여 나가야 한다.

경숙이 고개를 주억거리며,

"지름 안 쓰고 농사 지서 보자고 맘속으로는 혀왔제만서도… 당신, 괜찮을랍뎌?"

힘들지 않을까, 하는 표정을 드러내며 경숙이 동의한다.

"날짜는 언지가 좋겠는가?"

경숙이 다른 일 없는 날 잡아야 한다.

"열나흗날에 서울 간다고 혔지라."

"열이튿날 허먼 쓰것는디."

"달력을 봅시다. 목요일잉만. 딴 일은 읎넌갑소."

"종자를 멀로 헐까, 그간 고민을 좀 혔네."

그동안 여러 밀 종자를 심어 봤다. 국수용으로 나가는 그루밀, 은파밀, 백중밀과 제빵용인 금강밀을 재배해 봤다. 수확량과 특성을 파악했다. 국수용으로는 백중밀이 그중 나았다.

문제는 국수용 우리밀 소비량이 늘지 않는다는 점이었다. 금강밀은 수입산 제분보다 단가가 월등히 높다고 제빵사로부터 외면받으면서도 수요는 꾸준히 늘고 있다. 금강밀을 심어야 돈 되지 않나, 하면서도 제2의 식량원이라면 당연히 국수용이어야 했다. 딴은, 꼭 돈 되는 농사만 짓지 않은 터이다. 해서, 경숙에게 경제력은 빵점이라는 핀잔을 들어 왔다. 제빵용보다 국수용을 심는 게 맞다. 경숙에게 또 지청구를 들을까, 걱정이 들었던 게다.

"백중밀이 으째서라?"

경숙도 밀 종자의 특성과 수확량에 대해 알고 있다. 백중밀을 선호해 온 그간의 경작을 공유해 왔다.

"돈이라도 쪼매 되는 금강밀을 심어야 허지 않으까 허기도 허고."

"애당초 생각대로 심어 무씨요, 이."

"그걸로 심어야 쓰것제."

고맙네, 마누라, 하는 말은 입안에서만 굴렸다.

열이튿날, 아침이 맑고 밝다. 경숙과 함께 백중밀을 손으로 뿌렸다. 힘이 들었다. 가을 하늘처럼 마음은 푸르렀다.

-. 경숙을 부르다

"성님, 회관 앞으로 나와 재게 쓰시오, 이."

동춘의 전화다. 회관 앞으로 나오라는 말만 하고 전화를 끊는다. 회관 앞으로 나간다. 후배 동춘이 벌써 차를 대놓고 있다.

"어찌 자네가 왔당가?"

민둑골 상모가 오기로 했었다.

"밀을 손 파종 혔다문서 괜찮허요?"

동춘이 안부부터 묻는다.

"어제 하루 쪼까 쉬었드만 개운허네. 근디, 자네는 소 밥은 어쩌고 이렇게 일찍허니 왔당가?"

"성님이 상모더러 소 밥 주러 제 집에 가자고 혔담서요."

"자네, 서울 가면 자네 집사람이 소 밥 줘야 허는디, 자네 각시 아프잖은가. 그리서 상모더러 우리가 먼첨 자네 집으로 가서 소 밥 주고 자네 델꼬 군청 앞으로 가자고 혔제."

"오지랖도 넓으요, 성님."

"상모는 그럼 어딨당가?"

"글안해도 새복부텀 와서 소 밥 같이 줬어라. 상모는 지 그 마을 아재가 아침에 전화혀서 민중대회 항꾸네 가잔다고 헝게로, 성님은 나보로 모시라고 허고는 부리나케 민둑골로 다시 갔제라."

"오지랖은 자네덜이 더 넓네, 그랴. 자네 각시는 어쩐당가?"

동춘의 안사람이 위암 3기다. 방사선 치료 마치고 집에 왔다.

"서울 댕겨오랍디다."

"대통령 잘 뽑아 놨으면 이런 나들이를 안 헸을 틴디."

"말허먼 머 헐랍뎌."

군청 앞에 상경할 차량이 와 있다. 싸우러 가는 동지들의 밝은 얼굴이 밝아서 서럽다. 차량 주위로 정보과 형사 둘이 나와서 알은체를 하고 다닌다. 그네들의 표정이 동지들과 대비될 만큼 어둡다. 그 또한 밉상이다.

"잠시 말씀드리렵니다."

버스가 출발하고 진행을 맡은 군郡 농민회 사무국장이 마이크를 잡는다.

"먼저, 소개할 두 분이 있습니다. 노동면으로 귀농한 분과 율어로 귀농한 분입니다. 잠시 말을 들어 보도록 하지요."

박수 치고 인사를 끝내자 사무국장이 나머지는 유인물을 참조하되, 유인물 뒷면에 자기 핸드폰 번호 적어 놨다며, 각자 입력해 놓으란다. 이런 집회에 가면 꼭 한둘이 늦거나 헤맨다면서 떨어지면 바로 전화하라, 강조하고 마이크를 놓는다. 그 말을 듣자, 경숙이 아침에 건넨 쪽지 생각이 났다. 일행과 떨어지게 되면 동춘 아재와 큰애 번호 적어 놨으니 공중전화로 전화 걸라며 준 쪽지였다. 핸드폰이 없어, 이런 때면 경숙이 불안해했다. 피식, 웃음을 머금는다. 동춘이 핸드폰 없는 나를 힐끗 건네보고는 그럴 염려 없기요, 하는 웃음을 자아낸다.

차창 밖으로 시선을 돌린다. 출발 때부터 날이 궂더니 윗녘으로 갈수록 더 흐리다. 그래도 풍경은 얄궂지 않다. 가까이 보이는 산에서도 멀리 보이는 산에서도 단풍이 참 곱다. 남녘은 단풍이 절정이다. 윗녘으로 갈수록 붉은 옷 벗은 산중턱도 눈에 띈다. 가을 가뭄이 들어 단풍이 예년만 못하다지만 관광 차량이 하행 차선으로 적잖이 보인다.

봄과 가을, 농사일 시작 전과 농사일 마친 뒤 관광 여행을 다니던 마을의 단체 여행도 시들해졌다. 단풍 여행을 다녀온 지도 오래되었다. 봉고차 한 대도 차지 않을 만큼 나들이 나설 만한 어르신들이 줄어서다. 집회 마치고 내려가면 경숙에게 어디 여행이라도 다녀오자 할까, 생각하다가 네덜란드 여행도 못 갔는데 간다고는 할까, 지청구나 듣지, 하는 생각이 들어 또 피식, 웃는다. 아침, 집을 나서기 전 경숙의 핀잔이

농 민   **41**

떠올라 다시 입가에 웃음을 담는다. 비 올지 모른다며 경숙이 배낭에다 넣어 준 우산을 빼놓는데,

"그게 먼 짐이 된다고 빼요. 갖고 가씨요."

하는 말에, 우산을 넣어 왔다. 요즘 들어, 경숙의 염려가 눈에 띄게 도드라진 걸 느낀다. 얼마 전, 입동 지나고 캔 무 묻을 구덩이를 파고 있을 때였다. 서글프게 바라보던 경숙의 눈빛이 떠올랐다. 비켜서라는 눈짓을 보내는데도 경숙이 물끄러미 바라보면서 움직이지 않았다.

"구뎅이 하나 파문서 어찌 그리 힘들어 해쌓소."

"안즉은 심 쓰네, 그랴."

"삽질이, 심알텡이가 한나도 읎어 보이는디라."

"허허, 참. 무신…."

주머니 속에 넣어 둔 쪽지를 확인한다. 시선을 돌린다. 풍경이 차창으로 빠르게 흐른다. 괜한 염려 놓으라며, 경숙을 떠올린다.

태평로 삼성생명 본사 앞에서 농민대회가 두 시에 열렸다. 사전 집회였다. 집회를 마치고 행진을 시작했다. 광화문까지 가는 길은 가시덤불을 헤쳐 나가듯 험난했다. 방패로 무장한 경찰 병력이 탱자나무 울타리처럼 인도까지도 틈새 없이

막았다. 밀리면 다시 밀고 저지당하면 뚫으면서 광화문에 도착했다. 민중총궐기대회는 처음부터 공방이 치열했다. 차벽을 뚫지 못했다. 차벽 앞의 대치 상황은 일방적으로 불리했다. 차벽에 밧줄을 걸어 차벽을 부수려는 시위대를 향해 경찰은 물대포를 연신 쏘아 댔다. 직선의 물줄기다. 경찰은 고춧가루 범벅을 한 것처럼 매운 캡사이신과 최루액을 미친 듯이 뿜어 댔다. 시나브로 날이 어두워지기 시작했다. 가로등 불빛 받은 초겨울 비가 이팝나무 꽃잎 지듯 간간이 내렸다. 보성 동지들이 보였다 보이지 않다, 했다. 동춘 후배의 얼굴이 보였다가 사라지곤 했다. 얼추, 내려갈 시간이 된 듯하다. 공방은 한층 격렬해졌다. 광화문에서 종로구청 쪽으로 향했다. 종로구청 네거리에서 상여를 메고 농민들이 앞으로 나선다. 뒤를 따랐다.

"여그 기시네. 한참 찾았고만이라. 내리갈 시간이어라, 성님."

동춘 후배다.

"요로케 치열한 싸움이서 베갈기면 어찌헌당가."

여기서 밀리면 정권에 무릎 꿇고 말 것 같은 절망감이 밀려왔다.

"내리갈 질이 안 머요."

정권 퇴진과 쌀값 보장을 외치며 상여가 한 발 한 발 나아간다. 상여 메고 나가는 젊은 농민들에게만 앞장서게 할 순 없다는 의지가 솟구쳤다.

"만장은 안 들었어도 따라갈 디까장은 가야 쓰제."

상여는 이 땅에서 민주주의가 종 치고 말았다는, 농사가 끝장났다는 농민들 내면에 담긴 분노의 상징이다. 이렇게 내려가면 밀밭에 손 파종 한 밀씨가 싹을 틔우지 않을 것 같은 마음마저 스며든다.

"성님, 다들 지둘린단 말이요."

물줄기가 파팍, 거세게 튄다. 폭압의 물줄기가 상여를 직격했다. 상여가 물대포를 맞고 부서졌다. 대열이 흩어졌다. 저네들은 부서진 상여 위에 계속해서 물줄기를 살포했다. 상여 틀에서 나온 통나무를 들고 젊은 농민들이 다시 앞으로 나산나. 아, 여기서 더는 물러설 수 없다. 앞으로 나가자. 싸움의 앞줄을 젊은 농민과 노동자들에게만 맡겨서는 안 되지 않나, 하는 마음이 솟고라졌다. 앞으로 나섰다. 물대포가 저들에게는 총알이다. 일회용 비옷은 방패가 아니다. 물대포에 맞설 수 없다. 그럼에도, 젊은이들은 앞장섰다. 물대포가 계속해서 직사를 한다. 저들의 울타리가 돼 줘야 한다. 한 발짝, 한 발짝 더 앞으로 나간다. 의혈중앙 4,000인의 선두에서 투쟁의 중심으로 이끌었던 80년 5월이 떠올랐다. 오월의 광주에 대한 부채감이 되살아났다.

"성님, 인자 고만 갑시다."

어느새 다가와 동춘이 옷깃을 잡아끈다.

"한 발짝 더 가세."

여느 정권 아래에서도 무릎 꿇고 살지 않은 농민들이다. 농산물 제값 받지 못하고 살면서도 타협하지 않고 꿋꿋하게 논밭 갈아 온 농민들이다. 여느 싸움에서도 불 일듯이 일어선, 이 땅의 잉걸로 살아온 농민들이다. 물러서지 않으리라.

그 순간, 물대포가 얼굴을 퍽, 쳤다.

"경숙아."

"경…,"

쿵, 머리를 찧었다.

동맑실
조신한 曹迅翰 이장의
운멩

"먼 지랄 헌다고 아적 때마다 방송질을 헌당가, 금메."

"자꼬 들응게 들을 만허던디."

"황전떡 귓구녁언 어찌코롬 생겨 부렀넌디 근디야, 원."

"아츰 방송 읎어진 지가 호랭이 담배 피던 시절인디, 참말로."

"함메요? 새복잠 달아나능 게 문제가 아니라 귓구녁 뚫버져 불것당게요."

"소음공해라고 신고럴 허까 허드네, 우리집 냥반은."

"유재 살믄서 무신. 우리집 남정네넌 인나자마자 담배 한 대 물고 헌다넌 소리가, 저러코롬 풍악얼 틀어 주고 주절거리넌 거시기가 다 꿈이 있어 놔서 그란디야, 허드네. 그리서 저거 헌다고 무신 꿈이 이뤄질랍뎌? 물으니께, 연설 연습 헌다는 겨, 연설."

"그리 갖고 멀 헌다고라?"

"군郡으원 허다가 군수까장 허것다느만."

"금메, 다음번 지방슨거에 나온다느만."

"워따, 워따. 꿈도 야무지네."

"그러코 꾼다고 다 되능 것도 아니제만 그리만 되든 우리 마을 경사제, 경사."

"하이고, 그거이 무신 구신 씨나락 까묵는 소리라요. 이장 고만두먼 그만이제."

"이장이사 마르고 닳도록 안 허것능가."

"아랫뜸이나 웃뜸이나 인자 삼십 중반에 든 조신한이 말고 헐 사람이 있어야제."

"전번 이장은 마르고 닳도록 헐 깜냥 안 혔능가."

"벵원밥 묵덜 안 혔으믄 여적지 혔을 것잉만."

"이장질이 어짜든 간에 심깨나 쓰는 자리 아니라고."

"낼모리면 인적도 끈칠 판이디 심이 있다든 무신 소용이랑가."

"원평떡 손지처럼 시상에 나오넌 수보다 황천질로 나선 숫자가 더 많은 시상 된 지 오래잖여."

"촌구석이 서리 맞은 구렝이 되야분 게 언진지도 몰르것어."

"원평 냥반 손지놈, 꼬치 여물먼 바로 이장 시키자고 험세, 그랴."

"호호/흐흐/히히/끌끌/쯧쯧…."

"……."

"어짜든지 경사여, 경사."

"사립으다 금줄 내건 것 본 지가 십 년 이짝저짝에넌 읎었제, 하마."

"그러코롬 시절 가는 중도 모르니께 월등아짐은 안 늙는당게. 송산떡 아덜이 머시냐 튕일교서 허넌 국제결혼으로다 섬나라 지집아 데꼬와 살문서 애 낳고넌 바로 여그 뜬 지가 벌써 스무 남지기 되야 부렀어라. 글고넌 첨이제라."

"볼쎄 그리 되얏등가? 물 분 강물 흐르대끼 세월이 쏜살 같으네, 와. 이녁 일이라서 그러까?"

"우리 죽고 나면 이 마을도 끝장 아닐랑가 몰라."

"수동떡, 신한이 들오듯 들어와 살 늠덜 또 생기겄제?"

"함메. 조신한이 들온 지가 사 년 되얏으까, 오 년 됐으까? 서울 살림 때리치와 불고 온 지가."

"춘강 냥반 시상 뜬 지 오 년 됐으니께, 오 년 됐능갑소."

"효자넌 효잔디… 가가 귀농헌다고 허는 사람덜 배우는 '기(귀)농·기(귀)촌…' 머시랑가 허는 디서 우리 마을로 들오라고 입이 닳도록 선전도 허고 그런다, 허드네."

"들옴사 좋제마는."

"빈 집 쌔고 쌨으니께 고쳐 쓰먼 되제."

"군이서 집 고치라고 비용도 사백만 원이나 주고 그란다 느만."

"올란다는 사람덜언 사서 들올라 허넌디 안 판다고 헝게 딴 군으로 간다는 말도 있드네."

"돈푼냥이나 된다믄 팔겄제만 논 두어 마지기 제우 살 수 있을랑가 몰르는 판에, 안 팔제."

"팔아묵고 손손 입질에 오르내리게 생깄승게 놔두는 거시기제."

"죽고 나믄 젯밥이나마 얻어묵을 디라도 놔두는 게 안 나으까, 허기도 허고."

"삶언 무시에 이빨 안 들어가넌 소리를 허고 있당가, 시방. 구신이 못 갈 디가 어딨어."

"금메, 거 머시냐 내비 가스나가 갈케 주는 대로 구신도 알아듣고 대처 자석들헌티로 찾어가겄제. 먼 묵잘 것 있다고 여그로 올 것이요, 이."

"원평 냥반이 아들, 며느리헌티 읍내로라도 어여 나가라 고 성화를 헌다등만, 지금도. '니 사는 디로 지사밥 묵으러 갈 란다'믄서."

"당연지사 그러코롬 등 떠밀겄제라."

"며느리도 그라고 찬수 가가 여그서 산다고 지악스럽게 우긴다네, 그랴."

"참, 벨늠이시."

"어야, 저그 또 한 벨늠, 신한이 이장 오네."

"수동떡도 자석늠 저라고 댕기넌 통에 워디 살맛 나것능감, 원."

"보릿대 끄슬러 먹대끼, 속이 시꺼머컸제."

"아들늠 저라고 댕김서부텀 회관 마실걸음도 끊어 부렸는가, 안."

"금메. 서울서 돈푼깨나 번다고 허도만, 무신 공장인지 몰르제만 그만 엎어묵고 여그서 이장 헌답시고 저라고 댕기니, 원."

"저러코 다녀도 선상질 허넌 둘째보다 공부넌 더 잘 안 혔다고. 지덜 또래 중이선 젤이었잖능가베. 잘 안 풀려서 저라제. 똑똑혔제, 참말로."

"수동떡이 젤로 가심 아파허고넌 혔제, 그 대목을. 고등핵교도 중도에 치아불고 못 다녔잖어."

"난중에 검정고신가 머신가 봐갖고 졸업장도 땄다드만. 영리해 놓게."

"여그 멘面 청년회 회장도 맡고 있다잔허요. 이참에 군으언은 된다고 장담헌다 허네만."

"군수까장 헌담시로 맨날 저라고 쏘댕긴다고는 허는디, 몰르제."

"당이 좋아야 허는디, 당이. 빨강색도 아니고 파랑색도 아니고. 오란지 색깔도 아니고 무신 당이라는고는 허던디, 언감생심."

"한참은 까지색을 입고 댕기도만 요참에 입고 댕기넌 옷을 보니께 홍시감 색이던디요, 색깔은. 색깔은 그리도 국심당 아니고 진보 머시라 헙디다."

"중산떡은 담부락 사이라고 잘 아는만, 이… 삶 읋으먼 꽹이가 무등 탄다, 그러기넌 허넌디."

"원평 냥반 찬수멩키로 장개라도 갔으믄 그나마 낫제."

"살짝 들응게, 요새 저짝 웃뜸으로 귀농헌 처녀랑 만내고 있다, 허드네."

"짝이 되믄 좋제."

"그나저나 새칠로 이장 되고 때 벗어븐 이장 납시네, 쉬."

"안녕들 허싱게라. 신수가 훤혀 보이시는 게 점심 잘 잡술 참이라 그러시께라. 근디, 어찌 오날은 암도 전화럴 안 허는 것 봉게로 뮤직퀴즈가 쪼매 어려웠능게라."

"하춘화나 이미자가 나와야 알제. 늙은이덜이 어찌코롬

알겄능가?"

"허다못혀 조용필이나 여그 전라도 남 머시기, 아, 남진이라도 나와야 좋제마는."

"송가인이라등가. 그 또 영웅이, 임영웅이 그런 아가 나와야제, 남진이가 머셔?"

"여그 말이라도 나오면 안다마제 풍악만 씨부렁댕게 알턱이 읎제."

"여그서 방송얼 새칠로 한 번 더 헐 수 있겄능감?"

"지야 머 다시 헐 수 있제라."

"더 들어 보랑만, 와."

"아따, 황전떡언 먼 욕심이 그랑가?"

"니넌 벌써 멫 번 탔드람서."

"황전 아짐이 짱이어라. 그럼 여그서 아침 방송얼 새칠로 헐랍니다. 우신 간에 이브닝 멘트."

"이브멩 어쩐다고. 유식허고만, 이."

"사장 소리 듣고 혔던 이장 아니라고."

"어르신덜 모다 잘 주무셨능게라. 동창이 밝았고만이라."

"때도 모리고 동창은 무신. 해가 중천잉마는."

"아따 지방 방송 끄랑게."

"아, 예. 햇님이 벌써 회관 남창을 넘고 있고만이라, 그럼.

먼첨 알려 드릴 소식언 오날 낮이 점심언 원평어르신 댁이서 마을 남녀노소 누구나럴 막론허고 거나히 대접헌다고 헙니다. 아시다시피 원평어르신 며느리가 떡두께비 마냥 튼실헌 손지럴 낳었다, 이겁니다요. 지금 순천으 산모병원이서 산후 조리럴 허고 있다고 허넌디 아, 퇴원을 혔는지는 모르겄습니다. 원평어르신 어찌코롬 좋았던지 입이 귀에 가 닿아 부렀다고 헙니다요. 다음에 알려 드릴 말씸언 안즉은 죽은 송장 손이라도 데려다 쓴다넌 바쁜 나락 농사를 시작헐 때도 아니고 혀서 새해 농사를 시작허기 전에, 농업기술센터이서 예전처럼 대면 교육을 허기도 허제만 코로나19가 대유행인 관계로 비대면 인터넷 영농 교육을 실시헌다고 헙니다요. 아시다시피 영농 교육은 이십일세기형 농사법을 겔차 줌과 동시에 새로운 소득원 창출을 목적으로다 허고 있고, 또한 교육 받은 닝민들을 우선혀서 각종 보조사업 혜택을 주고 있잖습니까. 거그다 그런 분덜이 많아 개지고 합한 점수가 높으면 마을 사업도 우선혀서 준다고 허고 허니께, 우리 마을 어르신들께서 신청을 헐랍시믄, 아무래도 인터넷 신청을 혀야 허고 또 인터넷으로다 강으를 들으야 해서리 그거시 어려울 것 같으면 지가 도와 드릴팅게, 집집마다 쪼매 신청을 많이 혀 주십사 허는 거시기고요. 다음으로는 늘상 허는 이야깁니다만 안즉도 잘 안 지키시는 어르신이 계시기 땀시 한 번 더 강조를 드리면, 고추밭이고 배추밭이고 또 마늘과 양파 등 겨울 농사 짓느라 멀칭 씌운 비니루 걷어논 거시기럴 아무디나 방치허거나 또 가끔 몰래 태우시넌 어르신이 아조 없능 게 아닌디요, 요거이 징허게 독헌 일급 발암물질을 내뿜는다고 헝게로 반다시 모아서 내주시기럴 요망드리고자 헙니다요. 수거지도 맹글어 놨을 뿐 아니라 수거 차량이 와서 돈도 주고 가져가니께 꼭 그리 해줍사 허느만요. 글고, 인자넌 기다리고 기다리던 토요일 뮤직퀴즈 시간입니다. 우리 농촌 어르신들도 삶으 질을 높일 수 있는 다양헌 문화 생활을 허야 허니께 지가 이러코롬 뮤직방송을 허는디, 나름 반응이 좋고만요. 토요일, 오늘은 뮤직퀴즈를 허는 날인고로 그럼, 시작헐랍니다. 오늘, 뮤직퀴즈넌 쪼께 어렵다고 헐 수 있지만도 음악에 관혀서 쬐끔으 상식만 있어도 맞출 수 있넌 세계적으로다 유명헌 관현악 곡이다, 이겁니다요. 지금꺼정 퀴즈 응답 전화가 읎었던 관계로 여그서 맞추넌 어르신헌티 오늘은 기존 상품권이다 보나스로다 한 장을 더 보태서 드리겄다, 이겁니다요. 힌트럴 드리자먼 오늘 원평어르신 손지 턱으로 점심 들게 되는 거시기허고 연관이 아조 깊다고 말씸드릴 수 있다, 이겁니다. 자, 그럼, 이 음악으 중심 엑기스고 오프닝

모티브인 1악장 도입 부분만 들려 드릴팅게 들어 보시게라."

따따따 **딴** 따따따 **딴** 으따따다 으따따다 으따따
으따따단 으따다 으따따다 따따따 **딴 딴** 따따따 **딴**
따따따 **딴** 따따따 **딴** 으따따다 으따따다 으따따
으따따단 으따다 으따따다 따따따 **딴 딴** 따따따 **딴**

"…???"

"여그."

"아, 황전아짐이 먼첨 손 들었구만이라. 음악짱인 아짐이라, 역시."

"손지늠헌티 핸드폰으로 들려줌서 물었더니 머시라더라. 이, '찌라시, 그 아가 잘생깄다' 허덩가, '짜라투넌 이러코롬 혔다'라고 허등가?"

"아자, 아자, 뒤엣것 아니랑가?"

"내동떡은 넘으 밥상에 숟구락 얹지 말그라, 이."

"… 아이고. 조신헌이덜 노네, 그랴."

"으원 되고 나서도 뮤직방송은 소금 쉴 때까장 헌다고 헌다느만, 머. 그라제 이장."

"신한이 니, 군으언 허고 군수까장 혀야 쓰것다. 그거시

운맹이다, 운맹여!"

"운맹, 운맹이라고 혔제라? 운맹, 맞았습니다. 베토벤으 '운맹', 정답입니다."

"머셔, 벤또멘으 '운맹'이 답이라고?"

"내동 아짐이 답을 가로챈 거시기가 아니라, 맞춰 버렸습니다."

"문재인이 운맹처럼 니도 정치바람 타는 거시기가 운맹인갑다, 허는 생각이 퍼뜩 들길래 운맹이라 그랬도만 맞차부렀다네, 참말로."

"아이고, 재수 있는 년은 넘어져도 까지밭에 넘어진다드만 그예 답이랴, 큼큼."

"쪼매 숭허고마는."

"삼천에다 사천 혀서 칠천포라듬만, 거그로 빠지기 말고."

"금메. 문재인이가 운맹이라고 허고 나와서리 대통령 안 되야 부렀능가."

"신한이 니도 운맹인갑다. 여그서 머라도 한자리 허겄다, 와."

"이왕지사 나선 것, 국회으원을 못 허것냐, 머시기를 못 허것냐?"

"그러코롬까지야 지가 깜냥이 되까요?"

"거까장 간다 험서 꿈을 키우야제. 멀리 보는 새가 멀리 난다고 안 허드냐. 유식헌 말로다."

"어짜든지 큰 포부를 가지고 지가 발바닥이서 땀이 나도록 쪼매 댕기고 있고만이라."

"참말로 조신허다, 조신혀."

"인심을 쓰더라도 푸짐허게 써야제, 안 그렁가."

"하믄. 수동떡이 들어도 좋다 혀얄 것 아니었어."

"그리되믄 우리 마을에 비석 세우야제, 비석."

"지도 뚫린 귀가 있는디, 그 말씸이 내포허는 뜻을 모리겄습니까. 새겨서 잘 듣도록 허거끄만요. 그럼 상품권을 상으로다가 드리겄습니다. 내동아짐, 나오시게라."

"오메, 거 영감 죽고 뭣 맛뵈기 첨이라동만, 이거시 지금 머시랑가."

"워따, 워따. 총각 앞이서 못 허는 소리가 읎네. 남새시랍게."

"신한이 자가 어디 풋총각이것능가, 저 나이에."

"먼 말씸이라요, 참말로. 중산아짐 말씸처럼 쪼매 남새시랍고만요."

"현금으로 주면 안 되것능가. 쓰기도 머 허고 손지들도 요샌 안 반길 거인디."

"것도 감지덕지고만 주는 대로 받제는 또 토를 달어."

"입은 삐뚤어졌어도 말이사 바르게 허랬다고, 재난지원금이니, 지역 화폐니 험서 상품권이로 주먼 어디 그게 내 돈인가. 손지들 상품권 줘 봤자 그거 개지고 머시냐, 피 머시냐 아따, 피시방, 거그만 간다고 지에미가 고시랑고시랑 허드랑게, 아래께는."

"그러코 천덕꾸러기 취급 헐라믄 날 줌세. 도란 장에 찰호떡 사묵을랑게. 복에 겨워서넌."

"쌈 나겄슈. 인자, 어여 갑시다. 시간이 얼추 되얐응게, 가시게라."

"원평냥반 댁이서 헌다길래 마을에 입이 아무리 몇 안 된다고 거그서 어찌코롬 혀까, 혔네."

"아이고, 성님도. 마을회관이서 안 허는디, 어치꼬 집이서 헌다요."

"늙응게 가늠도 없어져 뿌렀어."

"풍년가든이라고, 요 너메 고깃집요. 거그서 봉고차를 대준다고 허느만요. 지 차도 있고 또 찬수가 지 차로 어르신덜 모신다고 허니께 하마 될 겁니다요."

"비싼 쇠고기까장 굽기를 허겄능감. 갈비탕으다 쇠주 한잔 딱 허믄, 그만이제."

"맥주로 허제는, 그예 쇠주는."

"배불러라, 맥주는."

"구암떡은 알아주는 술꾼 아닌가베."

"아, 차소리 낭만요."

"바깥냥반덜 먼첨 가고 난 뒤에 가제는."

"먼첨 가셨고만요. 니 분 가시고요. 구암아짐, 중산아짐은 지 차로 가시믄 되겄고만요."

"신한이, 니 어매는 안 간다냐?"

"엄니는 지 차로 모시고 갈게라."

"봉고차로 가자고 혀라. 얼굴 본 지가 그 삼 년이다."

"하메, 그리도 되것네요."

"이장아. 전화 왔능갑다, 받으라이. 이 일 저 일 봉게 귓구녁도 바쁜갑따."

"아, 예, 응, 찬수냐. 니, 지금 이리로 안 오냐? 머시? 다 오셨다고?"

"글먼 이번 봉고차에 너니 가싱께, 내 차로 가믄 다 가것고만. 거그서 보자."

"얼능 어매헌티 전화허거라이."

"… 아, 예."

"막 꾸미고 그란갑다, 안 받게."

"인자 받으시네. 엄니. 집 앞이서 봉고차가 지둘릴 팅게 그 차 타시게라."

"봉고차도 오랜만에 타보네, 그랴. 모다 탔응게 갑시다, 아자씨."

"수동떡, 저그 나와 있네."

"어서 오소. 아, 여그 앉게나. 얼굴 잊어 묵겄네, 와."

"성님, 지가 쪼매 그러니께, 그리 아시요덜."

"먼 소리랴? 마을 일을 흠잡을 디 읎고 비뚤어진 디 읎시 봉게로 찬사가 이만저만 아닌디."

"인자는 지청구도 안 허요."

"논도 그만큼 지고 오이 하우스 삼백 펭짜리 두 동이나 짐서도 저라고 댕기믄 그게 장사지, 머시당가. 지청구년, 무신."

"꿈꾸면 된다는디, 그러믄 얼추 반절은 된 거이 아니랑가."

"인차부텀 회관이 나와라, 와. 얼굴 잊어 묵겄당게, 참말로."

"아짐덜 혹여 차가 흔들릴랑가 모릉게, 손잽이도 꽉 붙잡고 안전띠 다들 메시게라, 이."

"운전사 아자씨가 고맙고만요. 그리야지라."

"이 마을언 그리도 물난리를 쪼매 겪었으라이. 마을 입구, 점방만 잠겼등게비네요?"

"천만다행이제라."

"구판장은 언지 고칠라고 저러고 놔두까이."

"지도 아들헌티, 어여 시작허라고 성화를 혔고만요."

"어매 맘이 저러는 거, 신한이 가가 알랑가 몰라."

"마을 입구에 몇 달을 물속으 당궜다가 건져낸 것 맹쿠로 보기가 그렇께 그라제, 지가 무신."

"읍내 시장 사람덜이 안즉도 물난리 보상을 안 혀준다고 난리라 그러대. 그리도 저 구판장 보상비는 받았드람서."

"보상비는 나왔다 허드만요."

"우리집 냥반 야그 들웅게, 하동서는 이래 주고 저래 주고 혀서 보상비가 넘친다는디, 여그는 이래 안 주고 저래 안 주고 혀서, 지금 읍내 상가 사람덜이 부글부글헌다느만."

"보상도 보상이제만, 떠내리간 소덜 원혼도 달래 주고 혔드람서."

"그리야제. 산짐승들이 수장되야 분졌는디."

"'사성암'까장 올라간 소들은 어쩼으까, 이?"

"소가 영물이여, 영물. 거그가 살 디라고 어치케 알고 거그 까장 올라갔으까, 와."

"글먼 머 헌당가요. 얼매 뒤먼 죽으러 도살장에 갈 판인디. 폴쎄 갔능가 모리것고만요."

"죄다 육우니께. 그건 그러코, 우리집 냥반 말로는 저 구판 장 공사는 곧 헌다드네."

"개발위언이 더 알것제."

"저 안골, 웃뜸으로 귀농헌 글쟁이라년 황 선상인가가 저그럴 이녁헌티 주면, 머시냐 '섬진강도서관' 맹글것다고 허드람서. 어쩌코롬 되얏당가?"

"그 황 선상이 마을 입구고 또 강을 지척서 바라보는 디다가 봄부터 가실까장 사람덜 발질이 끊이지 않으니, 마을 이미지라던가 머시라던가 그런 걸 높일 수도 있다믄서, 월세도 쬐끔 준다고 허드랑만."

"신한이도 좋다고 손뼉을 쳤다든디, 첨에는."

"그랬다네요, 성님. 그래 지가, 고것이 맹글어진 내력이 있는디 글면 안 된다고 혔지라. 부녀회서 종두리쌀 모타 지서 갔고 세 줘서 일 년이믄 얼매큼 들오고 그라는디, 월세 찌끔 받어 갖고넌 아무리 좋은 일이라고 혀도 그건 안 되제, 혔도만 개발으원허고 부녀회장헌티 묻고 또 멫멫 바깥냥반들 말씸 듣고는 다들 아니라고 헝게, 다음에 보자고 혔다느만요."

"다 늙은이들이고, 붕알 차고 나온 아그 인자 똑 하나 있는 디서 도서관이 머시랑가."

"황 선상인가, 거그도 꿈은 야무지네."

"내 몰라라 헐 수도 있넌디, 그리도 그러코롬 나서 중게 고맙기넌 허제, 웃뜸 사람이."

"하믄. 도시물 먹고 산 사람잉게 마을을 어찌코롬 잘 되게 끔 허고자 허는 방도가 여그 게 사람덜보담은 낫겠제."

"신한이 야그로는 그런 사람덜을 우리 마을로 데꼴라고 여러 궁리를 허고 있다느만요."

"오메, 인자 봉게 수동떡이 아들허고 딱 한패가 되야 분 젓고만."

"글먼서도 회관이넌 왜 안 나오고 그란다냐?"

"이참에 나갔게라."

"나올 적이넌 화투 패도 가조소, 이. 초 오것짜리도 빠져 불고, 홍단짝도 읎더네."

"이녁 안 옹게, 동전 따묵기도 소금 퍼묵은 푸성귀마냥 시들해져 부렀네."

"볼쩨 다 왔능갑네. 내리세."

"운전사 아자씨, 수고혔능게라."

"아짐덜, 조심 조심혀서 내리시게라. 즘심 잘 잡수고요."

"고맙소야."

"여그 와본 지가 그 삼 년이네. 원평떡 나와서 지둘리고 있고만."

"아이고, 원평아짐, 을매나 좋소, 이."

"금메, 어서덜 오시소. 성님은 신수가 휜헹 거 봉게 아픈

디도 다 나은 거지라."

"동상, 축하허네. 을매나 좋은가. 동상 집 앞이 전깃불 킨 맹쿠로 훤해 불대."

"금줄 본 지가 십수 년, 아니 이십 년이여. 마을이서."

"이장은 볼쎄 와부렀네. 우리보담 늦되게 출발허도만. 젊으니께, 이."

"저 바깥이서 담배 태우시넌 어르신덜 들오시믄 시작헐 라니께요. 각자금 자리를 니 분썩 앉어 주시게라. 글고, 소갈비탕허고 돼지갈비로다 혔다니께, 가능허면 같은 음석을 주문허신 어르신들찌리 앉으시먼 더 효율적이고 안배가 잘 되겄다, 싶습니다요."

"이장이 어여 들오라 허게나. 때 지나분 지가 꽤 됐그마."

"들어오시네요. 예, 예, 니 분썩 자리 잡고 앉으시고요. 예, 예, 다 자리를 잡으셨으니께 글먼, 오늘 이 자리가 어찌코롬 마련되었능가는 다 아실 테니까, 바로 원평어르신 말씸으로 시작을 허겠습니다."

"안녕들 허싱게라. 오날은 참말로 좋은 날입니다. 코로나로 이래저래 어려울 참인디, 마침 코로나도 쪼매 잡히고 혀서 나라이서 적은 숫자가 모이는 모임은 허락을 헌다고 혀서 오날로 날을 잡었습니다. 우리 마을만이 아니고 우리 군이 코로나 청정 지역이다 봉게 이런저런 경사를 치루게 되기도 헙니다만, 그나저나 읍내 상가는 인자 정비를 마쳐 놓고 봉게 더 좋아져 불고 닫았던 오일장도 열리고 보니, 사람덜이 예전보다 더 북적북적허드만요. 인자, 코로나도 곧 극복을 허겄제라. 이런 날, 지 집 경사에 마을 사람덜얼 죄 모시게 되어서 영광입니다. 아시다시피, 지가 손지를 봉 게 십 년 만입니다. 그러다 봉게 대를 잇것다 싶어서, 꼬치를 보고는 울어 번졌습니다. 에고, 무신 야그를 더 허겄습니까. 여서 그만두고, 음석은 드시고 싶은 대로 댈 테니 맘껏 드시기 바랍니다. 모다 염려를 혀줘서 고맙십니다, 고맙십니다. 이상입니다."

"원평어르신이 눈물이 많으신 냥반이라 말을 못 이스시네요. 다음은 부녀회서 준비한 선물을 전해 드리도록 허겄습니다. 찬수야, 나오니라."

"아, 고맙습니다. 어르신들. 각시 대신 지가 받겄습니다."

"조리원에 지금도 있다냐?"

"이 주가 넘었는디, 안즉도 거그 있댜?"

"아, 예. 인자 다 끝났는디, 머시랄까. 아, 예, 예. 곧 나올 거고만요."

"코로나 땜시 고상을 쪼매 혔것다, 와."

"천지간에 코로나가 먼 징존가를 모리겄어."

"어려운 땐디, 조리를 잘혔당게 좋그마."

"자, 그럼 부녀회장님이 전달을 허시제라. 음석 앞에 놓고 긴 말 허믄 그것도 민폐니께."

"아따, 박수 소리가 우렁우렁헝만."

"이것으로 원평어르신 손지 탄생 축하식을 마치고, 인자 잘 차려진 음석을 드시지요."

"이장 잘 뽑았다이."

"이장아, 일로 오니라. 한잔 받으라, 이."

"자네, 오늘 옷 입은 거시기가 꼭 자네 당을 드러내는 색깔인디, 그런감?"

"꼭이 그런 건 아니고라. 입다 봉게 이런 색깔 옷이 쪼매 되드만요. 그라노니께 자연시레 걸치게 되고, 머 그래서제 일부러 그런 거시기넌 아니고라."

"그란디, 자네 당 색깔이 어디 당 색깔허고 같아 노니께, 구분이 안 가더라만."

"우리 당 색깔은 세계적으로 통일된 색깔이어라, 전통적으로. 새누리당 맹금서 지들 맘대로 가져가서 그라제라.

"그건 그런다 치고. 니 꿈도 야무지단디, 여그서는 색깔을 달리혀서 움직끼려야 안 허겄냐?"

"어르신, 지도 고민을 많이 혔지라. 글조만, 색깔을 달리 허는 거시기는 좀 더 신중에 신중을 기혀야 헌다, 그러코롬 여기고 있고만요. 우리 정세를 보믄 아시겄지만 저 당도, 쩌 그 당도 아니라고 봅니다요. 멀리 갈 것도 읎이 작년에 공익 수당이라고, 닝민수당 십만 원 더 올려서 육십만 원을 지급 허게 헌 것도 우리 당이 움직기리 갖고 올린 거, 아시제라?"

"닝민수당 올린 거시기넌 민주당서 올렸다고 입이 닳도록 선전허고 댕기던디."

"지금 군수도 거그 당 소속 아니더라고."

"금메. 신한이 너그 당이 혔다고 허믄 그거를 그런다고 보 덜 안 허지 않겄냐?"

"그짝이서는 말도 꺼내지 못허게 혔거든요, 첨엔. 근디 순 천서도 우리 당 유머시기 으원이 나서 갖고 준다고 허고, 쩌 그 해남서는 더 일찍 줘부렀고, 나주닝민회서넌 십만 원 올 리갔고넌 택도 읎응게 백만을 채워라, 허고 그런 판인디도 여그넌 일어반구 읎다가 우리 당이서 들고 일어낭게 그때사 꼼지락기리 놓고 생색은 거그서 다 내는 거지라. 돈 끌어다 이 공사 내가 혔다, 허믄서 자랑질 번질나게 허는 행태, 아 시잔허요?"

"믿어야제, 어찌것능가. 그려 알었응게 자, 한잔 받으라이."

"입으로만 떠들제 실제로는 지들 잇속이나 챙기믄서 나불

거리는 당허고는 달브제라."

"그리도 표가 읎잖허냐, 니그 당은. 여그서건 쩌그서건."

"정책, 그러니께 허고자 허는 일이 옳냐, 그르냐로 봐야
허지 않을깜요, 구암어르신."

"니 말이 그르다는 거시기가 아니고, 확장성이 읎다, 이거
제. 진보정당이 안즉은."

"발바닥이서 땀나도록 뛰것습니다요."

"어야, 이장. 이리 좀 와바라이."

"아, 예, 예. 저짝도 한번 가볼랍니다."

"앞으로도 지금처럼 잘허그라이."

"… 자가 잘헐 것 같그마. 그란디 마을서도 당이 나눠져
있응게, 도와주도 못 허고 말여."

"발로 뛰는 수 말고 더 있을랍뎌."

"안즉 젊응께 저러코롬 강단지게 맘묵으면 잘허것제, 암만."

"아따, 요즘 젊은 놈덜언 달브당게라. 머시든 한자리 헐
거시고만이라."

"암만, 그리야제. 그리야 춘강이 성님도 좋아라 허것제."

"이장아, 여그 앙거 보래이. 어째 쩌 웃뜸 황 선상은 안
불렀능가?"

"하필사, 손님이 오기로 혔담서 참석이 어렵다 허드만요."

"글먼, 상이 오른 떡 쪼가리라도 쪼매 챙기서 갖다 주믄 안 쓰것능가?"

"거그까장은 지가 생각얼 못 혔는디, 풍암어르신이 말씀을 혀주시니께 그럴랍니다."

"내 말인즉슨, 황 선상이 제안혔다는 마을도서관 말이시, 그거이 참 기특헌 생각이다 혀서 허는 말일세. 우리 마을이 군이서는 젤로 끝자락에 있지를 안 헌가. 그래노니, 먼 사업이라도 젤로 늦거나 외면을 당허거나 혀왔다, 이런단 말이시. 또 마을 이미지가 달뜰이나 물골처럼 높지도 안 혀서 그런 점이서 본다면 주막 구실이나 허는 구판장을 황 선상이 제안혔다는 도서관으로다가 맹글어 놓으면, 마을 이미지도 제고되고 또 봄부텀 가실까장 우리 마을 강가로 얼매나 사람덜이 많이 댕기는가 말이시. 자징게 타는 사람, 봉주리봉 올랐다 내리오는 사람, 강가를 걷는 사람, 거그다 벚꽃 피믄 장 사진 아닝가. 아무튼지 그런 판국에 도서관을 맹글어 놓으면 가다 들고 오다 들고 허믄서, 소문이 나믄 동맑실이 문화마을로 이름을 안 날리것능가. 그란디 낭중에 들었도만 부녀회 허고 개발위원덜이 안 된다고 혀부렸담서."

"으견들이 그리 모아지니께, 지도 별수 읎이 그렇코롬 야그를 혔고만요."

"공사는 안즉 안 허잖은가. 그러니 으제議題를 부치 갖고 마을회으를 열먼 으짜겠능가?"

"지도 첨엔 그 생각얼 혔고만요. 그란디 구판장이 들어서게 된 머시기가 부녀회 종두리 쌀이 매개가 되어서리 들어선 거시기고 혀서 … 군이서 설계 나와 불고 공사를 발주혀 갔고 낼모리세 공사 들어갈 참인디, 인자는 늦은 시점이 되았고만요."

"구판장 들어선 내력이사 아는 바고, 설계 변경이 안 된다는 거시긴가?"

"금메. 그런다고 헙니다."

"알아는 봤능가?"

"듣기는 혔지만도…."

"나가 정식으로다 공론화를 혀야 쓰겄다고 방금 앞서 말을 혔지만, 술이나 팔고 허는 정도인 주막보담은 도서관으로 맹글어 놓으면 그거이 마을 이미지를 제고허는 정도만이 아니라, 귀농·귀촌 허는 사람덜이 우리 마을로 들올 기반이 된다, 이거제. 자네도 '귀농·귀촌체류형' 머시냐, 허는 디서 강사도 허고 또 거그에 들온 사람덜헌티 우리 마을로 오라고 선전도 허고 그런담서. 이건 아니라고 봐서, 마을 전체 희으를 열어 보자는 거시제."

"무신 말씀인가는 지도 알제만 그거시, 쪼매 늦은 감이 있어서리, 지는…."

"그러니께 낼모레 공사를 헐라고 허는디, 인자 와서 그러는 거시기는 아니다, 그 말이제. 신한이, 자네 내 말 잘 들음세. 나 말은, 정치를 헐라고 나섰다 치믄, 틀린 거는 틀렸다, 허고 맞는 거시기는 목에 칼이 들와도 변심을 혀서는 안 된다. 그러니께 이 말 혔다가, 저 말 혔다가, 그러코롬 입이 개보문 안 된다, 이거여. 사람들은 정치넌 생물잉게로 그때그때 상황 논리로다가 대처를 혀야 헌다고 허는디, 나넌 그리 안 본다는 야그셀. 자네가 정치 바닥에 나선 마당, 기왕지사 큰 뜻을 품고 허것제만 설득시킬 수 있넌 논리를 가져야 헌다, 이 말이네. 이번 도서관 문제를 끄집어내는 거시기넌 첨엔 자네도 황 선상 제안에 크게 동으럴 혔다고 혀서, 그런다믄 끝까장 밀어부쳤어야 헌다, 이 말일세. 정치판이란 디가 한번 밀리면 끝장 아니던가? 이거이 아무리 마을 일이라 혀도 같은 논리다, 이거여. 이번 일을 교훈 삼아서리 앞으로넌 어짜든둥 멀리까장 보소, 이. 이거이 나가 니헌티 혀줄 야그다, 이거시."

"어르신, 그랄랍니다. 고맙습니다. 열심히 뛸랍니다. 예, 그럼."

"그러게나. 일어나, 함 돌아보소."

"찬수야, 같이 한 바쿠 돌자이."

"지둘리고 있었다."

"이장아, 아짐 술 한잔 받으라이. 아짐 말 허투루 듣지 말고 들으라이. 찬수맹이로 장개를 가야 사람 구실도 허고, 그리야 정치도 허는 것 아니겠냐?"

"아따, 찬수맹이로 곧 장개 갈라고 한참 공들이고 있다, 안 헙뎌."

"소문은 나도 들었다, 와."

"니 어매 품으다 어서 손지 앙거 드려야제. 곧 둘째 낳는다는 니 동상 야그는 안 헐란다."

"어매들은 이제나저제나 자석 걱정이제만, 열 손가락 중이서도 엄지손구락이 젤 아픈겨."

"금메. 소문은 들었는디, 어째 웃뜸 처자헌티넌 오날 여그를 야그 안 혔더냐?"

"거그도 여게 사람 아닌갑네."

"오메. 야가 얼굴 뽈개지는 것 좀 보소, 여."

"아이고. 자, 자, 지 술 받으이소, 아짐. 지가 내넌 술은 아니제만."

"안즉까지는 쪼매 머시기헌갑제. 거그 처자 오라 허기

까지넌.”

“지가 곧 뫼 드려야제라. 그러께라.”

“그 처자 얼굴을 몰라서 어매덜이 이런다냐. 이런 날에 오믄 자연시라분게 그라제.”

“아무튼지 간에 쐬까 뒤에⋯ 그럼, 지넌 저짝으로다 한번 갈랍니다.”

“찬수 니도 한잔 받으라이. 고생혔다.”

“얼래, 찬수야. 니 각시 아니냐? 아니, 손지까장.”

“와하. 박수, 박수.”

“오날으 주인공이 나타나 부렀습니다. 자, 다시 한번 박수를 부탁드립니다요.”

“며눌아, 먼 일이다냐, 시방. 여그가 어딘디, 여그로 깟난 아럴 데꼬온다냐.”

“아범이 마을 어르신들헌티 보여 줘야 안 허것냐고 혀서요. 아범이 연락을 혀서 친정 동상 차로 여까장 왔고만요, 어머님.”

“그리도 그러제. 코로나 시절인디, 이거이 머시다냐. 찬수야.”

“아버님, 조리원에서 아조 단속을 다 혔어요. 아예, 이러코롬 감싸서 차단을 혀놨고 또 멀찍이서 보믄 암시랑도 안 헌다니께, 잠시 인사만 드리고 갈라고 헙니다."

"자, 자. 이왕 이러코롬 오날 우리 마을 경사인 원평어르신 손지가 깜짝 등장혔응게, 지가 오날 경축 행사 끄트머리를 가름하는 음악을 들려 드리도록 허겄습니다. 때마침 오날 아츰에 한번 틀었는디라, 이 음악이, 베토벤으 '운멩'이, 이 경축 행사와 딱 맞어 안성맞춤이다, 싶고만요. 여 USB으다 담아 왔으니께 여 음식점 스테레오로 틀어 볼 팅게 원평어르신 손지, 지 친구 찬수 아들으 탄생을 축하허는 피날레로다 들어 주시기럴 간곡히 앙망하옵니다요."

따따따 **딴** 따따따 **딴** 으따따다 으따따다 으따따
으따따단 으따다 으따따다 따따따 **딴 딴** 따따따 **딴**
따따따 **딴** 따따따 **딴** 으따따다 으따따다 으따따
으따따단 으따다 으따따다 따따따 **딴 딴** 따따따 **띤**

"저거이, 원평아제 손지 탄생얼 축하허는 음악, 운멩이여, 운멩."

"내동떡이 뮤직퀴즈를 맞칬더라네."

"어르신들, 잘 들으셨능가요. 지나 찬수나 동맑실이 탯자리고 또 앞으로 여그 고향이서 터 잡고 살라고 허는 거시기

가 다릉 게 아닙니다요. 머시냐면, 여그가 다시 말씸드리면 여그 농촌이 바로 사람 살 디라는 것입니다요. 21세기는 과학만능, 4차 산업혁명 시대입니다. 모든 게 거기로 집약되어 있지 않습니까. 인공지능, 자율주행, 로봇공학, 빅데이터 등등. 하지만 과학이 발전하면 할수록 기후위기, 식량위기, 이번처럼 코로나바이러스 창궐 등등, 쉽게 말해서 우리 마을 계곡에 하룻밤 새 500밀리 넘게 비가 오고, 일주일이면 사나흘은 미세먼지로 노고단이 안 보이는 거, 이게 과학 만능주의, 4차 산업혁명 시대가 만들어낸 괴물 같은 결과물로 우리 인간의 삶을 더 위태롭게 유린하고 있다, 이겁니다. 하물며 농사짓는 우리 농민들은 이런 광란의 시대 변화, 문명 변화, 문화 유린 속에서 더 소외당하고."

"아따, 연설이 늘어 부렀네, 금메. 그란디, 뒤로 갈수록 서울말로만 허느만, 이."

"멜겁시 짤르고 그랴."

"아닙니다요. 지 말은 여그까장 헐랍니다요, 다시 여그 말로다. 하하."

"문재인이 운멩 허는디, 조신한이도 운멩 허는 거시기가 어찌 한배 탄 것맹이로 들린다이."

"신한이, 니도 운멩이니께, 맘 크게 묵거래이."

"암만, 암만. 그리야제."

"그랑께. 운멩이여, 운멩."

"오마, 저 처자가 뉘라여. 웃뜸 처녀 아니랑가?"

"황전떡아. 신한이 이장과 만낸다는 그 귀농 처자 아니냐?"

"저 처자가 어찌 인자 여그로 온다냐?"

"저그도 여게 사람인 거 맞제. 이제 오나 저제 오나, 머시 문제여."

"금메. 수동떡, 이거이 먼 일이랴?"

"수동아짐은 저 처자가 여그로 온다는 야그를 들었능감?"

"지도 몰르느만요."

"동상. 신한이가 올해넌 머시건 헐랑갑다, 와."

"금메, 며누리도 들오고 머시냐 군으언도 떡 허니 붙어 불랑거이다."

"이장아, 이거이 진짜 운멩이냐?"

미완의 귀향

… 그 뒤,

1. 입국, 시(時)

창문을 통해 바깥을 줄곧 응시했다. 유학길에 오르던 때의 하늘, 그 하늘빛이 아니었다. 37년 전, 김포공항의 하늘은 온통 푸른 물감을 칠해 놓은 듯 청명했고 드높았었다. 공항 활주로 위, 굉음 속에서도 어디선가 새소리 또한 들렸었다. 비행기가 아주 느리게 계류장으로 이동했다. 10여 분 뒤면 출입문이 열릴 것이다.

"공항에 내릴 때는 낯빛 좀 바꿔요. 너무 비장해 보여요."

동행한 박 교수의 서근서근한 말에도 아랫배에 힘을 줬다. 정색의 낯빛을 풀지 않았다. 한국을 떠나며 보았던, 37년 동안 잊지 않고 품어 왔던 그 하늘빛을 고스란히 다시 볼 수 있기를 절절히 염원했다. 유머 감각이 빼어난 박 교수에게 농담으로라도 맞장구치고 싶지 않았다. 박 교수에게 고개만 까닥였다.

빗방울을 쏟아낼 듯 구름이 낮게 내려앉아 있다. 회색빛 구름 몇 점이 바람에 쫓겨 빠르게 흘러가는 인천공항의 하늘을 지그시 눈 감으며, 가슴으로 만났다. 눈을 감자, 아버지의 고향 제주의 윗세오름 위로 푸르게 펼쳐진 하늘이 보였다. 경계인으로 살아온 지난한 삶이 침떠올랐다. 독일로 유학 떠나면서 조국에 다시 돌아오기 힘들 거라는 예단은 애초 품어 보지도 않았었다. 스승인 하버마스가 조국에서 난감한 상황에 처할 제자의 귀국길에 동행하겠다고 나섰으나, 내가 먼저 저어했다. 하버마스에게 조국의 당면한 현재, 체포당하는 모습을 보여 주고 싶지 않은 탓도 작용했다. 모국어를 잊지 않은 삶 전반에 대해, 분단된 조국의 하늘과 그 하늘빛을 한시도 가슴 밖으로 밀어내 본 적 없는, 접경보행적 삶의 고뇌에 대해 조국에 와서 숨김없이 드러내 놓겠다고 다짐하며 비행기에 올랐었다. 그렇게 비행기에서 내릴 심사다.

안전띠를 매고 있어야 한다는 싸인등이 꺼졌다. 출입문을 향해 서둘러 나갔다. 공항 입국장에는 우익 인사들의 시위가 기다리고 있었다. 환영 피켓보다 먼저 눈에 차 들어왔다.

'송두율은 가면을 벗고 김일성, 김정일과의 관계를 밝혀라.'

비즈니스센터에 마련된 기자회견장에서 퍽 담담해져 있

는 나를 감지했다. 짐짓 낮빛은 풀지 않았다. 웃음기를 입술에 담지 않으려 속내를 애써 여몄다.

2. 회견, 장(場)

"독일 집에서 출발해 10시간 만에 한국에 도착했지만, 여기까지 오는 데는 37년의 시간이 걸렸습니다. 입국신고서를 작성하면서 애통하면서도 기쁜 마음이 들었습니다. 그동안 고민과 고뇌에 찬 삶을 살아왔습니다. 조국 땅을 밟게 돼 감개가 무량합니다."

1996년, 아버지 임종을 나는 끝내 지키지 못했다. 준법서약서라도 쓰고 입국하고 싶었던 당시 심경이 되살아났다. 2000년, 제5회 늦봄통일상 수상자로 내정됐다 했다. 준법서약서가 역시 나의 귀국을 막았다. '국민의 정부'에서도 준법서약서는 서슬 퍼렇게 옭죄는, 분단의 늪이었다.

"입국 동기가 뭡니까?"

"한국은 우여곡절을 많이 겪었지만 경제 발전과 함께 민주화를 동시에 이룬 몇 안 되는 나라 중 하나입니다. 하지만 한반도는 아직도 남북 분단의 어려운 상황에 놓여 있습니다. 이러한 현실 속에서 과연 바람직한 통일의 방법이 무엇인지 생각을 다듬고 싶었습니다."

조국의 현실을 직접 보겠다는 게, 입국의 결정적 계기였다. 선량해 보이는 질문자가 웃음기를 머금었다. 질문이 이어짐에도 나는 잠시, 한국 사회에 대한 학문적 관점으로 줄곧 작동해 온 화두들을 되새김했다. 1970년, 그해 11월 13일에 있은 전태일의 분신과 뒤이은 유신헌법은 헤어날 수 없는 충격으로 옭죄어 왔다. 5·18은 한국 사회에 대해 정제된 접근을 요구한 변곡점이었다. 물론, 아버지의 고향 제주 4·3 항쟁은 경계인으로서의 삶을 근원적으로 잉태하고 있었다. 하여 더욱이나, 귀국 전의 체포영장 발부를 나는 수용할 수 없었다. 무리이고 무례였다. 수사에는 적극 협조하겠다고 했다. 덧붙였다.

"한국에 와서 새롭게 다른 길이 보일 수도 있을 것 같은 예감도 듭니다."

전향적 의사를 포괄하는 발언으로 봐도 되느냐? 고, 예의 기자가 되물었다. 그 기자를 힐끗 건네보고는 살짝 미소를 머금었다. 카메라 플래시 빛이 여기저기서 막 피어났다. 기자회견 중 처음 입가에 담은 웃음기였다. 회견을 지켜보고 있던 민주화운동기념사업회 사람이, 입국에 대한 간단한 물음만 해주면 좋겠다고 했다. 이어, 발언했다.

"경계인은 택일의 상황에서 엄격한 고뇌를 요구받습니다. 체제가 다른 분단국가를 조국으로 두고 있는 지식인으로서 유보할 수 없는 행동을 감행해야 할 때가 참 많았습니다. 오늘의 귀국을 포함해서, 앞으로 진행될 상황도 그럴 것이라 예견합니다. 이쪽과 저쪽의 중간 지점보다는 어느 한쪽으로 경도된 단언을 접경의 지점에서 마주해야 하는 상황이 빈번한 까닭에, 양편으로부터 부정당할 수 있는 소지 또한 상존합니다. 이 현장에서 보게 되는 상반된 구호가 보여 주듯, 현재 역시 그렇습니다. 저는 피를 말리는 긴장감 속에서 살아온 접경보행자입니다. 37년 동안 저와 우리 가족이 숨 몰아쉰 삶의 모습입니다."

"국정원 조사 일정이 잡혔습니까?"

듣고 싶지 않은 물음이었다.

"변호사가 협의할 예정입니다."

짧게 답했다. 10시간의 비행이 주는 피로감을 느끼진 못했다. 어릴 적, 수평선과 맞닿은, 그 둥근 제주의 하늘이 보고 싶어졌다. 회견장 너머 하늘을 힐끗 건너보았다. 구름이 먹빛으로 변해 있었다. 서둘러 몇 마디 보탰다.

"아버님과 조부의 묘소를 제일 먼저 찾아 불효를 사죄할 것입니다. 보고 싶은 사람들도 좀 보고 어디가 변화했는지 살펴보고 싶습니다. 옛날에는 한강 다리가 하나밖에 없었는데….”

옛 한강 풍경이 떠올랐다. 감회가 솟구쳤다. 잠시 말을 잇지 못했다. 카메라 기자들은 그러는 순간을 예리하게 노리는 듯했다. 플래시가 여기저기서 펑펑 터졌다. 아내가 나를 지그시 건네봤다.

“정년퇴임이 5년 남았습니다. 퇴임 후 한국에서 나의 적은 지식을 공유할 수 있는 기회가 생긴다면 강의도 하고 싶습니다. 한국의 지성인들과 대화를 나누고 지식을 공유하고 싶습니다.”

나는 회견장을 성큼성큼 나섰다. 아내가 손을 꼬옥 잡았다. 카메라 플래시 빛, 환대와 비난 소리가 동시에 난무했다. 아수라장이었다. 37년 전, 한국을 떠나면서 가슴속에 담아뒀던 하늘을 나는 가만히 내려놓았다.

3. 모독, 기(記)

“경계인으로서의 삶은 결국 간첩 행위였다. 수없이 말을 바꾸는 부도덕한 학자로서의 실체 또한 드러냈다. 당신이 말하는 경계인으로서의 삶, 그 실체를 스스로 밝혀야 한다.”

"오늘 이런 광란의 현상적 상황으로 본다면, 당신의 질문은 질문 그 자체로는 성립된다 할 수 있을 것이다. 그러나 앞서 내가 말한 것처럼, 한반도의 남쪽과 북쪽은 체제적으로 극단적 구조 속에서 갈등의 증폭만 확대재생산하는 정체성을 현재도 지니고 있다. 깨어 있는 양심은 보다 순수한 반체제적 삶을 선호하게 된다. 그러니, 당신의 질문이 내재하고 있는 의도성에는 더 이상 답변할 가치가 없다고 본다."

"대한민국에 입국한 것은 최종적으로 택하게 된 결정인가?"

"당신이나 나나, 어느 한쪽의 체제가 확실한 선이라고 규정하기는 어렵다는 전제를 허용하여야 한다. 그렇지 않고서는 당신의 질문은 나로 하여금 지금까지 살아온 경계인으로서의 삶, 학자적 양심을 견지해 온 삶에 대해 부정하라고 강요하는 것이다. 지금까지의 나의 삶이란, 반체제적 학자로서의 행보를 멈추지 않았고 앞으로도 그럴 것이며 또한 한반도의 양 체제가 주권인들을 얼마나 가혹하게 엄단해 왔는가를 확인하면서, 이를 타파하기 위해 몸부림쳐 온 삶이었다고 자부한다. 그렇기 때문에, 최종적으로 한반도 남쪽 국가에 입국한 것을 체제 우월성의 측면에서 고착화시킨 답변을 요구하지 않았으면 한다."

"당신은 37년 동안 고국을 떠나 고국에 발을 들여놓기보다는 적성敵性 국가를 20여 차례나 방문했다. 북한 쪽에 더 경도되어 있다고 보는 건 명백하다. 정치국 후보위원으로 활동한 것 역시 당신의 답변을 수사修辭로 듣게 된다. 경계인으로서의 삶이 아니라, 일방의 체제를 우월하게 인식하고 있다고 볼 수밖에 없다."

"거기엔 두 가지의 중대한 물음이 혼재되어 있다. 나는 북쪽에서 어떤 정치적 위치에도 서본 적이 없다. 인간의 행위로써 진행되는 학문의 연구가 정치적이라는 명제를 이 법정이 명백하게 인정한다면 나의 학문적 행위는 본원적으로 정치 행위일 것이다. 그런 점에서 인간의 모든 행위는 정치적 관점에서 벗어나 있지 않다는 걸 한국의 사법 당국이 모른다면 이는 수치에 가깝다. 더불어, 37년 동안 조국에는 돌아오지 않고 이른바 적성 국가에는 근 20여 차례나 방문함으로써 결국 한반도 북쪽을 택했다고 단언하는 것과 동시에 그쪽에 경도되었다고 보는 건, 명백한 정치적 굴종을 강요하는 한반도 남쪽의 시각일 것이다. 한반도 남쪽을 들여다볼 때, 한반도 남쪽이 내재하고 있는 정치 지형과 연관하여 정치체제를 통찰할 수 있듯이 한반도 북쪽 상황에 대한 진단 역시 북쪽의 내부적 현실에서 우선적으로 벗어날 수 없음을 인정해야 한다는 것이 나의 '내재적 접근법'이다."

"당신은 '북한 사회를 평가하려면 북한 사회 내부의 내재적 요구를 중점적으로 살펴야 한다'는 주장을 통해 북한 정권의 정책이나 인권 문제 등은 북한 사회의 특수성에 기반하여 평가해야 한다는 논리를 형성했다. 이 논거는 결국, 북한 주민을 억압하는 북한 체제에 대한 합법성을 인정하는 쪽으로 기여하게 되었다."

"이 질문은 기본적으로 저급하다. 나의 학문, 아니 모든 양심적 학자의 학문적 업적에 대한 법의 심판 과정이 성립되는 오늘의 이 사실, 이 자체가 기이한 현상이다. 나는 이 법정을 나의 사상과 양심에 대해 사법의 이름으로 가해지는 폭력으로 규정한다. 이 법정은 모독의 법정으로 기록될 것이다. … 음, 질문에 답하겠다."

그때, 울컥 눈물이 솟구쳤다. 눈물 위로, 아버지의 온후한 얼굴이 그려졌다. 그가 나의 감정을 지그시 눌렀다. 아버지와 함께 오르던 오름이 잠시 펼쳐졌다. 꿈같은 장면이었다. 법정을 찬찬히 둘러보았다. 고립된 섬처럼 닿던 법정이 다르게 보였다. 내 목소리가 점점 도도해지는 걸, 느꼈다.

4. 강의, 실(室)

2010년 6월 4일 오후 3시, 본Bonn 한인학생회의 '열린생각나누기'회에서 주관하는 강의 요청을 흔쾌히는 받아들이지 않았다. 〈경계도시 2〉라는 영화 상영에 앞서, 구색을 맞추려다 보니 이뤄지는 강의 아닌가? 하는 생각이 우선 든 탓이기도 했다. 2003년 9월 이후 한국 학생을 대하기가 퍽 어려운 처지에 놓여 있었다. 내가 나서서 강연 활동을 능동적으로 해낼 처지 또한 아니었다. 하여, 강의 요청이 흥미로운 건 사실이었다. 대학 강단에서 은퇴했고, 한국어로 쓰고, 한국말로 나누는 대화마저 2004년 8월 독일로의 귀환 뒤에는 자제해 왔다. 한국인들만의 모임에도 나가지 않았다. 모국어가 나를 격앙되게 만든 탓이었다. 나는 가급적 모국어로 감정을 드러내야 하는 의성어나 의태어 사용마저 금했다. 닭우는 소리나 기차 소리까지도 아내에게 현지어를 사용했다.

강의 장소인 'Haus Vandalia'에는 한인 학생 30여 명이 모여 담소를 나누고 있었다. 술잔을 기울이고 있는 테이블도 보였다. 그런 분위기에 얼핏 짜증이 났다. 하지만 눌러 참기로 했다. 장소를 모르고 온 게 아닌 까닭이었다. 소셜 네트워크 시대의 젊음에 동참할 수 있는 기회로 여기려, 생각을 바꾸고자 했다. 강의는 현지어로 할 생각이었다. 독일에 유학 온 젊은 친구들 가운데 나처럼 현지어를 모르고 온 한인 유학생들을 자극하기 위해 매몰차게 현지어로만 대답하거나 강의했던 경우가 적지 않았다. 그런 교수 시절을 새삼스레 상기했다, 흠흠.

강의가 시작되기 전, 모임의 핵심인 듯한 학생이 내게 와서 담소를 나누려 했다. 현지어로 그의 물음에 답했다. 부담스러워하는 눈치가 역력했다. 그러나 강의를 시작하자, 학생들의 치열한 자세와 진지하게 기록하는 태도는 내재된 분노를 풀도록 만들었다. 강의 내내, 흥분을 가라앉히지 못했다. 모국어가 절로 나왔다. 어느덧, 모국어로만 강의했다. 남과 북은 자기 속의 타자로 서로를 봐야 통일을 이룰 수 있다는 걸, 강의 핵심어로 삼았다. 모국어로 모국을 논하는 아름다운 강의였다.

〈경계도시 2〉는 모국어에 대해, 모국에 대해 끈을 놓지 못하도록 나를 견인했다. 영화는 딴은, 지루했다.

5. …그 뒤,

"국가보안법으로는 제 사건이 마지막 기록이길 바란다"

고 나는 법정에서 말했었다. 목하, 정권이 바뀌었다. 남북 관계는 평화와 아주 멀어져 갔다. 국가보안법은 더욱 위세를 떨쳤다. 한국 사회는 여전했다, 이후에도….

그 후…,

1. 출국, 시(時)

2004년 8월 5일 오후 2시, 송 교수가 차에서 내렸다. 공항 청사 안에서 그를 지켜봤다. 송 교수는 하늘 높이 펼쳐 있는 양떼구름을 잠시 올려다본 뒤 청사로 발길을 떼었다. 항소심을 마치고 송 교수가 부인과 함께 떠나는 인천공항은 북적거리지 않았다. 송 교수를 알아보는 여행객들은 대체로 밉광스런 눈치를 보였다. 여름방학을 맞아 해외연수 떠나는 학생들과 패키지여행 일행들이 가이드가 든 깃발 따라 종종걸음으로 내달을 뿐 송 교수를 배웅하는 공항의 한구석은 썰렁했다.

송 교수는 입국 때처럼 입가에 웃음기를 머금지 않았다. 송 교수가 배웅객들과 어색하게 조우했다. 가는 자나 배웅하는 자들의 표정이 어둑했다. 입국 때부터 함께했던 박 교수와 시민단체에서 활동하는 몇몇 그리고 학생 10여 명이 올목졸목 모여 있었다. 사진기자들이 셔터를 눌러 댔다. 취재기자들 대부분은 팔짱을 한 채 어정떴다. 나는 글로브트로터의 중고 캐리어가 무겁고 버겁기도 하여, 그녀들과 좀 떨어져 눈길만 건넸다.

"오는 10월로 시작되는 독일 대학의 겨울학기 강의 준비와 집필 활동 등에 주력할 계획입니다. 겨울학기가 끝나는 내년 2월 이후 입국이 가능할 것 같습니다."

'내년 2월 이후 입국이 가능할'까? 의구심이 일었다. 강제 출국 다름 아니었다. 내년 2월인들 한국 내의 동향 변화를 기대할 수 없을 터였다. 송 교수가 고국을 다시 찾지 않을 거라는 예감마저 들었다. 항소심에서 핵심 부분에 대해 무죄 선고를 받았지만, 송 교수는 구속에서 석방 때까지 야수의 송곳니에 물어뜯기는 사냥감이었다.

시민단체 활동가들과 학생들이 구호를 외쳤다. 송 교수는 구호에 동작하지 않았다. 반응을 보이지 않는 송 교수의 내심이 궁금했다. 송 교수는 티켓팅 뒤 배웅하는 이들을 향해 짧게 손을 흔들고는 심사대를 통과했다. 나는 송 교수가 들어가고 배웅객들마저 흩어진 뒤에야 탑승권을 끊고 짐을 보내고, 심사대를 거쳐 출국장으로 향했다.

오후 2시 30분발, 프랑크푸르트행 루프트한자 비행기에 탑승할 때까지 공항 체류 시간은 길지 않았다. 송 교수가 게이트를 빠져나와 공항 밖 대기 차량에 오르기까지 아수라장이었던 작년 9월의 입국장 풍광을 떠올렸다. 사회부 시절이었다. 오늘 그와 동행 출국을 하게 됐다. 씁쓸함이 입안에서 씹혔다.

정치부로 옮긴 뒤로부터 출입처가 야당이었다. 당 쪽에서 송 교수 사건 성명을 주로 맡았던 모 대변인이 송 교수를 잘 알았다. 대변인을 통해 송 교수에 관해 그동안 알고 있던 것보다 더 듣게 되었다. 일견, 송 교수가 주장하는 경계인으로서의 삶과 북한 내부에 대한 내재적 접근법에 의한 고찰 혹은 그의 철학적 사유를 훑어보긴 했었다. 허나, 단순 이해 수준의 껍데기 핥기였다. 구치소를 나서며 몇몇 한국 언론에 대해 "썩은 내 나는 신문"이라고 토로한 그의 혐오감에 동업자로서 통렬한 지적이라며 동의하고 있었다. 기자로서의 낯간지러움이 그에게 끌린 태반의 이유였다고 보는 게 더 옳다.

그러던 차, 데스크로부터 동행 취재를 요청받았다. 또 다른 기획은 독일 통일 과정에 대한 4주간의 현지 취재였다.

아내를 만나 보라는 이면의 배려라 여겼다. 아내가 독일 유학을 고집하던 때부터 두 딸아이마저 데리고 떠난 이태 동안 여러모로 힘들어하는 나를 지켜본 동문 선배가 데스크였다. 망설였다. 물론, 아내와의 관계 개선이 절실했다. 더불어 두 딸아이가 보고 싶었다. 애절한 속내를 결국, 도려내지 못했다. 좀 쉬고 싶다는 심경까지 덧붙여 떠나는 독일행이다.

나는 송 교수와의 동행 취재보다는 독일 통일 과정과 한반도 통일 문제를 바라보는 관점에 더 방점을 찍었다. 데스크 역시 같은 심중을 드러냈다. 동행 취재에 무게를 두지 않은 까닭에 공항에서부터 송 교수와 배웅객 가까이 다가가지 않았다. 프랑크푸르트 공항에서 짧게 인사는 건넬 요량이었다. 한반도 통일 문제를 다루는 데에 송 교수의 견해나 저작을 참고해야 하는 까닭 아니라면 굳이 인사를 나누지 않아도 되리라 여기기도 했다. 아내가 통역을 맡아 주기로 했을뿐더러 한국의 여러 매체가 몇 차례 우려먹은 기획이기도 하여, 어려운 출장은 아니라고 넘겨짚었다.

송 교수 앉은 좌석의 세 자리 건너가 내 자리였다. 비행 시간 내내 나는 그의 움직임에 신경 쓰지 않았다. 창밖으로 흐르는 구름 따라 망연히 시선을 건네곤 했다. 송 교수는 두어 차례 화장실에 다녀오는 듯했다. 그것 말고는 기척이 거의 없었다. 그의 내심을 헤아려 보고 싶지 않았다. 비행 시간이 한 시간여 남았다는 표시가 떴다. 나는 눈을 붙였다.

입국 심사대로 내려가는 게이트 안에서 송 교수가 재직하는 대학에서 박사과정을 밟고 있는 추정희의 남편이라고 소개하며, 명함을 건넸다. 송 교수도 아내를 알고 있다는 듯 고개를 끄덕였다. 통독 과정 취재차 왔다고 했다. 도움이 필요하면 찾아뵙겠다고 했다. 송 교수의 눈가에 얼핏 경련의 빛이 일었으나 이내 아무런 내색을 하지 않았다. '썩은 내 나는 신문'사 소속이 아니어서, 건네받은 명함을 휴지통에 그나마 내버리지 않는다는 인상이었다. 공항에서 아내와 송 교수 일행과는 조우하지 못했다.

2. 송고, 장(帳)

추정희는 여전히 활기찼다.

"잘 왔어."

아내가 아이들을 데리고 나올 줄 알았다.

"아이들은?"

"오랜만인데 시간 보내고 들어가자고."

아내가 이끈 곳은 공항에서 멀지 않은 호텔이었다. 나는 내일부터 당장 취재해야 한다며 핀잔을 줬다. 아내는 막무가내로 나를 끌었다.

"장 선배가 전화하더라고."

데스크가 아내에게 전화해 둔 모양이었다.

"그 형, 오지랖 참 넓네."

"취재 방향도 정해졌잖아."

"……."

말 없는 나를 힐끗 건네보았다.

"취향, 여전하군."

아내가 글로브트로터 중고 캐리어를 가리켰다.

"골동품 가게에서 건졌지."

"어이쿠, 고물상에서였겠지."

그렇게 티격태격 독일에서 한 달을 보냈다. 아내는 만나야 할 사람을 주선했고, 만나는 사람과의 통역을 맡아 주었다. 갈 곳을 안내했고, 가야 할 곳을 정해 주기도 했다. 너무 오랜만에 추정희의 배려를 느꼈기에 불편한 심중을 놓지 못했다. 그러는 나를 두고 아내가 꾸짖기까지 했다.

아내, 두 딸과 함께 틈틈이 독일 곳곳을 누비고 다녔다. 온 가족이 여행을 다닌 게 얼마 만이던가. 아이들이 너무 즐거워했다. 아내는 자신의 유학 결정을 최선의 선택이라고 여전히 고집했다. 나는 옳지 않다고 했다. 서먹한 관계를 풀면서 동의해 줬다.

방독 취재 기간이 끝나기 며칠 전부터 아내가 송 교수에게 전화를 했다. 연결되지 않았다. 끝내, 통화가 되지 않았다. 독일 내에서도 송 교수의 입국 뒤 근황에 대해 알려진 게 없었다. 강의 외에 외부 노출이 거의 감지되지 않았다. 한국에서도 마찬가지였다. 출국과 관련한 짧은 보도 뒤 송 교수 관련 기사는 매체에서 사라졌다. 나의 동행 취재 기사가 유일했다. 송 교수의 입국에서 출국 때까지 광란의 바람이 불었지만 더 이상 보도 가치 없는, 휩쓸려 간 미친 바람이었을 뿐이라는, 이 바닥의 생리였다.

〈1〉 동방정책과 햇볕정책 – 빌리 브란트와 김대중
〈2〉 '하나가 된다는 것은 나눔을 배우는 것이다'
    – 폰 바이체크와 드 메지에르
〈3〉 분단의 역사와 통일 해법 – 모스크바 삼상회담과 6·15 남북
    공동선언
〈4〉 통일 독일과 통일 한반도의 주변국 – 나토 방위군과 한반도
    미군 주둔
〈5〉 베를린 장벽 앞에 서다 – '그날, 1989년 11월 19일을 떠올리며'

기사는 새벽에 썼다. 다섯 차례 모두 마감을 넘긴 송고였다.

3. 방문, 기(記)

아내와 함께 독일행 비행기를 탔다. 아내는 독일 모 대학에서 있을 세미나 참석이고, 나는 북유럽 4개국의 복지 관련 6주간 취재차였다. 송 교수와 내가 프랑크푸르트행 루프트한자에 몸을 실었던 때로부터 11년 지난 8월 5일, 그날이었다. 특별히 출국일에 의미를 두지 않았다. 몰랐다. 비행기가 이륙한 뒤 아내가 불현듯 그때, 그날을 끄집어냈다. 나는 그 시절의 풍경 이모저모를 상기, 회억해 냈다. 작금의 한국 내 정치 지형이 하, 수상하여 회상의 뒤끝이 이내 무르춤해졌다. 비행 시간 내내 나는 잤다.

아내와 나는 베를린에 있는 숙소로 이동했다. 한국인이 운영하는 곳이었다. 숙소에 짐을 풀고 서둘러 송 교수네로 향했다. 송 교수의 집은 전철역에서 그리 멀지 않았다. 오래된 주택이었다. 3층에 이르러 초인종을 눌렀다.

"오우, 추! 어서 와요."

아내는 귀국 이후에도 두 차례 더 독일을 방문했고, 송 교수네와도 관계의 끈을 이어가고 있었다. 정 여사가 나에게도 말을 건넸다.

"어서 와요. 반갑습니다."

"늦은 시간이어 죄송합니다."

"지체 말고 오라고, 추 교수에게 내가 말했어요. 프랑크푸르트 공항에서 박 기자 만난 그날을 떠올리고 있었어요."

송 교수가 반갑게 나에게 악수를 청했다.

"기억하시는군요."

2003, 4년의 고뇌에서 벗어난 듯 송 교수는 밝았다. 손아귀의 힘이 전해졌다.

송 교수와 악수한 채 나는 집안을 힐끗 건네보았다. 고전풍의 여러 방면에 마니아적 관심을 기울이곤 하는 내게 송 교수의 오래된 집 내부가 눈에 확 들어왔다. 휘둥그레진 나의 눈길을 알아챈 송 교수가 집에 관해 입을 뗐다.

"19세기 프로이센 장교들이 살던 집이지요."

송 교수가 나를 집안으로 끌었다. 고개를 들고 천장을 봤다.

"높이가 3.5미터야."

"독일에선 천장이 높고 오래된 집이 비싼 집이라고 들은 듯합니다."

송 교수가 여전히 내 손을 잡은 채 끄덕였다.

"지금 밟고 있는 거실 바닥 목재 길이가 8미터인데, 가구를 양쪽 끝으로 치우면 파티도 할 수 있을 만큼 넓어져요."

집에 대해 할 이야기가 많은 듯했다.

"독일 건축 양식은 프리드리히 빌헬름 2세가 베를린 건축을 새롭게 세우고자 하면서 신고전주의 건축을 도입하게 되었는데, 이후 카를 프리드리히 싱켈이라는 건축가에 의해서 완성되었어요. 이 집도 바로 그런 양식의 영향을 받았다고 볼 수 있지."

하오와 하게체를 오갔다. 친근감을 느꼈다.

"건축 양식도 그렇고, 가구들도 고풍스럽고… 희소성의 가치를 중시하는 전통 인식이 참 좋아요."

서양 건축, 사에 문외한이다. 오래된 집이라는 데에 초점을 맞췄다. 궁색한 나의 답변을 꿰뚫어 본 듯 송 교수가 잠시 말을 끊었다.

"수십 년 동안 이 집에서 아이들 키웠고, 저 양반이 이 집을 떠나려 하지 않았어요."

마침, 정 여사가 차를 내오며 끼어들었다. 송 교수가 말머리를 돌렸다.

"여보, 저녁 먹지요. 출출하겠어요."

두 분이 우리 부부를 위해 저녁 식사를 준비해 뒀다고 했다.

"사모님, 만찬이에요. 푸성귀들이 싱싱해요."

아내가 깊이 감사해했다.

"상추, 고추, 가지, 오이 등등을 베란다에서 키워. 여긴 흙이 좋아요. 거름 하지 않아도 잘 자라거든."

와인을 곁들이며 소소한 이야기를 나눴다. 나는 사실, 송 교수에 대해 궁금한 게 많았다. 훈훈한 분위기는 나의 궁금 증을 들춰내지 못하게 했다. 꽤 시간이 흘렀다.

"후식은 당신이 좀 내오세요."

정 여사가 송 교수에게 요청했다. 아내와 나는 흘깃 송 교수의 눈치를 살폈다. 송 교수가 아무렇지 않게 부엌으로 향했다. 아내가 눈을 치켜뜨면서 의외라는 속내를 정 여사 에게 건넸다.

"그렇게 뒷바라지해서 교수 시켰는데, 한국에 가서는 또 1년 가까이 옥바라지하다가 내가 폭삭 다 늙어 버렸어, 허허."

그러니 웬만한 집안일은 이제 떠넘겨도 되지 않겠어, 하 는 양 미소를 머금었다. 정 여사가 대학 도서관 사서로 일하 며 아이들 키우면서 송 교수 뒷바라지한 건, 꽤 알려진 이야 기였다. 송 교수가 멋쩍은 듯 웃으면서 후식을 내왔다. 송 교수가 앉아 있는 뒤쪽 책꽂이 상단, 한지에 붓글씨로 단아하게 써놓은 글귀가 보였다.

'여성이 세상을 바꾼다.'

4. 집필, 실(室)

거실에 놓인 원목 책상이 육중했다. 지금은 한국의 시골에서 거의 사라져 버린 가죽나무 색상이다. 책상을 손끝으로 툭툭 쳤다. 탱글탱글한 소리가 났다.

"적갈색이 돋보입니다."

"독일 가문비지."

아내가 사용하는 책상이라며, 송 교수가 나를 옆방으로 이끌었다.

"여기가 내 방이야."

그를 따라 서재로 자리를 옮겼다.

출국 일주일 전, 송 교수 사모님과 통화가 이뤄졌고 사모님의 초대를 받았으며 송 교수를 만날 수 있을 것이라, 아내가 귀띔했을 때 나는 송 교수에게 건넬 질문지를 애써 챙겨두었다. 단도직입, 물었다.

"2007년에 나온《미완의 귀향과 그 이후》에서 '나는 아직

귀향하지 못했다'고 했는데, 지금도 귀향하고자 하는 의사가
있습니까? 2004년 8월, 출국장에서 '오는 10월로 시작되는
독일 대학의 겨울학기 강의 준비와 집필 활동 등에 주력할
계획'이라며, '겨울학기가 끝나는 내년 2월 이후 입국이 가능
할 것 같'다고 하셨거든요."

"깊은 수렁이야, 한국 사회는."

송 교수가 짧게 답했다.

"불확실성의 수렁."

그가 덧붙였다.

"……."

그러고는 말문을 닫았다.

한국 사회에 대한 송 교수의 발언을 나는 간략하게 듣고
싶지 않았다. 독일로의 귀환 이후, 송 교수가 보여 준 한국
사회에 대해 송곳처럼 뾰족하면서도 긴 몇 차례의 논쟁적 발
언이 신문사에 전해졌었다. 더불어 2004년 8월, 출국장에서
그가 다시 한국에 오려 하지 않을 거라는 나의 예단을 내려
놓지 않았으므로, '아직 귀향하지 못'한 연유를 한국 내부에
서 찾으려는 듯한 발언은 그가 여전히 밝히고 있는 귀향 의
사의 진정성을 의심하도록 부추겼다. 그동안 아주 드물게 전
해지는 독일에서의 송 교수 일상은 '미완의 귀향'이라기보다

는 귀향을 포기한 삶 아닌가, 하는 의구심을 갖도록 했다. 송 교수의 한국 상황에 대한 논설과 한국인에 대한 만남이 퍽이나 편향적이고 제한적이란 논란이 신문사 내에서도 그의 논평이 뜰 때마다 오가곤 했었다.

"......."

침묵이 의외로 길었다.

내가 먼저 말머리를 돌렸다. 질문지가 몇 더 있었고 시간은 짧게 남았다. 송 교수 역시 단도직입의 질문을 무례하다고 보는 눈치는 아니었다.

"이시우 사진작가에게 편지를 보낸 건 그와 어떤 연관이 있어서였나요?"

2007년 4월, DMZ 사진 전시회를 빌미로 이시우 사진작가가 국가보안법으로 구속되고 단식 40여 일을 넘어선 때, 송 교수가 이시우 작가에게 위문의 편지를 보냈다는 게 신문사에 퍼졌다. 당시, 송 교수의 의중이 궁금했었다. 송 교수를 만나면 물으리란, 아직 유효하다고 여긴 질문이다.

"'긴 싸움을 위해 자신의 몸을 지켜 달라'는 내용이었지. 그 작가를 만난 적이 없어 잘 모르긴 했지만, 동병상련이랄까…. 덧붙이자면, 당시 나를 회유했던 사람들에게 건네는 우회적 비난이기도 했어요. 공개적으로 전향을 요구했던 집요한 몇몇 진보 진영 내의 강압적 설득을 끝내 물리치지 못한 부분에 대해 나와 아내는 지금도 매우 부끄럽게 여기고 있어요. 당시의 그 하룻밤이 참 힘들었지. …이시우 작가가 국보법에 굴복하지 않길 바라는 마음 한편으로 40여 일의 단식이 너무 고통스러울 거라는 고뇌의 동참이었어요.”

한국에서 겪은 국가보안법으로 인한 상처가 여직 아물지 않았다는 걸, 새삼 느꼈다. 송 교수가 이내 덧붙였다.

“음…, 《미완의 귀향과 그 이후》에서 ‘아직 귀향하지 못했다’고 한 그 표현은 경계인으로서의 삶이, 학자적 양심이 짓밟혀 버린 2003, 4년 한국에서의 격랑에 여전히 휩쓸려 있다는 증표라고 볼 수 있지. 이시우 작가에게 편지를 보낸 해였는데 끝내, 조국으로 돌아가지 못하고 법적 국민으로 소속되어 있는 국가로 귀환하게 된 경계인으로서의 고뇌, 그리고 ‘대한민국 헌법 준수’, ‘독일 국적 포기’라는 전향 의사를 내보임으로 해서 입은 내 안의 상처를 아직까지 여과시키지 못하고, 또한 그런 나를 질타하는 회한 혹은 격한 감정 분출…의 결과라 할 수 있겠지. … 한반도 남쪽과 북쪽에서 동시에 배척된 이방인이 됐다는 걸 절감하곤 해, 지금.”

송 교수가 서재 한 귀퉁이를 응시했다. 눈빛이 퀭했다. 그의 시선을 따라 나도 눈길을 건넸다. 《미완의 귀향과 그 이후》

(후마니타스, 2007) 한국어판 두 권이 꽂혀 있다. 앞으로의 저작에 대해 물었다. 말길을 틀어야겠다는 판단이기도 했다.

"현재 쓰고 있는 저술은 뭐예요?"

송 교수가 바로 화답했다.

"자서전이지. 한국어로 쓰고 있어. 한국을 떠나 독일에서 살아온 반세기 동안의 내 지적 편력의 기록이겠지만, 희망을 쓰고 싶어요. 희망을 쓰고 싶은데, 한반도의 희망을 쓰고 싶은데, 내 안의 희망만으로는 안 되잖아. 부족하잖아, 그러면. 한반도의 양 체제가 불확실성의 화신이에요. 전망 부재의 사회로 한반도의 양 체제가 빠져들고 있어. 보여요, 그게. 그런데 희망을 말하고 싶은 게야, 한반도의 희망을. 보이지 않는 희망을 보이게끔 하려고 안간힘을 쏟고 있어요, 지금."

송 교수의 고뇌가 자닝히 전해졌다. 그는 모국어를 도려내지 못하고 있었다. 그랬다. 그의 집필은 여전히 접경보행이었고, 내재적 접근이었다. 송 교수의 집필실이 참, 따뜻한 공간으로 내게 다가왔다.

5. 그후…

"통일과 민주주의에 대해 끊임없이 써야 해요."

헤어지면서 송 교수가 내게 건넨, 인칭이 빠진 말이었다. 한국 언론이 못 한다면 당신만이라도 그렇게 해야 한다는 요망이었으리라. 목하, 유신의 망령이 되살아나고 있다. 내 안에 들어와 있는 국가보안법이 나를 검열했다.

한국 사회는 어디로 갈까, 이후에는….

그렇…,

2019년 겨울, 두 딸아이가 21일간의 유럽 여행을 떠나는 여정 속에 포르투갈 리스본 방문이 들어 있기에 '알가베'에도 가보면 좋겠다고 했다. 송 교수 내외를 만나 보라는 권유였다. 송 교수가 귀국을, 그의 의중대로라면 '미완의 귀향'을 끝내 미완으로 남겨 놓고 지중해와 대서양이 맞닿는 포르투갈의 휴양지 알가베로 이주했다는 소식을 접한 건, 그해 9월이다. 송 교수가 대학에서 퇴임하고 남은 생을 보낼 곳을 찾고 있다는 기사를 어디선가 본 듯하기도 했다. 독일에서 송 교수를 만나고 온 누군가로부터 들었나, 싶기도 하다.

'그랬군, 결국. 그렇게 됐군.'

은연중 그러려니, 아니 그럴 거라고 여겼으면서도 잠시

충격에 빠졌던 기억을 떠올리며, 요망했다. 딸들도 흔쾌히 그러마, 했다. 아내가 독일 유학 시절에 딸아이 둘을 데리고 있었고 송 교수네와 교류가 있었기에 송 교수와 그의 아내 정 여사도 두 딸아이를 알고 있었다.

해를 보기 어려운 우중충한 날들과 추적추적 잦은 비가 내리는 베를린의 날씨로부터 벗어나고 싶었을 게다. 더욱이나 2004년 독일로 귀환하고 난 뒤 심신마저 결코 여유롭지 못했을 터이다. 유럽에서 일년 중 300여 일 이상 햇빛을 볼 수 있다는 알가베는 여생의 삶터로 안성맞춤일 수 있겠다는 생각이 들기도 했다. 송 교수의 이주의 변을 그해 9월 16일자, 타사他社의 칼럼 〈다시 경계선을 넘으며〉를 통해 읽으면서, 만만치 않은 고뇌를 거쳤을 송 교수에게 그나마 안부라도 전했으면 하는 연유였다.

하지만, 두 딸은 코로나19로 인해 포르투갈에는 발도 딛지 못하고 영국에서 서둘러 귀국했다. 딴은, 문재인 정부가 들어서고 관련한 모 인사에게 어느 자리에서 송 교수의 귀국에 대해 슬며시 운을 떼본 적도 있었거니와, 송 교수의 칼럼을 읽고 난 뒤 알가베로의 이주에 대한 간단하고 짧은 소회를 송 교수에게 메일로 보냈지만 답이 없었다. 송 교수의 근황은 타사에 쓰고 있는 칼럼을 통해 알가베에서의 삶의 정황을 느끼는 정도였다.

송 교수의 글은 여전히 팽팽한 사유력과 날렵한 글쓰기를 유지하고 있어, 감탄을 자아냈다. 특히, 2021년 4월 14일자 칼럼, 〈4월에 떠올리는 상념〉은 그의 삶의 현재성을 얼마큼이나마 들여다보고 곱씹게 하면서 오래도록 여운을 남겼다. 내려받기해서 인터넷의 내 글모음방, '지층地層의 깊이'의 참고용 글 칸에 넣어 뒀다.

2021년 12월 29일자, 그의 칼럼 역시 지난 4월 칼럼이 그랬듯 코로나19 팬데믹에 얽힌 내용이 글의 바탕이다. 코로나19의 지구적 사태는 누구라도 어디서든 언제든지 몸과 맘이 얽매이지 않을 수 없기에, 송 교수 또한 이래저래 붙잡혀 있는 듯했다. 나는 논설실로 자리를 옮긴 이후 일과 중 짬을 낼 수 있는 시간이 조금은 주어져 송 교수의 글을 찾아 읽기도 하는 차제에 덩달아 생각나, 지난 4월 칼럼을 글모음방에서 끄집어내 다시 읽어 본다.

아말리아 로드리게스Amalia Rodriques, 1920~1999의 파두Fado '포르투갈의 4월'을 듣게 되면 한국의 제주 4·3을 떠올리게 되는데, 한국이나 포르투갈이건 4월에는 한恨과 사우다지Saudade를 오랫동안 섧도록 끌어안지 않을 수 없게 하지만, 이제는 다른 의미의 4월을 기다린다는 송 교수의 염원이 담겨 있다.

접속한 방에서 빠져나와 커피를 마시면서도 송 교수의 알가베행에 대해 수긍하면서도 또 다른 한편에서는 새삼스레 아쉬움에서 헤어나지 못한다. '한만 떠올리거나 사우다지만을 불러오는 4월이 아닌 다른 4월을 그래서 기다'린다지만 그 기다림의 실체는 송 교수가 여전히 조금은 혹은 아직도 힘겹게 한과 사우다지가 품고 있는 또 다른 의미에서의 함축, 즉 디아스포라로서 '미완의 귀향'에 붙들려 있나? 하는 느낌을 떨굴 수 없어서다. 특히, 디아스포라라는 단어에 은연중 내재해 있는 '자기 땅에서 버림받은 자'라는 의미망이 옭죄어 오는 아리고 씁쓸한 기분에 휩쓸렸다.

더불어 2004년 8월 5일, 그의 강제 출국에 따른 동행 취재 시 프랑크푸르트 공항에서 명함을 건넸을 때 얼핏 내보인 경멸의 눈빛과 그로부터 11년이 지난 2015년 8월 5일, 아내와 함께 간 베를린 그의 집 서재에서 나눈 대화 장면이 떠올랐다. 특히 "한반도 남쪽과 북쪽에서 동시에 배척된 이방인이 됐다는 걸 절감"한다며 잠시 눈시울 붉히던 그 충혈된 눈빛을 잊을 수 없다. 그때, 나는 다시 귀향하고자 하는 그의 속내에 의구심을 품고 있었기에 좀 더 들어가《미완의 귀향과 그 이후》서문에서 밝힌 의중을 떠보며 매몰차게 몰아

붙이고 싶었다. 하지만 훈훈한 분위기와 제한된 시간으로 끝내 그 질문은 더 깊이 들어가지 못하고 겉만 훑고 말았던 기억이 새롭다.

송 교수가 언론 매체의 필진으로 참여하면서 한국 사회의 여러 현상에 대해 퍽이나 매끄럽고 견고한 글쓰기를 이어가고 있는 실체는 무엇일까? 하는 생각에 이르러 나는 가슴을 저미는 창법과 포르투갈 전통 기타의 반주, 아말리아 로드리게스 아닌 어느 남성 보컬이 부르는 코임브라 파두 '포르투갈의 4월'을 저장해 둔 인터넷에서 접속해 듣는다.

한글 자막으로 흐르는 노랫말을 읽고 가락을 들으면서도 그가 말하는 한은, 사우다지는 어디에 닿아 있을까? 송 교수는 정말 알가베에서 생을 마감할 심사일까? 문재인 정부 초기에 송 교수의 귀국과 관련하여 건넸던 협의—라고까지 하기에는 좀 과장이랄 수 있는, 민정수석실의 관련자와 가진 어느 상견례 자리 끝에 넌지시 떠본 의중 정도—를 다시 시도해 볼 수 있을까? 이석기 의원을 가석방으로 출소시킨 상황이라면 노무현 정부 때 이뤄진 그의 강제 출국 18년째를 맞아 2기 노무현 정부랄 수 있는 문재인 정부 말기에 불쑥 들이밀 수 있는 이슈로 어떨까? 남북대화 재개와 정전협정의 물꼬를 트고자 진력하는 시점에 북쪽에 건네는 어떤 메시지로써 작용할 파편적 요인은 될 수 있지 않을까? 이런 생각, 저런 상념이 꼬리를 잇는다.

이런저런 논의를 송 교수는 어떻게 받아들일까? 2003, 4년 그 광란의 회오리를 안고 한국을 떠나면서도 '내년 2월 이후 입국이 가능할 것 같'다던 출국장에서의 발언은 진솔한 개인적 희망 사항이었을까? 혹은 강제 출국 이면의 논의로 관계기관으로부터 '입국이 가능할 것'이라는 언질을 받았으되 독일로 돌아가 이모저모, 앞뒤로 굴려 보고 좌우를 들여다보아도 귀국은 포기해야겠다는 판단이 섬으로써 '미완의 귀향'을 서문에 밝힌 것일까? 나는 피식 헛웃음을 내뱉으며 마구 떠오르는 요런조런 물음을 털어내지 못한다.

다 마신 커피잔을 내려놓는데, 핸드폰이 울린다.

"지난번에 취소했던 하이델베르크대학 세미나를 연대. 당신도 함께 가는 방법, 없을까?"

지방 광역시 소재 국립대에 있는 아내, 추 교수다. 거두절미하고 다짜고짜 내지르는 추정희의 성깔이 드러나는, 특히 꼭 그렇게 해야 한다는 강권이 내재되었을 때의 말투 그대로다. 몇 달 전에도 불쑥 함께 갈 수 있남? 하며 독일 동행 여부를 묻던 세미나였다.

독일 통일의 아버지로 불리는, 하이델베르크대학 출신인

헬무트 콜 총리의 서거 4주년 추모 세미나가 그의 서거일인 6월 17일 전후로 열릴 예정이었다고 한다. '문재인 정부의 한반도 통일 정책의 성과와 추후 과제'라는 발제 한 꼭지가 예정되어 있었으나 코로나19 팬데믹으로 미뤄졌다. 특히, 헬무트 콜의 '정치적 수양딸'로 불리는 메르켈 총리의 퇴진을 앞두고 참석할 수도 있을 거라는, 자못 기대를 모은 세미나가 미뤄져 아쉬움이 크다며 안타까워했던 아내다.

"여기도 위아래가 있어. 초짜, 막내라고."

논설실로 옮긴 이후 해외 취재에 관한 아이템을 낼 수 있는 위치가 되긴 했고, 좀 당기는 유럽행 혹은 해외 취재이긴 했다. 마니아급 단계라고 자부하던 고물품 분야의 관심에서 벗어나 건축 양식에 새롭게 눈을 떴다. 2015년 송 교수의 베를린 집에 갔을 때 그의 건축에 대한 나름의 견해를 듣고 놀랐던 기억도 나거니와 아무튼, 다양한 건축 양식 중에서도 기후와 풍토, 문화가 스며 있는 오래된 집과 구조에 대한 관심이 새록새록 돋았다. 특히 기후적 극지인 아프리카와 툰드라 지역의 집 구조를 직접 보며 그 느낌을 담아 오고 싶기도 했다. 한옥에 대해서는 몇 차례 글을 쓴 적이 있기도 하다. 대목大木 서넛과 교류를 해오며 그중 절집을 주로 짓거나 고치는 누구는 나처럼 다른 나라, 다른 민족, 다른 기후의 집과 구조에 관심이 적지 않다는 걸 알게 되기도 했다. 전통 가옥과 마을 형성에 담긴 여러 형태의 문화 현상에 천착한 한필원 교수의 주목할 만한 저작(《한국의 전통마을 가다 1, 2》, 북로드, 2004)을 읽고 그동안 열두 곳의 전통 마을 가운데 다섯 군데를 가보기도 했다.

딴은, 논설실에서도 새로운 콘텐츠 개발이 요구되었다. '사설이 잡히면 좋고 안 잡히면 더 좋은 날'이라고 했던 시절에만 매달려 있으면 안 된다고 논설실에서도 자성하는 목소리가 튀어나오고 있었다. 취재 능력을 지닌 일면의 노장들이 현장 취재를 통해 깊이를 더한 생생하고 맛깔스러운 기사가 요망되었다. 타사에서도 시도되고 있는 차제에 집 구조에 관한 현장 취재 기사가 두 차례 나간바, 가독력이 확인되면서 '풍요로운 삶을 담은 – 집과 구조'를 한 달에 한 번 쓰게 되었다. EBS의 '건축 탐구 – 집'이 꽤 높은 시청률을 나타내고 있는 영향도 한몫했다고 여긴다.

"취재하고픈 거 있다고 했잖아. 기회 아냐?"

"아직 해외 취재 아이템을 들이밀 정도는 아니거든."

"빅 뉴스를 말하면 안 가고는 못 배길 텐데."

"학술 세미나에 빅 뉴스는 무슨?"

"송 교수도 한 꼭지를 맡았대. 어때?"

북의 모 대학 국제정치학 전공자가 참여하고 남쪽에서는 추 교수가 그리고 해외 학자로 송 교수가 한 꼭지를 맡게 됐단다. 원래 기획은 아니었지만 늦춰지고 다시 가다듬어 시도하면서 퇴임한 메르켈의 참석을 기대하며 기왕 좀 더 다각적인 깊이를 모색하다 보니, 모양새를 갖춰 보자는 취지로 추진되었다고 덧붙인다.

"……."

즉답을 피했다.

송 교수가 발제에 참여한다는 건 확실히 입맛을 돋우는 빅 뉴스이긴 했다. 하지만, 국내 사정이 먼저 그 입맛을 도려냈다. 외국의 일개 대학에서 여는 한반도 문제에 대한 세미나를 소개한들 어느 만큼의 관심도나 파장이 일까? 의문은 당연했다. 유럽에 특파원이 없는 회사에서 외국 대학 주최의 현지 세미나를 소개하기 위해 해외 취재를 보내는 경우는 기대할 수 없는 사안이다. 협찬을 받아 나갈 수 있는 취재는 더욱 아니다. 공영방송사의 해외 취재기자는 주요국 몇몇 도시에 파견되어 있지만 국내 일간지 소속 유럽 주재 기자는 없어진 지 꽤 된다. 사내의 국제부에서 현지 기사를 받아 중계 기사를 쓰고 있는 형편이다. 뉴스 출처 해당 지역 언어의 번역이 가능한 기자마저 없으면 구글 번역기를 돌리고 있는 상황이다.

　신문사의 그런 사정에까지 그다지 밝지 않은 아내는 2004년 송 교수의 강제 출국 시의 동행 취재와 2015년 북유럽 복지 관련 6주간 취재를 기억하며 가능하지 않을까, 여긴 모양이다. 굳이 한다면 유럽 국가와 유럽연합 취재를 주로 맡는 방송사 특파원의 몫일 테다. 비록 한반도 통일과 관련한 세미나 현장취재라지만 그깟—이라고까지 결코 말할 수 없는 한반도, 양 체제의 최대 이슈임에도 불구하고 20대 대통령 선거를 앞둔 현실이면서도 대선 후보 어느 누구에게서도 한반도 통일에 관한 공약마저 들을 수 없거나 빈약하기 짝이 없으며, 차라리 이쪽이건 저쪽에서건 조롱당할 만큼의 조악한 공약이라는 표현을 가능하게 하고 있는— 취재 아이템을 내밀면 눈치는커녕 염치마저 없는 놈이라는 핀잔만 들을 게 뻔했다.

　사실 하이델베르크와 대학은 2004년 송 교수의 강제 출국 동행 취재 뒤 4주간 머물며 아내, 딸아이들과 그리고 2015년 복지국가 6주간 취재 때 둘이서 함께 가본 기억이 있다. 라인-네카어 강이 흐르는 낭만주의 발상지이기도 해서 다시 가본다고 해도 눈심지를 치켜뜨게 할 만큼 아름다울 게 분명했다. 내 대답이 없자,

"땡기기는 하지만 수용될 아이템은 아니라는 거야."

라며, 덧붙인다.

"어느 후보는 선제공격까지 할 수 있다고 공공연하게 발언하는 판이긴 한데."

아내가 이내 꼬리를 내리는 느낌이다.

"이런 판에 북에서 참여나 할까?"

세미나가 기획한 대로 진행되기 어려울 거란 예상이 얼핏 들었다. 코로나19 팬데믹으로 북이 문을 닫은 게 하루 이틀도 아니다. 송 교수에 대해서도 결코 전과 같은 예우를 하지 않고 있을 테니, 더욱 그렇게 닿았다.

"아직까지 그쪽에서 참석이 어렵다고 하지는 않았대. 근데 모르지."

"세미나가 언제야?"

아내, 추정희의 성깔로 보아 곧일 거라 여긴다.

"잠깐, 독일에서 문자가 왔어. 다시 할게."

아내가 막 끊으려는 참에 곁들인다.

"다음주에도 오지 않아? 둘째 졸업이니까 저녁이라도 함께해야지?"

아내, 추 교수의 성질로 보아 곧 세미나가 열리게 되면 집에 오지 않고 곧바로 인천공항으로 갈 거라, 여겼다. 아무려나, 동행할 수는 없지만 송 교수를 만나면 그동안 궁금했던 몇몇 질문지를 들이밀 수 있으려니, 여기기도 했다. 이런저런 물음을 '당신이 건네보면 좋겠는데' 하며 질문지를 건네려 해도 전화로 조율할 수는 없는 터다. 한 달에 한 번 집에 오는 것도 어느 때는 두 달에 한 번 오는 적이 없지 않기에 쐐기를 박아 둔다.

"알았어, 갈게."

막 전화를 끊으려는 아내에게 세미나 관련하여 동행 취재에 대해 회사와 상의해 보겠다고 하건 혹은 세미나 개최 성사 여부에 대한 예상이건, 한마디쯤 뭐라고 건네야 할 것 같아,

"그렇…,"

뭐라, 더 이으려는데 전화가 끊겼다.

오미크론이 우세종으로 바뀌며 유럽을 다시 강타하고 있는 상황이다. 코로나19 초기에 그러했던 것처럼 봉쇄 조치를 취하는 유럽 국가가 늘고 있는 추세다. 물론, 아내가 모를 리 없을 터이다.

더욱이나 국내적으로는 현재 벌어지고 있는 대선 국면이 암울했다. 북은 계속해서 미사일을 고도화하는 전략으로 나오고 있다. 남쪽의 대선에선 북의 미사일에 대한 대응으로

선제공격만이 답이라고 주장하는 후보가 맹렬히 질주하는 정권교체라는 비등한 여론을 등에 업고 지지율에서 여전히 선전하고 있는 판세다. 하물며, 한반도 통일을 주제로 한 세미나가, 그것도 외국 대학에서 열린다 한들….

'그렇…,' 다음을 잇지 못하고 통화가 끊긴 뒤 정작, 다음에 뭐라 이으려 했을까, 나는? 사실은 나도 아내에게 무슨 말을 하려고 통화를 이으려 했는지, 딴은 뒤숭숭하고 아리송하다.

송 교수를 떠올렸다. 그는 하이델베르크대학에서 열릴 세미나에 참석할까? 한다면 한반도의 통일에 대해 무어라 진단할까? 포르투갈 알가베에서 한국의 20대 대선 상황을 보며 그는 무슨 생각을 하고 있을까? 3월 9일 이전에 한국의 대선에 대한 그의 통렬한 사유를 지면을 통해 읽을 수는 있을까? 이 부박한 한반도 상황에서 그는 특히 통일과 관련하여 '그렇지만,' 통일은 여전히 가변적 진행형이라고 할까?, 아님 '그렇다면,' 통일은 이제 불가역적으로 멀어졌다고 말할까? 이래저래 헷갈렸다. 리핏해서 듣던 남성 보컬의 애틋한 파두를 끈다.

아내, 추 교수는 이후 감감무소식이었다. 아내의 무심한 버릇을 탓하지 않았다. 나 또한 그렇듯 지내 왔던 대로 무소식을 희소식으로 알고 일에 몰입해 왔지 않은가? 주중 행사인 둘째 졸업식에 아내가 오리라고는 애당초 기대하지 않았다. 다음 주말에 함께 저녁 식사를 하면 되었다. 그런데 아내는 저녁을 함께하기로 한 그 주말에도 오지 않았다. 제 엄마에게서 따로 연락을 받지 않았다고 했다. 둘째도 서운해하지 않는 듯했다. 두 아이 역시, 제 엄마의 삶의 방식을 받아들였다. 아이들 또한 그렇게 자신들의 생활 패턴에 따라 몰두하였기에 그러려니 하고 넘어갔다.

그리고 대선이 끝났다. 북에 선제 타격을 가하고 서울 인근에 사드를 배치하겠다는 후보가 당선되었다. 새로운 정부에 송두율 교수의 귀향을 입 밖에 꺼내는 건 가능하지 않은 상황이 초래됐고, 아내에게선 아무런 연락이 없다. 아내, 추 교수가 하이델베르크대학이 주최하는 세미나에 갔는지, 혹은 세미나가 취소되었는지 궁금했다. 먼저 연락하진 않았다. 아내의 귀가 역시 송 교수의 귀향 못지않게 어려운가 보다, 여겼다.

'연향동파'
유랑의 길로 나서다

연향동파의 모임 장소가 바뀌었다.

'연향동파'란 도반 경庚으로 불리는 내가 붙인 이름이되, 도반끼리는 연향학파蓮香學派라 칭한다. '학파'라 부르지 못할 바도 아니지만, 이는 순전히 내 자격지심의 발로다. '00학파'와 '00동파洞派'는 그 쓰임에 있어 확연히 다르다. '학파'란 호남학파, 영남학파라 이르듯 학문의 깊이를 연연히 이어온 학자學者들의 유구한 결사체이고, 연향동파니 신흥동파니 하는 '동파'라 함은 그 주먹세계 왕초의 출신지 혹은 세勢의 주력이 활개 치고 나다니는 곳을 이르는바, 그 천양지차를 모르지 않는 터이다. 하여 '연향학파' 도반들께는 꽤 불경스러운 표현이다. 함에도, 내 결여를 끝내 숨기면서까지 '학'으로 명명하기에는 그나마 염치를 염두에 두며 수준 이하로 나락하지 않은 심성의 소이라 여기사, 용서를 구할 따름이다.

물론, 나도 아내에게는 '연향학파'라고 가끔 지칭하긴 한다. 아내의 핀잔이 때때로 뒤따르기도 하지만, 아내는 그 모임의 점잖은—이라고 표현하는 데에 전혀 인색할 이유가 없는—술판 때문에라도, 모임에 참석하기 위해 궂은 날에까지 집을 나서는 걸 저어하지는 않는다. 면면面面들이 술꾼이 아닌 탓이었다. 제 남편이 술에 관해 문제라면 제일 문제였지, 다른 참석자들은 술하고는 견원지간에까지 이른 듯 보인 연유다.

아내는 동참하는 면면들을 안다고는 하나, 얼굴 보면 이름 석 자 댈 정도일 뿐 속속들이 꿰뚫고 있지는 않다. 그러므로 그동안 그 모임에 참석했다 돌아오는 남편의 술기운으로 미루어 보건대, 그네들 개개인의 주량은 헤아리기 어려우나 총량은 어림잡을 수 있게 되었다. 연향동파 모임에서 돌아오는 남편의 언행이 소주 몇 잔 마신 술 구설口舌을 봐서, 그나마 그렇다는 것이다. 동공이 화회 풀린 것하며 내뱉는 말투로 보아 아, 몇 병 걸쳤군, 하고 딱 알아맞힐 정도의 눈대중을 함께 살게 된 이후 오래지 않아 터득하게 된 차제에, 그네들의 술의 총량을 가늠할 수 있는 지경에 이르러 있었다.

사실 열 명의 도반 가운데 아홉이 모여 두세 시간 언거언래言去言來, 세상사 여러 경계를 두루 넘나들며 진중한 대화와 술잔 나눌 시, 소주 이홉들이 겨우 한 병—마저 버겁다고 여겨지면 소주를 즐겨 하는 도반 두엇도 따뜻한 매실차나 과일

주스 등으로 대체하는 경우 또한 없지 않거니와ㅡ, 생맥주 오백짜리 대여섯 잔이면 딱이었으니, 그도 그럴 만했다. 대단한 필력筆力으로 진보지 혹은 좌파지라 일컫는 모 일간지의 독자투고란 한 면을 화려하게 장식하기까지 한 이력에 덧붙여, 연향학파라는 모임의 작명을 자신이 카페지기인 '갑의 연꽃향기'에서 유출하고 축약한 '연향蓮香'으로 명명하자 제안하고 도반들의 뜻을 모으는 데 애써 언술言述을 아끼지 않은 도반 신申은 다른 도시에 사는고로, 특별한 모임이 있는 경우 말고는 참석하지 않았다. 딴은, 그의 주량이 크다면 제일 컸다.

한 달이면 두 번 모이는 게 상례였다. 둘째, 넷째 일요일 저녁 여덟 시 혹은 일곱 시에 모이곤 하였다. 여름철이면 기차가 아홉 시에 떠나는 게 아쉬워서 여덟 시에 모이는 것이고, 겨울철이면 여섯 시 조금 지나 입영 열차에 술로 젖은 몸 싣고 논산으로 떠났었지, 하며 사십여 년 전의 아련한 추억을 곱씹으면서 저녁 일곱 시에 모였다. 열 명 모두의 참석을 바라는 어느 특별한 날에는 토요일 오후로 모임을 옮기는 때가 없는 건 물론 아니었다.

일 년에 한 번 남녘의 어느 조그마한 포구로 전어 먹으러 가는 날이면 토요일 저녁 식사 전에 모이곤 했다. 오래전

어느 토요일, 열 도반이 다 모여 전어 먹으며 술잔 나누던 풍경을 예로 든 대화의 격뿦 또한 이랬다. 시중의 입심으로 "집 나간 며느리 돌아올까, 대문 걸어 잠그고 먹는다"는 만담 내지는 "가을 전어 대가리에 깨가 서 말"이라는 옛말 따위는 그래, 상에 오른 음식에 대한 예우로써 서두로 대접해줄 만한데도, 참으로 무색할 만큼 씨알도 먹히지 않는 화제가 되는 정도였다.

이를테면, 조선 후기 실학자 서유구가 쓴《임원경제지》를 소개하면서 전어錢魚를 한자어로 표기하게 된 유래를 들먹이는 경우를 제격이라고 보는 품격을 견지하고자 하는 속내를 굳이 감추려 하지 않았다. 오랜만에 만난 도반 신이 잘 나가는 필력에 버금가는 거침없는 입심의 논객인지라, 애당초 처음부터 본색을 드러내 놓은 화두인즉, 이러하다.

이른바 '촛불혁명' 집회를 담론의 중심에 놓고 진보와 보수의 진정한 실체적 접근 내지는 현시점에서의 야멸찬 규명, 그리고 진보와 보수 세력의 앞날에 관한 논쟁으로 일관하여 나아가는 그 몰입의 심화를 즐기는 태도가 역연했다. 덧붙여 그런 언어조차 생소하여 조어 능력의 미천함을 드러내놓고도 부끄러운 줄 모르는 몰염치한, 그 '공산전체주의'자者들을 물어뜯으며 이념전쟁을 앞세우는 보수 정부 남은 기간을 어떻게 숨 쉬고 살아야 하나, 하는 심히 우중충하여 참으로 가슴을 쥐어뜯듯 고민하지 않을 수 없는 논전에 몰입해야만 제격이라 여겼다. 격론이 오가고 전어무침으로 술 한잔 한 뒤 이제 전어구이가 나오기 전, 담배 한 대 피우려는 잠시의 휴지休止 동안 다시 전어에 얽힌 한마디, "전어 굽는 냄새 맡고 집 나간 며느리 돌아온다"던 낡은 원전의 농담 던질 틈을 꿈아 보다 그만, 그 순간마저 놓치고 나면 나는 이내 지루함을 이기지 못하고 연거푸 술잔을 들이붓거나 아니면 술잔을 놓아 버리고 입도 닫은 채 귀만 열어 놓고는 딴청을 피우는 축이었다. 그러니, 스스로 격을 높여 '학파'라 이르는 부도덕함을 그나마 드러내 보일 순 없는 모습이렸다.

이런 나의 진정성을 간파하였을 것이라 속단하기를 또한 잊지 않으니, 나는 입가에 잔잔한 미소를 머금는 걸 때로는 거르지 않는다. 도반들의 언골言骨 속에 담긴 해학미와 언중言重의 무게와 깊이를 안다는 듯이 말이다. 그러면 도반들은 초승달 닮은 엷은 나의 미소를 보고 고개를 주억거리며 다음으로 넘어가는 것인데… 함께 해오는 동안 미루어 알고 있는 내 지적 역량으로 보아 역시 그 단계의 수준이라 여기며, 도반들께서도 그 아미 같은 엷은 미소에 그만, 속지 않았다는 웃음 한 모금 베어 무는 걸 무릇 거르지 않는 터였다.

어쨌거나 그렇게 모이는 연향동파의 모임 장소는 모이는 요일이 몇 년 동안 변하지 않았듯, 몇 년 동안 불변이었다. 그러다가 모이는 장소를 바꾼 것이었다. '갑자기 바꿨다'는 표현—달리 서슬 퍼렇게 논박할 여지가 추후 거론되거니와 서두에서는 이런 정도의 언급—을 붙이는 게 딱 맞다.

'그 여자의 창 넓은 집'이 그동안의 모임 장소였다. 사실 창窓이 넓다는 그 집의 창은 그리 넓지 않았다. 도반들이 늘 앉아 말言과 술酒을 올려놓는 원탁이 술집 안에서 가장 넓은 면적을 차지하고 있었다. 창은 바깥을 보여 주거나 바깥에서 안을 들여다볼 수 있는 구실을 하는즉, 그 집은 기실 바깥 풍경이 탁 트이지 않은 곳이었다. 갇힌 전망을 보여 줄 뿐 바깥에서는 창 안을 들여다볼 수 있는 시야를 널리 제공하지 않았다. 15층 아파트의 옆벽을 바라보는 상가의 2층에 칸칸이 창이 나 있는고로, 그 창을 통해 바라볼 수 있는 하늘과 바람과 나무와 저녁별은 마치 자그마한 망원경으로 망망대해에서 흰 고래를 찾는 어느 포경선 선장의 애잔한 눈길만큼이나 망막하게 보일 따름이었다. 함으로, 그 상호의 의미는 아무래도 다른 속내를 지니고 있는 게 아닌가? 하는 상상력을 발휘하도록 이끌기에 부족함이 없을진저! 창처럼 속마음까지 다 보여 주고 오지랖 넓게 모실 터이니 자주 오시와요,

하는 함의를 지닌 상호라 여기기에 족하지 않은가? 그리 사료하고 있었다.

그런 까닭에 장소를 바꾼 내막에는 도반 가운데 여럿에게 변화를 갖거나 주자는 내심이 필히 공유되고 충만해 있었을 거라, 나는 단정하지 않을 수 없었다. 주인인 '그 여자'는 도반들이 나누는 대화의 중간중간에 말을 너무 많이 하면 입이라도 밭을까 봐, 여름철이면 얼음 냉수를 갖다 주거나 겨울철이면 결명자 우린 따뜻한 물을, 때로는 둥굴레차를 두세 번도 넘게 가져다 주는 세심함을 즐겨 보여 주었다. 소주 한 병, 생맥주 대여섯 잔을 안주도 변변치 않게 시켜 마시며 입담만 두어 시간 넘게 주저리주저리 늘어놓고 있는 화상들인 우리 연향동파에게 보다 더 융숭하고 품위 있는 대접을 못 해드려 노심초사, 안절부절 어쩔 줄 모르는 모습이 차라리 안타깝게 보였다. 다른 손님들을 대하는 그 여자의 태도를 통해 '그 여자'의 속내를 어렵지 않게 넉넉히 간파할 수 있었다.

학파라고는 하지만 대학 강단에서 학문적 일가를 이룬 급별의 수준―연향동파에 모이는 나를 제외한 여러 도반들의 발바닥에도 못 미치는 학문 수준에 있는 대학 서생들이 수두룩하다는 걸 결코 모르는 것도 아니지만, 시중에서는 그게 대수가 아니고 대학 서생이라는 직함만을 치켜세우며 주머

닛돈 훑어내려는 엽색獵色을 앞세운 처사 또한 만연해 있음을 익히 아는지라, 세태를 꾸짖으려는 속내는 접고 그러려니 하고 넘어가는 터수이온즉―에 있지도 아니할 뿐 아니라, 중·고교에서 비린내 나는 아이들에게 학교 울타리 안에서만 융통되는 교과서 속의 지식을 서글프게 전수하고 있는 서생들인 터이다. 더불어 도반 모두는 이 정부의 노선에 추동하는 세력들에 의해 주적으로 몰려 있는, 전全 자 들어가는 이러저러한 과격하다는 혹은 진보라는 탈을 쓴 채 공산전체주의를 추종하는 세력들이라 일컬어지는 구성체들 중에서도 제일의 타격 대상이 되고 있는 전교조에 한껏 몸담았던, 이른바 구빨치들이자 조직을 경천애인敬天愛人하는 조합원 동지였던 자들이었것다.

하여, 이런 정도 칙사 대접을 받으면 마땅히 그날 수입이라도 몇 푼 더 올려 주기 위해 몇 잔의 술과 산뜻한 안줏거리를 더 시켜야 품격을 유지할 법한데도 그리하질 않았다. 뿐더러, 주량을 살짝 넘은 과음의 상태라고 한다면 생강차나 쌍화차 혹은 과일 주스라도 마셔 줘야 하거늘, 도반 중 누구도 그런 품위를 유지할 만한 행위에는 신경을 곤추 돋우지 아니했다. 오직, 시국에 대해 논하고 현시의 난국을 타개하기 위한 논쟁을 일삼아 하, 시각이 여삼추임에도 덧없이 깊은 밤으로 흐르는 줄 모르고 또한 월요병을 염려해야 하는 처지까지 잊은 채 대화의 심화에 빠져 일요일 밤을 살랑살랑 흐르는 실개천에 띄워 보내는 서생들이고 보면 기실, 주인 여자가 도반 가운데 누구에게 연모의 정을 건네려는 심중을 지니고 있지 아니하고서는 그렇듯 기품이 담긴 대접은 기대 난망인 경우라, 짐짓 미루어 봄직하지 않은가? 함에도, 도반 중 어느 누구도 주인 여자에게 눈길 한번 주지 않았고 이마에 굵은 핏줄 드러내며 논판論判에 힘들여 참여할 뿐이—라고 나는 그동안 굳게 여기—었다.

물론, 항간에 회자—물론, 나중의 모임에서 오간 대화록이긴 하나—되는 세정細情을 놓치지 않는 경우 또한 전혀 없지는 않기도 하였다. 예컨대 '민식이법 놀이'를 즐기는 그 위험천만한 요즘 아이들의 세태 인식의 문제점을 심히 걱정한다거나, 혹은 '해병대 채 상병 사망 사건'과 관련하여 수사단장과 대통령실과의 사이에 벌어지는 진실 게임의 진실에 관한 논제는 이의 없이 국기문란으로 단정하는 따위다. 혹은 생성 AI(인공지능) 시대의 급속한 진화에 따라 '인간 생명의 존속 여부'를 진단하는 유발 하라리 교수의 견해에 갑론을박 거론하는 걸 잊지 않기도 하거니와 특히 좌장께서 추천한 《인류의 미래를 묻다》(데이비드 A. 싱클레어, 제니퍼 다우드나 외,

인플루엔셜, 2022)를 읽고 한 꼭지씩 발제하여 토론했던 올해 초의 모임은 참으로 각별했다. 빅데이터와 AI의 결합을 통한 분석, 적용으로 등장한 플랫폼 기업이 경제 권력으로 새롭게 부상한 이후 광풍의 속도로 변화하는 경제 상황 속에서 경제 능력의 상실에 따른 1:99 사회로 더욱 치밀하게 치닫고 있는 현실을 직시하거니와, 이로 인해 더욱 깊어진 양극화와 계층 상속의 문제를 짚는 견해 표명은 간결하고 단호하기도 했다.

아무려나 '그 여자의 창 넓은 집'에서의 행색이 이렇듯 한 대도 수입에 연연하지 않고 '창 넓은 집', '그 여자'는 연중 한결같았던 것이렷다. 그처럼 도반들을 대하는 극진함이 이루 말할 수 없을진대, 모임 장소를 옮긴 까닭 또한 필시 그만큼 깊고, 그만큼 넓은 인과의 여러 요인이 충분히 수반되어 있지 않으리뇨? 하며, 의문을 깊이 가지고 있던 참이었다.

하여, 품 넓고 그늘 좋은 나무 밑에 앉아서도 흐르는 땀을 주체하지 못하고 물 묻은 수건으로 연방 온몸 닦아 내느라 힘겹고, 장마라 이르지 않고 우기雨期라 이를 만큼 기후변화에 따른 잦은 폭우에도 아랑곳하지 않은 채 해가 함지咸池로 쑤욱 빠져들자 더욱 노곤해진 몸일지언정, 모임 장소로 출문出門하는 곤혹스러움을 끝내 감내하곤 하였던 올 여름날, 그토록 맹위를 떨치던 염천지절에서 조금 비껴 이제 시나브로 가을의 정, 그 숙연함의 가절佳節로 옮겨가는 즈음, 그동안 몸 상태가 약간 꺼칠꺼칠하여 잠시 참여를 미루고 있다는 말을 전해 들어, 몸이 약간 꺼칠꺼칠해 있다는 걸 알게 된, 총무직을 맡고 있는 도반 갑甲께서 모임터의 새로운 장소를 물색하와 변경의 문자 메시지를 날렸고, 새롭게 바뀐 장소에 면면들이 모였겠다.

그러므로 그 장소 이동의 변辯이 그리 간단하지 않은 내막을 지니고 있을 것이라 못내 궁금히 여겨 오던 차, 옮긴 장소에서 만난 날의 모임을 통해 그 까닭을 귀중히 듣게 될 터이오니, 무릇 개봉박두의 기대로 심장이 두근두근해지는 걸 어쩌지 못하는 지경에 이르렀음이야!

그 도반 갑에게서 들은 첫 번째 이유인즉, '그 여자의 창넓은 집' 주인 여자의 얼굴이 이젠 '질린다'는 것이었다. 나는 그만 아연실색하지 않을 수 없었다. 도반 갑을 뺀 나머지 도반들의 표정 또한 난감해졌다. 도대체 도반 가운데 어느 누가 주모에게 눈길이라도 한번 건넨 적이 있단 말인가? 도반들 사이에서 그동안 '몸의 이해에 관한 서양 의학적 관점과 한의학이 바라보는 접근법의 격차'가 내재하고 있는 의사상醫思想적 견해나 흐름 혹은 그 다름을 화두로 삼아 인체, 특히 여성의 신체적 형상 요모조모에 관해 거론해 본 적이 있었단 말인가? 하물며 중국 고전 중에서 제일가는 서책이라 하는 방중房中의 한 술術을 담고 있는《방중술》은 애당초 논외의 서책인고로 일면식마저도 저어한 채였다. 도반들께서 필히 탐독하기를 마다해서는 아니 되는 우량도서 서너 권을 선정하여 분기별로 나눠 독서 토론 하는 모양새를 또한 지금껏 고수해 오지 않았던가? 오래전부터, 그러니까 십수년 전부터 시중에 회자되는 국방부의 불온서적 명단에 오른 책 중 적지 않은 권수의 책을 탐독한 적이 있으니, 아연 불온서적 소지로 인해 적용될 수 있는 어떤 법의 저촉으로부터 자유로울 수 있을지 모르는 차제일지언정, '야동' 혹은 요즘 인기 있는 야들야들한 웹툰 들여다보기에 몸을 달구는 얄궂은 일면 따위는 단 일언의 언급도 없었음을 확인하는 터이다. 이러거늘, 애당초 주인 여자에 대한 일말의 애정을 뭇 남성들의 속내에다 견주고 들먹이며 모임터 이전의 첫 번째 이유로 내세우는 건 도반들에 대한 예우가 도무지 아닌 듯 사료하지 않을 수 없었다. 하여, 나의 예단인즉,

"혹여 여인들에 대한 잉여의 마음이 작금에도 있으사, 창넓은 집 '그 여자'에게 슬몃슬몃, 수차례나마 눈길 혹은 속내의 언질마저 건넨 적이 있으오이까?"

라며 곧장 직진하자,

"이순耳順에 이른들 가을바람 소소한데 가슴 서리게 아픈 구석 없으며, 가을 달빛 그윽한 창가에 앉아 지난날 두고 떠나온 사람, 그 잔영, 어찌 떠오르지 않을소이까!"

지난 시절 동안 고이 담아 두었던 옛 여인의 자태가 주인 여자에게 묻어 있어 가슴의 파문을 지극히 숨겨 왔다거나, 혹은 이 좋은 계절에 즈음하여 새삼스레 그려 보아 왔던 여인의 인상인즉, 마음 일렁이게 하는 여울 또한 전혀 일지 않았다고는 못 할 속내였음을 도반 갑이 역시 에둘러 술회하니,

도반 을乙께서 왈,

"'그 여자의 창 넓은 집' 주인의 면모가 반반하고 수려하기로 그만하다고는 하지만, 하물며 우리의 정담과 논판의 정성이 여태 그래 왔듯 그쪽에다 자주 눈길 건넬 상황은 상기, 아니었음을 상기하길 바라오."

도반 을은 연향동파의 좌장으로서 점잖게 꾸중을 건넸다.

"사형께서 너무 고립을 자처하시는 말씀을 건네시는데 내심, 주모의 씀씀이가 깊어 친우와 더불어 그 집에 때로는 들르게끔 이끌기도 하는 곳이었거늘 유신이 그러했듯, 참소 승마斬所乘馬라도 했어야 한다는 것이오리까?"

도반 병丙의 창끝이 의외로 날카롭게 사형에게로 향했다. 도반 병은 고전古典에의 깊이가 도반들 가운데 으뜸이라,

'김유신'을 들먹이지 않았다면 나는 능히 '참소승마'의 뜻풀이에 조금의 어려움을 겪었으리라. 덧붙여 도반 병은, 도반 정丁과 대치되는 논점을 고수하길 심대히 즐겼는데, 하여 도반 정의 반문 또는 이죽거림이 송곳 같다.

"'참소승마'를 입에 담을 지경에까지 이르렀다면, 그 집에 드나들며 도반 병께서 쏟아부은 금전이 서 말은 넘겠소이다, 허허허."

도반 병이 불뚝, 대응하려 입을 벙싯거리기 전에 도반 임壬이 손사래를 쳤다.

"그러니까 저 또한 몇 차례 주우酒友와 더불어 그 집 문지방을 넘나들었기로, 주모 때문이 결코 아님에도 그 '창 넓은 집'만은 도반 어느 누구도 평시에 출몰해서는 곤란한, 마치 우리의 모임터 이외로는 어느 명목으로도 제공되거나 할애되어서는 아니 되는 장소여야 한다는 논조의 흐름이라고 설핏 느끼게 되는데, 저로선 그러니까 매우 지나친 견해가 아닌가? 하는 판단을 하게 됩니다."

"아, 그렇군요. 저야 술집에 자주 들락거릴 정도로 술판에 자주 끼는 편이 아니니 애당초 연향학파 모임 아니면 그 집에 드나들 이유도 별반 없지요. 하지만 도반들 가운데 몇몇께서는 그동안 모임 날 이외에도 자주 드나들었던, 예우

받을 만한 손님의 경우로 해서, 주인 여자가 연향학파가 모일 시에 그리 극진한 모습을 보여 주었던 게 아닌가? 싶소이다, 그려."

어떤 종류의 술도 아예 한 모금마저 입에 대지 않는데도 술판에 어울려 교유交遊하기를 또한 마다하지 않는, 그리함으로써 간혹 궂은일이라도 발생하면 서둘러 나서서 역겹고 힘든 그 역할을 도맡아 해내곤 하는 도반 기였다.

도반 무戊가 눈을 지그시 감은 채 말문을 열었다.

"'그 여자의 창 넓은 집'은 사실 융숭하고 넉넉함이 깃든 집이지요. 주인 여자의 배려를 감안했을 시, 우리가 너무 소홀히 대접한 감도 없지 않구요. 다만, 남성으로서 여성에게 지니는 감정의 이입移入 따위를 굳이 도반들께서 들먹이고 있는 건 그리 점잖은 언행이라고는 할 수 없지 않나, 여기웁니다."

"자, 그 화제에 대해선 이 정도에서 마치는 게 어떠하오. 대수로운 일도 아닌 듯싶고 또한 육십을 넘겼다 한들, 세상의 유혹들에 자유스러운 연배라 하기에는 섣부른 것도 같으오. 더불어 이 가을을 맞으면서 우리의 심상에 들앉은 미추美醜의 감성을 건드려 본다 한들, 누구라고 나무랄 수 있는 서정의 찌꺼기가 아니라는 생각까지 미처 깨닫지 못했소,

그려. 딴은 그동안 보아 온 그 집, 주인 여자의 씀씀이가 우리 도반들을 편안하게 해주었음을 다들 익히 느끼고 있는 것 같은데, 하물며 우리 모임터를 옮기게 된 연유로써 갑이 거론하였듯, 이를테면 '질린다'는 모임터 이전의 변만큼은 조금 가볍다고 보오. 그래, 이 정도에서 이전의 변에 관한 말문은 닫기로 하고, 다른 화제로 넘어가 보옵시다."

토요일에 모임을 갖는 특별한 날이 아닌 터라 도반 신의 내심은 들을 수 없었다. 도반 신 역시, 아주 간혹 월요일이 국경일 등으로 연휴인 경우 특별한 모임이 있는 토요일 아닌 일요일, '그 여자의 창 넓은 집'에서의 모임에 참석한 전례도 있거니와, 그의 속내는 어쩐지 궁금하여 아쉬운 생각을 떨칠 수가 없었다.

어쨌거나, 좌장이신 도반 을께서 화제를 돌리자는 제의가 있음에도 의제를 누군들 쉬이 내어놓지는 않았다. 몇 년 동안 그 집에 모이면서 나름으로는 그 집과 옮긴 이 집을 비교하는 눈길을 분주히 굴리고 있는 도반들의 자태로 보아, 장소 이전의 내막에 대해 좀 더 짚고 넘어가야 한다는 암묵 같은 게 엿보였다.

"우리가 몇 년 동안 '그창집'에 모여서 숱한 논전을 거듭해 왔는데도, 장소를 옮겨 모임을 갖자는 도반 갑의 문자 메시지에 별다른 규명 없이 일단 이리로 왔소이다. 물론, 흔쾌히 이리로 모였다고는 할 수 없지만 별다른 토를 달지 않고 일방적으로 제시한 '새로운 장소'라는 문구에 현혹, 아 표현이 다소 거친 점을 양해 구하고자 하옵니다. 아무튼, 그렇게 이끌리어 이 집으로 모이게 되었습니다. 이 점에 대해 불편하다거나 잘했다거나 혹은 앞서 도반 갑이 언급하였듯 그 집 주인 여자의 얼굴이 이젠 보기 싫어져서 옮기게 된 걸, 장소 이전의 변으로 용인하고 가지는 말자고 하는 사형의 언급까지 있었지만, 그런 정도의 선에서 덮어 버리고 다른 화제로 서둘러 옮겨가자는 건, 장소를 옮긴 상황이나 인식에 대해 갑의 언급을 결국 수용하는 모습이라고 판단하옵니다. 우리의 모임터를 이전한, 거론되는 이유를 들으면서 도반 갑의 솔직담백한 사변을 결코 가벼움의 내심으로 여기지 않고 있음을 전제하면서 말씀드리고자 하는 건, 그렇게 묵인하고 넘어가도 되는 것인가? 이에 대해 함께 사유할 필요가 분명 있다고 보는 것이외다. 예컨대 우리 학파의 한 시대를 마감하고 새로운 장을 펼치려는 시점이라고 굳이 명분을 붙일 수 있다면, '그 여자의 창 넓은 집' 시대를 접는 변으로써 그 집 주인 여자의 얼굴을 더 이상 보고 싶지 않아서 장소를 바꾸게 되었다고 하는 건, 사형께서도 앞서 거론하였듯이, 그동안 우리의 의제와 그에 대한 심화된 쟁론을 염두에 두고 볼 때 수용하기 쉽지 않은 종언終言이 아닌가 하옵니다. 이 부분을 간과하고 넘어간다면, 감히 '학파'라 칭할 만한 하등의 연유도 없지 않겠는가라는 판단을 섣부르지만 감히 하게 되는 것이올시다."

도반 병이, 평소의 그다운 고언苦言을 토했다. 도반 병의 심각한 의제에 반해 사형의 제안을 거들고 나서기라도 하듯 도반 계癸 또한 대수롭지만은 않은 운韻을 띄웠다.

"'학파의 한 시대를 마감하고 새로운 장을 펼치려는 시점'이라고 꽤는 거창하게 지적하셨는데, 모임의 장소 이전을 이를테면 '학풍學風'의 새로운 도래라는 관점으로까지 확대하는 건 지나침이 없지 않나, 여기는 바입니다. 그보다는 우리스스로 '연향학파'라 칭해 왔는데, 이름값에 부합하는 언행의 깊이와 무게가 속살 깊이 진솔하게 존속해 있는가 하는 자문을 통해 작금 일말의 부끄러움이 없는 건 아닌지 살펴보아야 할 시점이 아닌가? 하는 그런 원초적인 의문을 제기해 보옵니다."

기실, 도반 계는 한국의 실물경제에 대해 실물失物을 예로 들어 간파해 주기에 나는 매우 흥미롭게 청취하곤 하였다. 그는 한때 미국 문화에 대해 알고자 하는 내부의 요동을 물리치지 못하고 휴직까지 하면서 미국으로 전 가족 이주를 단행하여 삼 년여를 미국에서 보내기도 했었다. 특히, 미국발 금융위기가 한국 경제를 어떻게 쥐락펴락하고 있으며. 더 나아가 세계 경제에 미치는 그 파고의 강도를 확연한 색과 선으로 그림 그리듯 보여 주기를 주저하지 않았다. 덧붙여, 전 세계가 대공황의 구렁으로 빠져들 수 있는 상황 속에서 실제 대공황으로 치닫게 될 경우, 이의 확실한 타격 수순으로 미국의 지난 1929년 대공황으로 인해 제2차 세계대전이 일어났듯, 전쟁 발발 가능성이 현저히 높아질 수 있다는 예측을 했다. 그것도 경제 대국인 몇몇 국가가 주동이 되어, 특히 미국과 중국에 의해 신냉전 체제가 다시 도래하고 굳어져 가는 상황에서 국지전 아닌 어느 한 대륙에서 벌어지는 준세계대전 수준의 전쟁으로 몰아가고 말 것이라는, 끔찍하지만 자기 공명 기기인 MRI적 최첨단 수준의 진단을 통해 일목요연하게 정리해 주는 그의 주장은 섬뜩하기도 했다. 그의 실물경제에 입각한, 진저리칠 만한 견해에 나는 그만 입안에 고이지도 않은 마른침을 꿀꺽 삼키지 않을 수 없기도 하였다. 그런 그가 '학파'라 칭하는 바에 대해 적잖은 부담감을 지녀 왔다고 한다면 누군들 자유스러울 수 있겠는가, 말이다.

"샛길로 가지 맙시다."

도반 병이 다시금 말길을 틀어쥔다.

"그동안 '학파'라 이름하여 부르는 것에 우리 스스로 되돌아볼 필요를 절감할 때가 저 또한 전혀 없었던 건 아니옵니다. 굳이 견주려고 하는 건 아니지만, 오늘 참석하지 않은 도반 신 수준의 필력과 구력口力을 지니지 못한 처지로서, 세상의 여러 궤軌를 엮고 꿰매어 가지런히 정리하고 논구論究할 능력을 기르지 못한 채 감히 학파라 칭하고, 그 한 일원이라 내세우기에 심히 부끄러운 행색임을 저로서는 밝히지 않을 수 없소이다."

말길을 틀어막고 나서는 도반 병을 힐끗 건네보던 도반 정이 이렇듯 저어하고 나섰다. 이런 식의 논쟁 혹은 언쟁은 때때로 피곤하기도 했다. 하지만, 한편으로는 고무적인 일면이 있음을 부인하기 어려웠다. 논판을 더욱 명징하게 이끄는 요소로 톡톡히 작용하기 때문이었다.

도반 정이 출입문을 열고 들어서는 낯선 사내를 건네보다가, 작은 LED 전구가 촘촘히 밝힌 천장을 올려다보고는, 다시 막 문을 열고 들어선 사내가 합석하며 시끌벅적하게 떠들어대는 옆쪽 자리로 눈길을 옮긴다. 도반 정이 눈길을 한 곳에 고정해 놓고 있지 못하는 건, '학파'라 명명한 근거 또는 상응하는 자존감을 어느 도반이라도 들춰내 주길 바라는 것이리라, 하는 생각을 나는 뜬금없이 떠올렸다.

　도반 정은, 미국이 중동과 남미 지역에서 군사력을 수반하여 벌여 온 도발적 지배 구조의 안착화, WTO와 IMF를 통한 재화財貨의 지배, 지적재산권 확대와 철저한 적용을 통해서 제반 과학기술의 저성장 국가로의 이전을 치밀하게 막고 덧붙여 기축통화의 지위를 결코 중국에 넘겨주지 않고자 경제 블록을 확대할 뿐 아니라 중국에 대한 군사적·경제적·문화적, 더 나아가 총체적 봉쇄를 통해 세계 초강국의 위치를 견지하고자 하는 점 등을 적확한 논거와 논증으로 이해를 확산시켜 주곤 하였다. 역사학도로서 정사正史에 근거한 당대의 사실fact에 대한 해석 역시 참으로 명징했다. 또한 훼절된 우리 근현대사의 흐름과 그 단면, 단면들을 세계사적 관점에서 짚어 보고, 앞으로 전개될 한반도의 정세를 주의 깊게 탐닉하는 데에 주저함과 빈틈이 없는 도반이었다.

　"……."

　잠시 침묵이 흘렀다.

　나 또한 입안에 괴지 않은 밭은 침을 꿀떡 삼키었다.

　"사실 우리 모임이 결성된 이후, 그러니까 지금까지 오랫동안 걸어온 자취와 여정 그리고 숱한 논점과 수준의 단계로 보아 '학파'라 명명했다 한들 누가 쌍심지 곧추세우고 입에 재갈 문 채 달려들어 간판 내리라고 혹은 현판 달아 둔 건 아니지만, 현판 걷어치우라고 달려들 어느 세력이 있을 리는 만무하다고 단언하옵니다. 그러니까 물론, 어디에다 드러내 놓고 우리의 모임에 대해 선전하고 다닌 적도 없거니와 작금에 와서, 학파라 이르기에 부끄러운 처사네 하면서 우리 연향학파 모임의 격을 스스로 낮추려는 겸손까지 앞세울 시점은 아니라고 소인은 보옵니다."

도반 임이 평상시 같지 않게 단호한 입장을 드러냈다.

도반 갑이 심각한 표정으로 듣고 있다 좌중을 힐끗 훑어보고는 결자해지의 위치 혹은 단계라 여긴 듯 가지런하게 달아 놓았던 말문을 재차 열었다. 도반들 역시 도반 갑의 발언이 수순에 맞는 거라 여긴 듯 귀를 쫑긋 세우는 모습이었다.

"불초가 장소를 옮기자고 한 데에는 앞서 밝힌 대로 '창 넓은 집' 주인 여자에 대한 이미지의 손상에서 출발한 측면이 일정 부분 없지 않으나, 사형께서 언급하신 것처럼 제 변동의 변으로 내세운 '질린다'는 표현에 대해 저의 저급한 인품의 소치라고까지 충고하신 점에는 제가 받은 주인 여자에 대한 이미지 손상의 깊이에 비춰 얼마간의 유감 또한 갖게 되는 바이올시다. 물론 이 자리에서 손상의 내용에 대해 밝히는 건 부적절하다고 단언하는바, 언급하지는 않겠습니다. 그럼에도 제가 지금 내심 지니고 있는 장소 이전에 따른 고뇌에 비하면, 그런 언급은 저로선 차마 수용하기 어렵다는 점을 밝히면서, 제가 부득불 장소를 옮기려고 심대한 고민을 하게 된 그 시발점을 정작 밝히지 않을 수 없는데, 그건 제 코 때문이옵니다. 소생의 코가 '개코'거든요. 다른 사람보다 냄새에 민감하다는 것이올시다. 저는 그 집에서, 특히 올해 들어 이상한 냄새를 더 확연히 맡곤 했는데,"

거기까지 내리 읊던 도반 갑이 잠시 말길을 접고 뜸을 들였다. 얼굴이 제법 벌겋게 상기되어 있는 걸로 봐서, 내심의 갈피를 그루 잡지 못하고 있음을 느낄 수 있었다. 도반 갑은 자유주의적 사고태思考態를 지닌, 이를테면 리버럴한 성향을 심심찮게 내보이는 도반이었다. 적절한 유머와 예인藝人적 끼를 또한 곧잘 드러내곤 하였는데, 한때는 연극 무대에서 연기도 하고 연출까지 맡았던 적이 있는 도반으로, 대학에서 프랑스 문학을 전공한 프랑스어 교사였다. 그는 도반들의 온라인 카페인 '갑의연꽃향기'에 뽕짝에서부터 교향곡, 재즈와 발라드, 힙합과 댄스곡, 고전 가요와 최신 가요, 아리아Aria와 합창곡, 금관악기 합주에 판소리와 가야금 병창까지 모든 음악 장르를 섭렵하여 고른 음악 한 곡을 짧은 해설과 함께 코로나19 바이러스가 세상에 준동하기 시작한 뒤부터 오늘까지 소개하고 있다. 단 하루도 거르지 않고 자신의 지인들 삼백여 명에게 오후 다섯 시와 여섯 시 사이에 그동안 천 사백여 곡—그에게 묻지 않아 정확히는 모르지만 짐작컨대 —을 보내면서 중복되지 않은 곡을 선정하여 보낸다는 게 결코, 도무지 가능할 것 같지 않은 일임에도 치열한 정열로, 강박의 의무감을 넘어 산소를 마시고 내뱉는 자연스러운 호흡의 일상처럼 한 곡 올리기를 마다하지 않는 그였다. 그도 이 작업을 언제까지 지속할지 모른다고 했다. 어쨌거나, 그의 노고를 통해 음악에 다양한 장르가 있다는 걸 나 또한 새삼 깨닫고 있나니… 그야말로 놀라울 따름이었다.

"그러니까 냄새라, 냄새라…."

도반 임이 품앗이할 듯 말을 꺼내다, 이내 거둬들였다.

"혹 다른 도반들께서는 맡지 못했는지 모르겠는데 뭔가 퀴퀴하고 노린내가 나는 게, 저는 그동안 '그 여자의 창 넓은 집'이 영 불편했습니다. 쾨쾨한 건 그 집이 낡고 오래된 집이고, 또 한편으로는 하얀 전구의 형광 불빛 사이사이로 형형색색의 자그마한 전구가 뿜어 내는 노래방 같은 분위기가 딴은, 한껏 분위기 잡으려다 도리어 분위기 망친 것 같은 그런 느낌 때문에 갖게 된 일종의 변종된 냄새 치더라도 노린내, 뭐랄까 밤꽃 한창 흐드러질 때 풍기는 그 야리야리하면서도 현묘玄妙한 냄새…."

콧속을 뭔가가 막고 있어서 불편한지 코끝을 엄지와 검지로 몇 차례 주물럭거리며 도반 갑이 잠시 말끝을 흐린다. 평소와 다른 말투였다. 말끝을 맺지 않고 문칮문칮 여운을 두는 건 그의 어투가 아니었다. 리버럴한 것처럼 그는 짧고 명쾌한 어법을 즐겼다.

"그래요? 나도 그랬는데. 그러니까 언제부턴가, 도반 갑께서는 '특히 올해 들어' 그런다고 했는데, 저는 그 시점은 잘 모르겠고 언제부턴가 그 집에서 묘한 냄새가 난다는 걸 인식하긴 했는데 딱히, 그러니까 무슨 냄새라고 가늠하기 어려워 발설하지 않고 있었거든요."

도반 임이 앞서 덧붙이려다 접어 버린 동의의 말 보탬을 하고는 도반 갑처럼 자신의 코를 쓰윽 문질렀다. 한때 소설 공부에 집착하여 여러 편의 단편을 써내기도 했던 도반 임은 자신이 맡고 있는 국사 교육을 더욱 심화시키고자 하는 발로의 일환으로 유적지 발굴 작업에 참여하기도 하고, 더불어 피폐한 근현대사 속에서 벌어진 지역의 아픔인 '여순 사건'의 실체 규명 작업에도 힘을 보태는 등 활동 폭을 넓히고 있는 도반이다. 요즘 들어 그는 통일과 관련한 부분과 부문에 대한 발언을 부쩍 빈번히 해왔다. 특히, 통일을 원하는 여론이 전 세대世代에 이르기까지 부정적으로 확대되어 가고 있는 현실을 심히 아파하는 마음을 토로하곤 했다. 더불어 소위 진보정권이라 일컫는 앞선 정부에서 맺은 북쪽과의 협의 내지는 협약을 폐기하고 '힘에 의한 평화'를 전면에 내세움으로써 한반도의 긴장 고조가 고도화되는 현 시기를 매우 힘겨워했다.

나는 도반 임이 통일문화연구원—인지 정확히는 기억나지 않지만—에서 개최한 중국 쪽의 두만강 변을 따라가며 북녘땅 간절히 보기의 일환으로 실시한 걷기 회합에 몇 년 전, 그러니까 현직에 있을 적, 겨울방학에 자발적으로 참여하여 통일운동의 실천력 제고에 발품을 아끼지 않은 추후의 결과물로 초·중·고교생을 대상으로 한 저술—혹여 책 선전으로 오해할 수 있는 여지를 없애기 위해 고명한 저작의 제목을 소개하지 못함을 이해해 주기를 바라며—을 참으로 대단히 여기고 있다. 그런 그가, 도반 갑이 이내 밝힌 것처럼 냄새 맡는 데에 '개코'인 건 또한 처음 안 사실이다.

"도반 임께서도 제가 맡은 냄새와 동일한 냄새를 맡았는지는 모르겠으나 어떤 냄새를 맡긴 맡으신 것 같은데, 사실 제 각별한 후각 기능은 얼마 동안 마비되어 있었사옵니다. 이른바 상호주의니 하면서 인도적인 식량 지원까지 '대북

퍼주기'라며 중단을 요구하고 있는 일각의 세력들에 의해 명명된 '잃어버린 10년' 동안에는 말입니다. 그 기간에는 어디에서도 특별한, 제가 맡는 냄새가 좀 유별난 냄새인데, 그런 냄새를 맡을 수가 없었습니다. 냄새가 미미해서 그랬던 것이었는지, 아니면 냄새 자체가 없었던 까닭에 그랬는지는 명확하게 결론짓진 못하겠으나 아무튼 그 '잃어버린 10년' 동안 나는 '개코'의 기능이 마비되어 있다는 사실 자체를 인식하지 못할 정도로 편안, 그래 편안했다고 표현해도 되겠는데, 그랬사옵니다. 아무튼, 긴장 속에서 후각을 곤두세워 코를 벌름거리며 그 어둠의 그림자 속에 감춰져 있는 냄새를 맡아야 하는 그 민감한 개코의 역役에서 벗어날 수 있어서 편안했다고 할 수 있사옵니다. 그런데, 올해 들어 봄볕 따사로운 산길을 걷다가 일명 피나물이라 부르는 자그마한 노랑매미꽃에서 정말이지 피 냄새를 맡고, 풀섶에 자그맣게 핀 애기똥풀에서 애기똥 냄새를 참으로 상큼하게 맡는다거나, 혹은 내 집안에서 내 식구들에게서만 나는 영롱한 냄새가 결코 아닌 흘깃흘깃 나를 훔쳐보는 타인의 눈초리에서 풍기는 곤혹스러운 어떤 냄새를 맡기도 했지요. 또한 아파트 현관으로 스며든 흔적은 결코 발견할 수 없는, 베란다를 타고 들어왔거나 현관 밖에서 안으로 주입시키지 않았나 하는 의심을 갖게 되는, 또는 내 가족 중 자신도 모르게 어디에선가 묻혀 온 어떤 냄새, 다시 말해 어둠 속에서 나의 말을 엿듣고 나의 몸짓을 주시하는 기기器機로 여겨지는 쇠붙이에서 나는 냄새라고 느껴지는, 차가우면서도 시큼하고 야릇한 내음 따위를 맡아 오곤 하였다는 것이옵지요. 더불어 '그 여자의 창 넓은 집'에서도 우리 도반들이 늘 앉았던 자리 옆자리에서 묻어 나온 또 다른 '개코'의 큼큼거리는, 그래 아주 음험하고 비릿한 냄새를 줄곧 맡게 되었다는 것이옵니다. 그 냄새의 정체에 대해 명료하게 짚어 낼 수는 없겠으나 앞서 제가 말했던, 흐드러진 밤꽃에서 풍기는 야리야리하면서 현묘한 어떤 냄새인바, '창 넓은 집'에 가면 그 냄새를 밀도 높게 분명히 맡게 된다는 사실이옵니다. 문제는, 떨칠 수 없는 문제는, 그 냄새 속에서 우리를 엉구려는 일종의 구속력을 감지했고 이 정부 들어 새삼, 그러나 또렷하게 절실히 느끼고 있다는 점이올시다."

"도반 갑께서 가지고 있는 '개코'의 기능은 흔히들 느낄 수 있는 일반적인 후각 기능과는 다른, 그러니까 유발될 수 있는 어떤 상황에 대한 낌새, 그러니까 은밀히 진행되고 있는 모종의 기만적 책동에 대해서까지도 민감하게 탐지할 수 있는 특별한 후각 기능을 지니고 있다는 것이옵지요?"

도반 임 또한 똑같은 기능의 '개코'를 지니고 있다는 것인지, 혹은 그런 기능을 지닌 '개코'가 기필코 실재한다는 데에 동의하는 것인지, 그러니까 가늠하기 모호한 반문이었다.

"문제는 본인이 지니고 있는 '개코'의 기능이 확률적으로 신뢰할 만한 수준에 도달해 있다는 점입니다. 겪었던 예를 하나 들자면…,"

(도반 갑이 든 '실제의 예'를 다시 듣고자 되돌림 버튼을 눌러 다시 되돌아가는 건, 그 이야기가 너무 장황해 지루한 감이 없지 않을 뿐 아니라 "신뢰할 만한 수준"의 진위를 파악하는 데 그리 도움되지 않을 수도 있거니와 그의 리버럴한 경향성이 짙게 담겨 있는 터라, 혹 오해할 수 있는 여지 또한 지니고 있는바, 여기선 그만 접기로 하고 그 이후의 상황을 보자면,)

도반 갑과 도반 임을 제외한 다른 도반들 모두 아연 긴장하는 낯빛 속에서도 서녘 하늘에 뜬 이지러진 그믐달빛 닮은 어둑어둑한 미소만큼은 선뜻, 감추지를 못했다.

도반 갑이 말하는 '개코의 역'이 후각 기능의 본래 한계를 넘어, 보이지 않고 풍기지 않는 어떤 냄새를 맡아 낼 수 있는 또 다른 차원의 역할이 가능한가에 대해서는 도반 갑에 대한 예우로, 그야말로 눙치는 말이라고는 누구도 여기지 않았다. 그리하여도 그의 발언을 곧이곧 진의, 아니 진실로 받아들이기에는 연향동파의 그동안의 내력來歷과 이력履歷으로 보아 쉽지 않은 터수이긴 하였다. 그럼에도, 확신에 찬 묘한 두려움을 수반한 도반 갑의 어투로 미뤄 도반들은 일단 누구도 고개를 절레절레 내젓지는 않았다.

"그러니까, 그러니까,"

"어이쿠, 그러니까, 를 또."

도반 정이 답답한 듯 도반 임의 반복되는 말투를 곱씹었다. 도반 임은 도반 정의 대학 동문 후배였다.

"뭔가 우리를 옭죄는 어떤 조짐의 냄새, 다시 말해 감시의 냄새, 도청의 냄새, 뭐 이런 따위의 냄새를 맡았다. 그리고 지금도 맡고 있다? 그러니까, 그거이옵지요?"

"너무 앞서는 예단 아니오이까?"

도반 임의 호들갑스러움에 도반 기가 섣부르다, 며 나섰다.

"아니오. 짚이는 데가 있어서 그러하외다."

도반 갑이 눈동자를 천장에 두고 느릿느릿 내뱉자,

"뭐가 그러하단 말인지 들어나 보옵시다, 그려."

사형 또한 어떤 직감에 사로잡히는 표정이 역력했다. 도반 갑이 사형의 되물음을 받아 다시 무겁게 입을 열었다.

"우리 학파가 어떤 그물망에 걸려들어 있지 않나 하는 것이옵니다. 거미줄처럼 낭창낭창한 그런 정도가 아니라 필시 누구도 빠져나갈 수 없는 촘촘한 저인망에 걸려들어 있는 게 분명해 보이는데, 현재 그 그물망을 잡아끄는 손길이 매우 거칠고 단도직입적이어서 우리로서는 어떤 조치를 택해야 하는지 감을 잡을 수 없는 강력한 속박의 냄새를 맡고 있다는 것이외다, 시방."

"무슨 뜬구름 잡는 말이오, 그게. 이른바 '진실 사건'이라고 부르는 그런 조작의 관제성이 우리 모임—연향동파라 내 입으로 이 자리에서 칭하기가 조금 껄끄러운 상황이다 보니, 표현의 대체로써 표출하기를—에 어떻게 작동되어 덮씌워질 수 있다는 것인지 도무지 수긍할 수 없소이다."

나 또한 도반 갑의 황당하다고밖에 할 수 없는 거칠고 지나친 감각에 언필칭 짜증이 났으므로 한마디 흘리고 말았다.

"가만, 가만. 그렇게 내칠 상황이 아닌 듯싶으오. 이 정부 들어서 간첩단 사건이 지속적으로 터지고 있지 않은가, 말이외다. 민주노총 침투 간첩단 사건에다 제주도와 전북의 간첩단 사건, 창원 간첩단 사건으로 구속되고 있고 전농(전국농민회총연맹) 어느 활동가 역시 간첩 혐의로 구속되는 등등을 보면서 이게 뭐지? 하는 의구심을 갖지 않을 수 없었소이다. 그런데 우연의 일치인지는 모르겠사오나 그걸 안 이후 감시망 안에 갇혀 있는 게 아닌가, 하는 묘한 쫓김 같은 걸 스스로 감지하게 되었어요. 뭐랄까, 집안의 전화기로 통화하는데 갑자기 웅웅, 울린다거나 불통 지역이 아닌데 핸드폰 소리가 잘 안 들린다거나 하는, 그런 경험을 하게 된 것이지요. 내가 전자기기에 대해 잘 모른 탓에 사용상 인지 부족으로 그렇게 작동하게 된 원인을 제공하였을지 모르겠으나, 그런 일이 몇 차례 있다 보니까, 오늘 이 이야기를 듣고 보니 거기에 생각이 이르게 됩니다. 그렇다고 내가 도청당하고 있다는 생각을 해본 적도 없고 그런 경험도 없단 말이지요. DJ 정부 때 2년 동안 지부장을 하면서도 전혀 느끼지 못했던 거거든요. 그런데 요즘 들어 앞서 언급하였듯이 몇 차례 전화 불통을 겪고 보니까, 지금 갑과 임의 이야기를 들으면서 그런 생각에 갑자기 사로잡히게 되옵니다, 그려."

사형이 전교조 전남지부장을 했을 당시의 활동가를 중심으로 해서 인식적 친불친親不親을 가려 모임이 꾸려지고 이뤄지고 있다는 걸 감안했을 때 사형의 그동안의 언행 속에 어느 한 면이라도 가식이 수반되어 있다고 여기는 도반은 아무도 없었다. 더불어 사형께서 명퇴하며 천명한, "육십을 맞아 이제 다른 일을 모색할 때가 되어서"라고 한 명분의 이면에는 이게 나라냐? 싶을 만큼 국가의 정체성을 심대히 무너뜨리는 보수 정권 하에서 더 이상 월급 타먹고 살지 않겠다는 결연한 명퇴의 단행이었음을 도반들은 느껍게 감지하고 있었다. 그런 연유로 명퇴를 감행했던 소설가 친구가 또한 있으므로 기실, 아직 명퇴에 이를 만한 나이에 이르지 못했던 도반—현재는 어느 누구도 현직에 적을 두고 있지 않지만—들은 심히 더욱 부끄러움에 빠져들지 않을 수 없었던 기억이 새롭다.

"그러니까 오래전 겨울방학에 두만강 변을 따라 걸으면서 북한을 '간절히' 보려는 참가자들과 이런저런 대화를 통해 알게 된 게, 참가자들 대부분이 북한 연구가들이었는데, 관변학자들이 아니고 대학에서 북한학을 제대로 연구하고 있는 사람들이었는데, 그러니까 그 사람들은 항시 그런 걸 염두에 두고 연구실 컴퓨터를 사용하고 연구실 전화기를 쓰고, 연구실 자료를 관리한다고 하더이다."

도반들 몇몇이 그럴 수 있겠거니, 하는 낯빛을 띠면서도 후각 기능과 관련한 도반 갑의 언급 이후 도반 임이 계속 들먹이듯 '그러니까' 하물며, 우리에게까지 그런 조작의 그물망이 덮씌워질 하등의 연고가 없다는 내색 또한 감추지 않았다.

"그냥 직관적으로 바라보지 말고 절망의 시대에 접어든 만큼 기제적 관점으로부터 출발해 보자면 직감할 수 있다는 것이외다. 특히 한·미·일 공조에 따른 군사적 동맹 수준으로 격상하면서 한반도 유사시 혹은 국지전적 상황 하에서도 일본 자위대의 한반도 진군 가능성을 열어 둔 사안이며, 중국과 러시아에 대한 이념적 접근으로 인해 두 국가에 진출한 경제 사업체가 난관에 봉착해 있고, 앞서 말한 민주 진영의 간첩단 사건 등등을 직시하옵건대, 87년 체제 이후 현재에 이른 민주적 절차성마저 잠식하고자 하는 작태를 내보이며 민주사회 진영을 드러내 놓고 옭죄는 경고 태도가 끝을 알 수 없는 지경에 이르렀다는 점이올시다. 경제적 위기 상황을 빌미 삼아 경제공안적 정국으로 이끌어 가려는 현실에다, 좌장께서 언급했듯 급기야 국보법을 무리하게 적용하면서까지 사상적 공안의 시대로 주저함 없이 돌입하고 있는 이런 상황 등을 두고 볼 때 어떤 수순에 의한, 보이지 않는 손에 의해 보수 정부 최대 공적이라고 떠드는 무리들의 사악한 주장에 동조해서, 전全 자 쓰는 조직체 가운데 전교조를 마수걸이로 심대하게 타격할 수 있는 조직 사건화化가 저들에게 요망되고 있다는 점을 직시할 수 있사옵니다. 해서, 전교조의 중심을 치고 들어가는 건 현실성이 떨어지지요. 외곽 그것도 변방에서, 변방이긴 하나 충분한 개연성을 지닌 소수의 자발적 조직체 내지는 순수함을 가장한 비순수한 모임체—라고 저들에 의해 매도당하는 조직 가운데 하나— 가운데 그 결성 연대가 깊고 오래된, 더불어 주동이라고 지목할 수 있는 자 또한 너무도 엉뚱한 위치에 있지 않은 구성원 중의 하나를 지목하여 충분히 엮어 낼 수 있는 조작의 동력同力 관계를 지니고 있다고 확신하는, 그런 여타의 자생 조직들을 대상으로 안테나를 세우고 면밀히 주시하고 있는 가운데, 우리 연향학파가 딱 걸려들었지 않나 하는,"

그때 갑자기 꽈당, 출입문 열리는 소리에 흠칫 놀라며 도반 갑이 말문을 닫았다. 도반들 또한 거칠게 들어서는 젊은 이에게 시선을 집중했다. 아연, 긴장하는 빛이 역력했다. 머리털을 짧게 깎은 젊은 사내가 출입문을 거세게 닫고는 혀꼬부라진 소리로 "까불고 있어, 씨팔" 하며, 우리에게만 향해 있지는 않은 듯한 욕지기를 내뱉었다. 그러고는 아무렇지도 않게 홀 안을 휘휘 둘러보다, 홀 안쪽에서 손을 들어 알은체를 하는 여자에게로 성큼 다가갔다. 짧은 머리의 청년이 여자에게 가버린 뒤에도 도반들은 안도하는 낯빛을 드러내지 못했다.

"… 그래, 그런 상황에 우리가 처해 있지 않나, 하는 것이외다."

도반 갑이 홀 안으로 휘적휘적 걸어가서는 여자 앞에 앉은 젊은 사내를 흘깃 건네보고는 말문을 닫았다. 도반 기가 이제 그만 '이 따위' 사변을 마감하자는 듯 이내, 후유 하는 한숨을 내뱉으며 말문을 열었다. 딴은, 젊은 사내가 던지고 간 어처구니없는 욕설에 한편으론 속내가 다소 누그러지는 걸 도반들 모두는 감지하고 있었다.

"도반 갑께서 언급한 부분에 대해 저는 다른 측면에서 간략히 짚어 보고자 하옵니다. 오늘 우리가 어떠한 상황, 어떤 연유로 해서 장소를 이리로 옮겼건 간에 이는 궁극적으로는 요즘 들어 다소 퇴색했다고 공인하는 언어인 노마디즘 nomadism의 한 표출이라고 사료합니다. 21세기, 현대인들이 끝내 겪을 수밖에 없는 '지적知的 유목遊牧'의 한 현상이라고 보는 것이올시다. 거기에다 국가 통제의 수단으로 전락하게 되어 있는 첨단의 디지털 기기는 또 다른 디지털 노마드遊牧民, 또 다른 '개코'의 시대를 필연적으로 유발하게 되어 있사옵니다. 우리를 끊임없이 지적 혹은 일상적 삶의 유랑에 나서게끔 강제할 것입니다. 달리 말씀드리면, 우리 '연향학파'에게만 강요되는 유랑이 아니고 현시現時를 살아가는 시대인 모두가 궁극적으로 사유思惟적 강제 이거移居를 당하게 되어 있다는 점이올시다. 그래, 인공지능의 시대가 전면적으로 도래하지 않았다고 하는 이 시점에서도 챗 지피티Cat GPT의 등장이나 생성 AI의 거듭되는 진화는 세탁기의 발명으로 여성들의 노동 해방을 견주거나 컴퓨터의 발명으로 인류 문명의 획기적 전환의 시대에 접어들게 되었다는 정도가 아니라, 인류를 파멸로 인도하는 길에 스스럼없이 접어들었다고 보는 석학들의 견해를 우리는 외면할 수 없을 것이외다. 이럴진대, 더욱이나 국가 통제 기구로부터 단 한 치도 벗어날 수 없게 되어 있다는 점을 우리는 명백히 직시하지 않을 수 없습니다. 하온즉, 도반 가운데 어느 장소에 대해 불편함을 느끼고 있다면 더 이상 고집할 필요는 없다고 본인은 사료하는 것이외다. '그 여자의 창 넓은 집' 시대는 이제 마감합시다. … 그런 견지에서 오늘 이 장소 또한 마땅하지 않은 것 아니겠소이까?"

"그러니까 다음 장소를 물색할 때까지 찬바람 쌩쌩 불기 전에 산이건, 바다건, 바깥으로 한번 나가심이 어떠하오리까?"

'개코'의 역할을 통해 모임의 결을 한껏 우중충하고 무겁게 이끌던 도반 갑이 어느 사이 리버럴한 도반 갑으로 변환하여 재빠르게 장소 탐색의 물음을 휘익 내던졌다.

"구름 한 점 보고 한잔 하고, 흐르는 바람에 마음 싣고 떠나 보시려우?"

누군가 눙치자, 도반들 모두는 연락책—이라는 70~80년대의 코뮤니스트적 표현을 해서는 아니 될 것 같은 분위기는 언제였나 하듯 상기, 잊어버리고—을 맡고 있는 도반 갑에게 이곳 말고 또 다른, 다음 모임 장소 물색을 일임하고 자리를 툴툴 털고 일어서는 것이렷다. 육십 줄 나이에 걸맞은 유연함이라기엔 어딘지 서글픈 낙담의 소회所懷이자, 그런 몸짓이었다.

거리는 네온 불빛 아래 여전히 '까불고 있'었다, 씨팔.

서미림 선생

코로나19 팬데믹이 지속됐다. 처음 맞닥뜨리는 상황인지라 학교는 갈피를 잡지 못하고 우왕좌왕했다. 개학을 두 차례 연기하고 겨우 교문이 열렸으나 상황 변화가 심하고 급박했다. 아이들 또한 들쑥날쑥 등교했다. 경력 29년째인 미림은 젊은 교사들에 비해 더욱 흔들렸다. 이제 곧 그만둘 때가 되었다는 걸 느끼기에 충분한 변화를 겪고 있었다. 대면 수업도 비대면 수업도 버거웠다. 비대면 수업이 조금 익숙해지자, 아이들과 함께하는 대면 수업인 교실 수업보다 차라리 부담감이 덜했다. 학교는 조금씩 안정을 찾아 갔다. 하지만, 미림은 몸과 맘이 쇠잔해졌다는 느낌에서 벗어날 수 없었다. 기력 상실 증세에 시달렸다. 코로나19 팬데믹 상황이 길어지면서 자주 증상으로 나타났다.

"명퇴해야겠어. 힘들고 지쳐, 이젠."

남편에게 처음 명퇴 이야기를 꺼냈다.

"여기서 17년, 저쪽에서 산 세월까지 합치면 우리 결혼

생활을 거의 이 도시에서 했는데, 학교와 집 오가는 길이나 장소 말고 아는 데 한번 말해 봐? 당신."

남편이 안타까운 시선을 건네면서도 물음은 희화화하여 드러냈다.

"지리적 공간을 알고 모르는 상황이 삶의 질과 특별히 연관 있는 건 아니잖아."

"당신의 활동 영역 속에 학교와 집 아닌 어떤 공간도 자리 잡고 있지 않다는 걸 아니까 하는 말이지. 학교와 집이라는 두 공간 속에 자가격리해 놓고 살고 있는 사람이잖아, 당신."

남편의 지적은 오랫동안 나름 치열하게 살아온 가정과 학교를 되돌아보도록 했다. 학교가 지금까지 해오던 궤도에서 벗어남으로써 새삼 학교의 비정상이 드러났고, 두드러졌다. 미림만이 아니었다. 여러 동료 교사들이 헤매는 모습을 느끼고 확인했다. 처음 걷는 길 위에서 겪는 일면 강요된 자각이기도 했다.

"그 자가격리를 풀어야겠어. 당신이 그동안 집요하게 부추기며 빠져나오라고 주문한 그 모습에서 벗어나야겠어. 이젠 정말 일탈이 필요해."

"그동안 당신이 그랬다는 걸 안 거야, 이제서?"

코로나19로 학교를 가다, 멈추다를 반복하면서 아이들

없는 학교에서 자신을 돌이켜보는 시간이 잦아진 탓이다. 오늘 등교해야 하는데도 오지 않는 경우의 대부분은 가정형편이 어렵거나 힘겨운 환경에 놓인 아이들이다. 유독 그런 아이들의 빈자리가 눈에 띄었다. 가까이 다가간 아이들이 또한 그런 부류였다. 동류 의식의 발현이랄까?

한편으로는, 어린 날에 겪은 자활촌의 기억으로부터 매몰차게 벗어나려 하면서도 도리 없이 빠져드는 이율배반적인 행동, 거기에 얽매인 사념이기도 했다. 가난하고 불우한 처지에 휩싸인 중학교 아이들은 대부분 기름과 물처럼 격리되어 떠돌았다. 시선은 흐릿했고, 입말은 표독했다. 다가갔지만 그만큼 더 달아났다. 학교라도 나오면 그 성질, 그 성향을 그나마 부릴 수 있으련만 학교 밖에서 무얼 하고 지내는지 걱정했다. 코로나19로 학교가 갈팡질팡하면서 더욱 배려해야 할 아이들로 여기면서도 새삼 참담했다. 학교 전체가 매달린다고 해결될 수 있는 상황 또한 아니었다. 코로나19 팬데믹이 더욱 부각한 사회 문제 가운데 하나였다.

"생활 전반이 그랬다고 몽땅떨이 식으로 몰아가지 말아요."

미림은 인정하면서도 항변했다.

"교사로서 당신의 위상에 대해선 달리 더 말하지 않을게. 하지만 자식들 낳고 키우면서 지금도 여전히 내보이고 있는 당신 모습은 무언가에 얽매여서 쫓기고 있다는 인상을 걷어 내지 못해."

"아이들 챙겨 먹이고 입히면서 어느 집이나 크게 다르지 않고 겪는 일상이지, 뭐."

그동안 남편이 안타깝게 여겨 온 정황들을 떠올리면서도 부인했다.

"몰라서 하는 얘기 아니잖아. 유별나다는 거야. 아이들 어렸을 때 신발 사면서 두 문수 더 크게 사오곤 했어, 당신은. 아이들이 불만이라고 하는데도 습관처럼 그렇게 사왔지. 속옷도 그랬어. 작은아이에게 70이 맞는 치수인데 75를 사고 85면 되는 큰아이에게 90을 입으라고 했어. 마트에 가서도 알뜰상품 코너에서 만지작거리지 않은 때가 없었어. 그때마다 핀잔을 줘도 당신은 다음에 언제 들었냐는 듯 또 알뜰상품 코너에 가서 거기 상품을 카트에 담곤 했어, 버릇처럼. 집에 와서 학교 이야기 할 때도 어제 만난 아이들 대부분이, 그리고 오늘 만난 아이도 형편이 어려운 집 아이들 이야기뿐이었어. 그런 모습을 보면서 무언가가 당신을 옭아매고 있다는 걸 느끼는 데 결혼하고 오래지 않았어. 그 애들을 외면하라는 이야기가 아닌 건 알 테지만, 그런 의식으로부터 속박당하지는 말라는 거였어. 거기서 빠져나오길 기다렸지, 오랫동안. 지금도 역시 그렇고. 만약 당신이 학교를 그만둔다면 거기서 나오는 데 과연 그게 순기능으로 작용할 것인가, 아니면 역으로 더욱더 당신을 옭아매는 압박감에 시달리게 할까, 염려가 되는 거야."

"내 말과 행동이 그렇다는 거 알아. 그동안 그런 나의 질곡을 잘 감싸 줬고, 도닥거려 준 점 또한 감사하고."

진심이었다.

"학교를 그만두는 게 정말 당신의 삶에서 어떤 의미로 닿을 것인가에 대해 사유하길 바래. 코로나19 이후 학교가 어떻게 돌아가고 있는지 다는 모르지만 교사 생활 오래하고 있는 당신 곁에서 살고 있으니 척하면 아, 하고 이해는 하잖아. 그러니 힘들어하는 거 보면서 안타까워하고 있었어. 언젠가는 기력이 쇠해 그만두려고 할 때가 정년보다 먼저 오겠구나, 예측은 하고 있었고. 거듭 강조하는 건, 나는 당신 결정을 충분히 이해하고 수용해. 다만, 스스로를 속박하는 그 지점에서 빠져나오길 바래."

결혼을 승낙받으러 자활촌에 가는 게 미림은 정말 싫었다. 통과의례라지만 부모님을 집 밖에서 만나고 싶었다. 남편이 고집해 결국 자활촌에 갔다. 아버지는 흔쾌히 승낙했다. 논에서 막 집에 와 장화도 벗지 않고 마루에 걸터앉아서는

"둘이 알아서 하거라." 한마디 던지고 휘적휘적 그 서러운 간척지 논으로 다시 나서는 것이었다. 남편이 아버지를 따라나섰다. 그때, 남편이 이러지도 저러지도 못하고 아버지의 논을 외면했다면 아마 헤어지고 말았을지도 몰랐다.

함을 팔러 남편 친구들이 왔을 때다. 큰오빠가 다니는 회사인 창원공단 내 대기업 사무직들인 허여멀쑥한 행색에 마을의 또래 친구들은 아마 꾀죄죄한 자신들과 비교우위에 말려들었고 자괴감이 엄습했을 테다. 또래 아이들이 빠짐없이 모여들기도 했다. 남편의 발목을 묶고 피가 나도록 발바닥을 쳐댔다. 남편은 비명을 지르고 미림에게 제발 말려 달라고 외쳤다. 미림은 눈물만 보였다. 끝내 말리지 못했다. 남편이 두고두고 곱씹는 기억이다. 미림에겐 아물지 않는 상흔이다. 마을 친구들에게 미안하고 괜히 죄스럽고 낯 들지 못할 염치없는 모습이었다는 걸 아무려나, 그랬다는 걸 지금껏 지니고 있다. 그때부터 그래서 그랬을까? 남편에게 내보이는 말과 행동이 가난에 찌든 모습인 것만 같아 늘 불만이었다. 내색하지 않으면서도 시달렸다.

코로나19는 뒷짐 지고 옛 모습을 반추하도록 미림을 이끌었다. 지금 서 있는 위치를 이리저리 헤아려 보도록 했다. 그동안 그토록 밀어내고 도려내고자 했던 그 마뜩찮은 자활촌

서미림 선생 **167**

에서의 상처가 미림의 내면 속으로 비집고 들어왔다. 어느덧 자활촌에 소환되어 아련해하는 자신을 느끼곤 흠칫 놀라기를 반복했다.

"시를 내려놓은 이유도 거기에 닿아 있는 것 같아서 더욱 그래. 당신이 가방에서 박○준 시인 시집을 꺼내서 표지만 한참 들여다보다 내려놓는 걸 몇 차례 봤어. 그럴 때마다 시에 대한 열망을 저버리진 않았겠지, 언젠가는 시를 쓰겠지, 하면서도 안타까웠어."

"거기까지만 해, 여보."

미림은 남편의 시선을 외면했다. 시詩, 시…를 입안에서 웅얼거리다, 고개를 내젓고 만다. 어린 날의 상처가 곱씹혔다.

일곱 살 미림은 곧 학교에 가게 된다고 한편으론, 한껏 부풀었다. 마음속으로는 아이들이 마구 놀릴 텐데 어떻게 견딜까, 하는 두려움으로 고민이 컸다. 미림은 서울에서도 늘 놀림을 당하곤 했다.

"작신 패주거라. 서울에서도 너는 누구한테 맞고 들어오지 않았잖아."

오빠들 또한 놀림을 당할 테지만 오빠들은 겉으로 드러내지 않아 알 수 없었다.

다른 마을 아이들과 어쩌다 마주치는 경우 외 어울릴 기회가 적어 서울에서 살 때보다 놀림을 덜 받기는 했다. 다른 마을 아이들과 함께 다니게 될 학교에서는 따돌림당할 것이 분명했다. 걱정이 자주 솟구쳤다. 아니나 다를까, 자활촌 아이들이면 학교에서 누구랄 것도 없이 넝마 자식들이니, 거지 새끼들이니, 하는 소리를 듣고 다녔다. 오빠들의 부추김처럼 패주는 걸로 해결될 수 있는 정도가 아니었다. 늘 당했고, 또한 늘 참았다.

그런데 봄이면 나물 캐 무치고 냉잇국, 쑥국 끓여 먹고 보리 익기 전에 모가지 태워 시커멓게 검댕 칠하며 입에 넣는 게 별반 다르지 않았다. 도시락에 담아 오는 밥과 반찬 또한 크게 차이 나지 않았다. 여름도, 가을도, 겨울까지도 오디며 산딸기, 삐비며 오동나무 열매나 무, 때로는 배추속 혹은 돼지감자와 고구마, 밤과 감 등등에다 메뚜기, 개구리 뒷다리 구워 먹는 것까지 입에 넣는 건 엇비슷했다. 면 소재지에서 부모들이 상업 한다는 몇몇 아이들이 입안에서 오래 오물거리는 사탕을 빼고는 같았다. 곯은 배를 채우려 허겁지겁 입에 넣는 군입정거리가 저나 나나 크게 다르지 않았으니, 같은 거 처먹으면서 까탈이네, 라며 창피한 마음을 차츰 누그러뜨렸다.

자활촌 사람 모두가 강제 이주민이었다. 넓은 바다를 막아 간척지 논을 만든 이후 정작 농사 지을 사람이 부족했다. 정부는 궁여지책으로 도시의 부랑아나 그 가족을 이주시킬 계획을 세우고 실행했다. 윽박지르고 꼬드겨 이주를 강제했다. 일정 정도의 경작지 농토를 무상으로 할당받았다. 정해진 기간 동안 이탈하지 않고 경작을 계속하면 토지 소유권도 넘기겠다고 확약했다. 그 기간이 10년이었다. 정부의 약속은 도시 부랑족들에겐 굶어 죽지 않을 수 있는 담보였고, 유혹이었다. 자기 땅뙈기를 갖게 된다는 희망이었다. 미림네는 흔히 말하는 넝마주이였다. 양재동인 것만은 분명한 어느 다리 밑에 움막을 짓고 살았다. 아버지의 결행이었다. 어느 날 갑자기 어리둥절한 채 이곳 자활촌으로 그렇게 스물네 집이 오게 됐지만, 10년이 지나고도 토지 소유권 이전 문제는 해결되지 않았다.

미림에게 가난은 커가면서 더 다가왔고 크게 닿았다. 고등학교를 졸업하는 해에 대학 진학을 포기했다. 오빠 둘이 대학에 다니고 있었다. 벅차고 힘겨운 가세였다. 서울에서 여태 살았다면 언감생심 꿈도 꾸지 못했을 꿈같은 현실이었다. 미림은 대학 진학을 포기할 수밖에 없는 형편에 옴싹달싹 못했다. 애걸복걸하지 않았는데도 아버지가 서럽게 울었고,

엄마도 눈물이 잦았다. 미림은 눈물을 끝내 보이지 않았다.

대학 진학을 포기한 3학년 1학기 방학이 끝나고 2학기 개학 전날 미림은 머리를 박박 밀었다. 2학기 내내 머리를 그 모양으로 하고 다녔다. 딴은, 아버지의 울음을 수긍하고 싶지 않으나 저항할 수 없는 가세에 덜미 잡힌 속내였다. 머리를 박박 밀고 털모자를 쓴 채 학교에 갔을 때 친구들이 자지러질 듯 놀라는 표정을 지었다.

"울지 않았어?"

예감이라도 하고 있었던 듯했다.

"울고 싶었지만 눈물이 나오지 않더라. 독한 구석이 내게 있잖아."

"독하지만 여리기도 하잖아, 너."

고등학교 시절 내내 그렇게 표류했고, 치열했다.

미림은 학교가 쉬는 날 혼자서 자활촌에 갔다. 영농회사에 논을 위탁하고 아버지와 어머니가 큰오빠 집으로 가시고 비어 있는 옛집을 둘러봤다. 마루에 걸터앉아 본 뒤 간척지 논에서 일하던 아버지의 굽은 등이 떠올랐다. 한참 건네보고는 졸업한 고등학교로 차를 몰았다. 코로나19로 텅 빈 운동장 끝에 서서 학교를 바라봤다. 학교는 많이 변해 있었지만,

회억의 영상은 또렷했다.

고등학교에 진학하면서 미림은 갈등을 겪었다. 자활촌을 모르는 지역으로 도망치고 싶었다. 오빠 둘은 도시로 진학했다. 큰오빠는 대학생이었다. 두 오빠에게 쏟는 학비 감당이 버겁다는 이유로 도시 유학은 막혔다. 읍내 여자상업고등학교로 가기는 더욱 싫었다. 결국, 집과 가장 가까운 통학 거리의 이웃 면에 있는 일반계 고등학교를 택했다.

고등학교는 중학교 때처럼 우수한 성적이 모든 영역에서 방패 역할을 하진 못했다. 성적만이 학교생활 전반을 규정하는 게 아니라는 사실을 깨닫게 되면서 미림은 흔들렸고 때론 학교에 맞섰다. 학교 구성원 가운데 절대 우위는 선생이라는 존재였다. 당연히 대거리의 대상은 선생, 선생들이었다. 선생들은 아이들을 무시하고 놀리고, 폭언에 폭력까지 거침없이 행사했다. 특히 자활촌 아이들에 대한 냉대와 멸시는 분노를 자아냈다. 국민학교(초등학교), 중학교를 거치면서 체득한 소외와 학력 결핍이라는 만성적인 경험이 면 단위 일반계 고등학교 진학생들에게 비인격적 대우와 차별에 대해 무감하도록 강요했다. 그럼에도, 이건 아니잖아? 하면서 학교의 결정에, 정확히는 선생들의 교육 행위에 대거리하는 친구들 또한 없지 않았다. 그 아이들과 결속하기도 했다.

물론 문제의 진원지는 자활촌이라는 터전이고, 거기 출신이었다.

"선생님, 어떻게 자활촌 아이들은 무조건 요선도학생이 된답니까?"

몰랐다. 학급회의 일지를 쓰는 서기가 교무실에서 오가는 선생들의 갑론을박을 듣고 알게 됐다며 미림에게 귀띔했다.

"우리 반에 요선도학생이 없으니 선정할 수 없다는 의사를 강력히 전했지만 반드시 할당된 인원만큼 찾아서 제출하라는 요구에 부응한 궁여지책이야. 이해해 줄 수 없니?"

담임은 해명했고, 덧붙였다.

"선생님도 편모 아래에서 컸어. 요선도학생 선정의 예로 편부, 편모, 조부모 슬하에 있는 아이들이 요선도학생군으로 분류되는 걸 보고 너무 놀라서 학생과에 이의 제기를 했지. 그럼에도 학교는 요지부동이야. 그래서 그 반작용으로 실장과 부실장을 선정했단다. 우리 반에서는 미림이 네가 부실장이어서 선정된 거고. 생활기록부에는 기재되지 않는다."

"그럼, 미림이하고 제가 우리 반 요선도학생이네요."

"음… 우리 반 전체 52명 가운데 어느 누구도 감시 대상일 수 없다고 판단한다. 학급 임원은 어떤 의미로는 학교에서 항상 주목받는 입장이잖아. 그런 차원에서 이해해 주길 간절히 요망한다."

실장이 나서자, 담임은 주저하며 또한 눈물겹도록 설득했다. 실장도 고개를 끄덕였다. 자활촌 아이여서 선정된 게 아니라는, 어떻게든 학생 편에 서려는 의지를, 짧은 만남으로 그 지속성을 현재로선 알 수 없지만, 담임에게서 엿볼 수 있었다. 입학한 지 얼마 되지 않은 3월 말이었다.

학생들을 잠재적 범죄자 또는 말썽꾼으로 취급하는 경향이 학교에 만연해 있었다. 그 기류를 유지하는 중심 인물이 학생과장이었다. 교련 선생인 그는 유독 자활촌 아이들에게 가혹한 눈초리로 희번덕이곤 했다. 그의 악명은 별명의 개수로 증명되었다. 표독한 돼지라는 의미의 표돝 말고도 짭새, 개코, 불독, 살모사, 늑대 등 그때그때 상황에 따라 별명은 아이들에게 호출되었다. 2학년 1학기 때였다.

"왜 너희 반만 이렇게 적냐? 의무 관람이라는 걸 몰라?"

"저는 걷기만 했어요. 분명히 의무 관람이라고 전달했구요."

"근데, 너는?"

다른 반 명렬표를 힐끗 봤다. 브이 자로 표기되어 있는 한두 명의 아이들은 언뜻 봐도 자활촌 아이들이었다.

"저도 안 보려구요."

"그래 놓고 의무 관람이라는 얘기는 왜 하냐, 이 자식아."

"칼쌈 하는 영화는 좀 그래서요."

"너도 자활촌 새끼지?"

'자활촌'과 '새끼'가 접속되어 그의 입에서 불쑥 튀어나왔다. 강당에 막을 치고 전체 학생들이 보는 순회 영화 관람에 굶주려 있는 아이들이고 미림도 좋아했다. 무술 영화는 아니었다. 선택의 여지가 없는 한 상영하려는 영화만큼은 선별해 관람할 수 있도록 배려하는 게 옳다고 여겼다.

"새끼가 아닙니다. 학생입니다."

"뭐야, 이 개새끼가, 어디서."

학생과장이 지휘봉으로 치려 했다. 미림은 피하지 않았다.

"자활촌 아이들 모두 개새끼들이 아닙니다."

지휘봉으로 후려치려다 학생과장이 멈칫했다. 1교시 쉬는 시간에 벌어진 상황이었다. 이후부터 오전 세 시간 동안 학생과장 책상 앞에 서서 움직이지 않았다. 수업도 거부했다. 표돌은 주춤하더니 별명처럼 표독스럽게 대하지 못했다. 날뛰던 모습과 달리 4교시 끝날 때까지 학생과장은 교련실에서 나오지 않았다. 점심시간에 맞춰 미림이 스스로 그의 책상 앞에서 물러났다. 학생과장은 끝내 사과하지 않았다. 유야무야 그렇게 넘어갔다. 학생과장의 회피로 가름됐고 미림의 암묵적 승리로 기록되었다.

그렇듯 자활촌은 멸시와 소외를 동반하는 기반이었지만 의연하게 맞서는 내심을 길러 준 동력으로 작동하기도 했다. 그리하여 격렬하고, 한편으론 두려움으로 가득한 싸움을 계획했다. 자활촌의 또래 남학생, 호균이 학생회장에 출마하고자 하면서 시작됐다. 3학년 3월 중순 무렵이었다.

학도호국단에서 학생회로 명칭이 바뀌면서 소규모 학교에서는 직선 학생회를 구성할 수 있는 여건이면 권장한다는 소식을 텔레비전 뉴스를 통해 접했다. 대도시의 몇몇 사립학교에서는 직선 학생회 구성 사례가 있다고 방송은 덧붙였다. 처음 알게 되었고 획기적인 사실이었다. 더 나아가 교련시간이 다른 교과로 대체되거나 자습으로 진행되고 있다는 사실 역시 도시로 진학한 중학교 동창들로부터 듣고 아이들의 불만은 팽배해졌다. 아이들은 한편으론 들떴다. 직선 학생회를 구성했다는 학교가 있다는데 우리 학교라고 못 할 게 있느냐며 직선 학생회 구성을 건의하자는 분위기가 일어났다. 몇몇 아이들이 분위기를 띄웠다. 더불어 입시를 앞둔 3학년에 올라와서도 여전히 굴레에서 벗어나지 못하고 매주 수요일이면 아침마다 실시하는 사열식 교련 조회에 반감이 더욱 거세졌다. 교련 선생인 학생과장, 표돌에 대한 억하심과

역겨움은 3학년 사이에 극에 달했다.

각 반의 실장과 부실장으로 이뤄진 선출 위원들이 학생회장을 뽑는 간선 학생회 구성 방식이 공고되자, 드디어 아이들이 술렁거렸다. 학생수 460여 명에 전체 9개 학급이었다. 실장과 부실장 18명만이 이 학교 주인이냐, 여학생이 240여 명인데 18명 중 여학생 선출 위원은 2명이다, 여학생은 뭐냐, 이러려면 뭐 하러 민주주의를 가르치냐, 급기야 학생과장을 몰아내야 한다, 확 엎어야 한다까지, 불만이 솟구쳤다.

학생회장에 출마하려는 자활촌의 호균을 중심으로 미림과 동조하는 3학년 몇몇이 나서 직선 학생회 실시를 요구하는 건의를 하자고 추동했다. 아홉 반 가운데 여덟 반에서 건의가 나왔다. 학생과장의 대처는 긴박했다. 학생회장 출마를 공식화하면서 주동자로 지목된 호균이 학생과로 불려갔다. 호균을 배후 조종자로 단정하고 확인하는 과정에서 학생과장은 교련실에서 호균에게 폭언과 무차별 폭력을 휘둘렀다. 학생과장에게 목덜미를 붙잡힌 채 '자활촌 새끼'라는 폭언을 들은 호균은 치밀어 오르는 분노를 참지 못했다. 학생과장을 확 밀쳤고, 그가 넘어진 걸 보고 교련실을 뛰쳐나왔다. 호균의 징계는 속전속결로 마무리될 조짐이었다. 자활촌 출신 아이에게 학생회장 자리를 결코 내주고 싶지 않은 흉계였다.

징계로 자격을 상실하게 하려는 의도였다. 결국 매주 수요일 궂은 날에도 특별히 겹치는 행사가 없는 한 벌어지곤 하는 사열식 교련 조회 시간을 통해 학생 대다수의 의사를 관철하자고 결의했고, 접맥했다. 2·3학년 대표격 몇몇과 결합했다. 직선 학생회 쟁취를 위한 요구의 시간으로 유도했다. 그리고 감행됐다. 흙먼지 날리는 4월 둘째주 수요일, 운동장에서 교련 조회가 학생 전체가 규합된 데모로 전환됐다.

"표돝 물러나라."

"직선 학생회 실시하라."

"교련 선생 물러나라."

"학생과장 물러나라."

"교련 물러나라."

"교련 물러나라."

우리들의 함성이고, 절규였다.

결과는 참혹했다. 충동성에 기댄 정밀하지 않은 행동이었고 구호였다. 아이들을 앞에서 제대로 이끌지 못해 무참히 깨졌다. 호균은 무기정학을 당했고 미림은 면내 파출소에까지 불려갔다. 아이들이 외친 구호는 배후 세력과 연계되어 있다는 추궁으로 반전됐다. 조종했을 교사를 찾았으나 드러나지 않자, 작은오빠가 극렬한 운동권이라는 배경을 들춰 미림을 옭죄었다.

순전히 아이들이 꾸민 엉성한 항전이었다. 또한 '아, 국어 선생' 하면 '응, 그 국어' 하듯 학생과장, 표돋에 교련 '선생'까지 붙이고 싶지 않은 아이들의 심중이 '교련'으로 축약되어 어느 누가 선창하지 않았음에도 아이들 속에서 튀어나온 외침이었다. 사건은 더 확대되지 않았다. "교련 물러가라"는 구호의 무게를 면 단위 고등학생에게까지 덮어씌우기엔 마땅하지 않은 판단으로 덮었을 터이다. 앞뒤 사정은 알 수 없으나 여러 정황들이 교내 징계로, 그것도 호균에게만 한정하도록 한 듯했다. 결국 호균은 자퇴했고, 미림은 자퇴를 결행하진 못했다. 미림은 호균에게 진 부채감에 짓눌리며 남은 3학년을 겨우 지탱했다. 3학년 2학기 때의 삭발은 호균에 대한 부채감이 부추긴 행동이기도 했다. 사는 동안 내내 짓눌렸다.

명퇴 서류를 냈다. 올해엔 유독 명퇴 신청자가 많다고 한다. 29년 차 경력이 포함될지 여부는 아직 모른다는 전언이다. 명퇴가 승인될 거라는 가정 하에 학교 업무 중 유일하게 남은 건 교지 편집의 마무리였다. 도서관 업무를 줄곧 맡아왔고, 교지 편집은 미림이 자청한 일이기도 했다. 학교를 옮겨 다니면서도 몇 해 빼고는 거르지 않고 해낸 작업이었다. 고등학교 시절과 연관해 보면 이 또한 자활촌에 닿아 있다. 자활촌은 여전히 미림의 내면에 흐르는, 흐름을 거부하지 못하는 도도한 물줄기였다.

고등학교 졸업과 동시에 미림은 창원공단의 대기업에 다니는 큰오빠 집으로 갔고, 그곳에 인접한 대학에 결과적으론 3수 끝에 사범대 국어교육학과에 입학했다. 불의한 선생들 모습을 보고 겪었음에도 미림의 꿈은 교사였다. 대학에 진학한 뒤 창원의 노동자문학회에 나간 건 사범대이긴 하나 학과에 글을 쓰고자 하는 학우들이 적지 않았고, 그런 부추김에 미림도 고등학교 시절을 떠올리며 편승하게 된 2학년 때다.

고교 2학년 담임이었던 국어 선생 주도의 교지 편집을 보면서 시詩에 한껏 몰입했었다. 자활촌의 현실과 자아의 충돌, 그 와중의 번민을 뒤섞은 시를 교지에 싣기도 했다. 대학 2학년 여학우가 '노문'에 발을 들인 전례가 없어 미림은 주목받았다. 학내 문학 모임에 합류하지 못한 건 그들의 자학적 사디즘sadism에 대한 거부였다. 일종의 회귀 본능이기도 했다. 자활촌과 '노문'이 결합된 지점에서 미림은 꽤 돋보였다. '노문'에 합류한 이듬해 광주의 어느 재단에서 주관하는 문예 공모전에서 당선작 없는 가작 당선을 거머쥐기까지 했다.

그러나 미림은 거기서도 곧 좌절했다. 가난의 언어로 점철되는 시어의 포획이 버거웠다. 한편으론 '노문'의 전반적 기류가 수용되지 않았다. '노문'의 문화로 산화되는 그네들의 시대정신이 표피적으로 닿았다. 견주어, 자활촌의 흔적 지우기에 매몰되는 자아를 나무랄 수 없었다. 받아들였다. 그리고 이내 깊고 오래 잠수해 버렸다. 시를 내려놓았다. 그럼에도 아이들에게 글은 자주 쓰게 하였고 북돋아 주곤 했다.

　　고등학교 시절을 보내며 겪었던 학교와 선생들이 반면교사였다. 그때 품었던 '학교가 뭘까?', '학교가 이래도 되는 걸까?'라는 의문은 사범대를 다니는 동안 줄곧 벗어날 수 없었다. 도려낼 수 없는 혹 같은 질문이었다. 모교의 몇몇 선생들에게 학생은 없었다. 유독 특정 마을 아이들이 폭언과 폭력에 시달리던 이유가 어떤 경우에라도 합당하지 않았고, 용서할 수 없었다.

　　미림은 농어촌 지역으로 교육실습을 나가려던 계획 또한 자활촌에 얽매인 자신을 나무라며 생각을 바꿔 시내 중학교로 갔다. 공단의 여러 문제가 심각했고, '노문' 사람들의 문제의식에 대해 접근해 보고 싶은 의지가 새삼 솟고라지지 않은 건 아니었다. 하지만, 아이들과 만나는 데에 어느 한편으로 쏠리는 이념의 경향성이 전제되는 건 일단 배제하고자 했다.

고등학교 시절 선생들의 폭언과 폭력에 시달렸던 경험은 미림의 교사로서의 자세를 제약했고, 규정했다.

미림의 첫 발령지는 농촌 소재의 중학교였다. 미림은 교사로 발령받고 꿈에 젖었다. 원색으로 진하고 화려하게 옷을 입었다. 중학교 아이들과 스스럼없고 애정어린 관계를 형성하는 데에 전념했고, 몰입했다. 연이은 비민주 정권의 교육 지배에 대항하는 움직임이 교내외 곳곳에서 표출되고 있었으나 미림은 외면했다. 아이들은 밝고 미더웠다. 교사의 말을 잘 따랐고, 즐겁게 학교생활을 하는 모습이 참 좋았다. 그럼에도 학력이 뒤처진 아이들이나 가정사가 얽히고설킨 환경에 놓인 아이, 빈농의 아이들이 미림의 눈에 먼저 들어왔고, 시렸다. 어떤 교사라고 이 아이들을 외면할까마는 미림은 출신 성분의 동류 의식 속에 이 아이들과 가깝게 만나지 않을 수 없었다. 자활촌의 기억을 밀어내고 도려내면서도 다른 한쪽에선 가난에 허덕이는 아이들에 대한 연민에서 헤어나지 못하는 교사로서의 중압감이 어깨를 짓눌렀다.

미림은 어린 시절을 상기하며, 가정에서 해낼 수 없으면 아이들의 꿈을 키우는 역할은 학교의 몫이어야 한다고 믿었다. 여러 방안을 모색했다. 관광지 위주로 가던 수학여행을 테마형으로 꾸려 서울로 갔다. 야구장에도 들렀다. 아이들은 야구장에서 함성을 내질렀다. 또한 인사동과 홍대 거리를 거닐며 새로운 문화를 만나게 배려했다. 교실을 아이들과 함께 꾸미며, 나의 공간이라는 의식을 키우고 학교가 즐거운 곳이라는 생각을 갖도록 이끌었다. 대전 국립중앙과학관에서 열리는 과학전람회에 자유학기제를 시행하는 1학년 전체가 해마다 견학하도록 추진했다. 통영연극축제를 보고 나오며 어느 아이가 "나, 연극 할래. 연극 배우 될래." 하고 외쳐 댔을 때 미림은 크게 고무되었다. 자극은 꿈의 발현이지 않은가. 독후감상문 쓰기 대회를 통해 문예를 가깝게 하도록 유도했다. 소설가를 초청해 대화를 나누면서 아이들이 꿈을 찾도록 견인하기를 해마다 빠뜨리지 않았다. 이러저러한 활동에 특히 차상위 계층 아이들 동참을 유도했고, 일정 비율로 그 아이들의 참여를 배려했다.

시인을 초청하지 않은 건 미림의 의도였다. 하동 인근에 살고 있는 유명 시인을 초청해 보자는 국어과 동료 교사의 제안에 이러니저러니 의견을 내지 않았다. 제안한 동료 교사는 시인 초청에 미덥지 않게 반응하는 미림의 태도를 저간의 문예 활동에 견줘 의아해했다. 미림은 자신의 등단 사실을 동료 교사 누구에게도 귀띔하지 않았기에 시적 자아에 시달리고 있다는 사실을 더욱 알 수 없는 동료 교사가 "자기,

이상해. 소설가는 초청하면서도…"라며 결국, 그럼 자신이 진행해 보겠다며 나섰고, 박 모 시인이 학교에 오게 됐다. 듣고자 하는 학생을 뽑고, 지금껏 그래 왔듯 학교를 들쑥날쑥 다니는 몇몇 아이를 행사장인 도서관에 앉혔다. 미림은 행사장 뒤쪽에 앉았다. 흔들렸다. 여차하면 일어서 나갈 태세를 갖췄다. 미림은 시인의 말을 끝내 다 듣지 못하고 빠져나오고 말았다. 강연이 끝나고 박 시인으로부터 사인한 그의 시집을 강연에 참여한 교사들 모두 받았고, 미림은 동료 교사로부터 사인된 박 시인의 시집을 건네받았다. 박 시인을 배웅하면서도 미림은 끝내 등단 이력을 숨겼다. 딴은, 시를 가르치면서, 시적 사유에 젖어드는 자신을 매몰차게 도려내면서도 시를 가르치는 시간만큼은 참으로 흥겨움에 빠져들기도 했다. 박 시인의 시집을 책상 위에 올려놓고 거푸 들여다보면서도 책장을 열지 못했다. 가방에 한동안 넣고 다녔다. 집에서도 몇 차례 꺼내 놓으면서도 표지를 넘기진 않았다. 시적 트라우마였다.

미림은 몇 군데의 농촌 지역과 도시 인근으로 근무지를 이동했고 다시 창원 시내 학교로 옮겼다. 그리고 코로나19를 맞닥뜨렸다. 열정이 조절되지 않을 만큼 북돋았던 시절부터 코로나19를 겪고 있는 현재까지 '학교가 아이들에게 해줄 수 있는 게 뭔가?'라는 물음은 미림에게 여전히 유효한 질문이다. 사실은, 학교가 다 할 수 없는데도 학교는 마치 다 하고 있는 것처럼 터무니없이 자부하기도 했다. 코로나19로 교문을 닫고서야, 운동장이 썰렁해져서야, 교실이 텅텅 비어서야 학교가 담당해야 할 몫이 적지 않았다는 걸 새삼 깨달은 듯 누군가는 힘줘 말하기도 했다. 이제 학교는 끝났다고 단언하듯 내뱉는 동료 교사 또한 없지 않았다. 지금처럼 비대면 수업으로 대체한다고 해도 수업은 가능하지 않겠느냐는 연유였다. 미림 또한 대면 수업보다 비대면 수업이 어느 면에선 편하기까지 했다. 학교는 어떻게 위치해야 하는가? 학교의 역할은 뭐고, 어디까지여야 하는가? 자문에 대한 자답은 짧지 않은 학교생활을 하면서도 미림에게서 여전히 공전했다.

코로나19 팬데믹 상황 속에 아이들은 갈팡질팡했고, 학교는 우왕좌왕을 답으로 내보였다. 정답이 없는 시험지를 받아든 아이들은 헷갈렸다. 학교는 무슨 수를 써서라도 교문을 잠그려 애를 썼다. 미술실이 닫혔고, 음악실은 폐쇄되었으며, 도서관은 열리지 않았다. 동아리 활동은 전면 중지되었고, 학생회 활동은 엄두를 내지 못하게 차단됐다. 아이들 발길이 뜸해진 운동장은 푸석푸석한 먼지마저 일어나지 않았다. 교실에서 만나지 못하고 비대면 줌 화면으로 만나는 아이들 목소리는 생기를 잃은 채 기계 속으로 함몰했다. 계기 수업을 위해 준비한 어느 교사는 수업 준비물에 곰팡이가 슬었다며 투덜거렸다. 계기 교육의 부재는 오롯이 경험의 부족으로 아이들에게 누적되어 갈 게 뻔했다. 영화관에 가는 것도 망설이고, 축구공이나 농구장과 더욱 가까워질 수 있는 계기의 부재는 운동 부족을 초래하게 될 터이다. 커서도 연인과 함께 미술관에 갈 생각은 애당초 계획하지도 않을 것이며, 혼자 있어도 외로워하지 않고 결코 다른 사람과 관계를 맺지 않으려는 고립주의 성향으로 성장할 게 확연하다고 입 있는 사람이면 다 강조했다. 학교가 문을 닫는 시간이 길어지면 비례해서 아이들의 미래는 각박하고 풍요롭지 못할 게 분명할 터이다. 그런 상황을 예견하면서도 차선책마저 외면하는 듯한 학교가 못마땅하지만 미림 또한 어찌할 수 없는 팬데믹이었다.

미림은 자꾸 소환되는 자활촌의 성정에 더 흔들려서는 안 된다고, 더불어 몸과 맘이 더 쇠잔해지기 전에 학교 밖으로 나가야 한다고 부채질하는 내면의 긴장감으로 팽팽하던 터에, 명퇴가 승인되었다는 공문을 접했다. 30년 차도 어렵다고 들었는데 특별 예산이 배부되었다고 한다. 마지막 업무인 교지 편집도 이제 거의 마쳤다.

미림이 교지에 실릴 아이들의 글을 다시 읽는다. 코로나 19 팬데믹과 관련한 이야기가 태반이다. 아이들은 코로나바이러스가 무섭다고 한결같이 되뇌었다. 친구들을 만나 놀 수 없어 심심해 죽겠다고, 그동안 그렇게 오기 싫어하던 학교에 가고 싶다고 주저하지 않고 드러냈다. PC방도 멀어졌고, 운동장은 아득하여 축구화에 거미줄이 생겼다고 하소연한다. 집 밖으로 나가지 못하게 했으니, 당연히 방~콕 하며 게임에 빠져 지낸다고 썼다. 부모님 잔소리에 미치겠다고 투덜거린다. 하루빨리 코로나19 팬데믹이 끝나기를 바란다는 내용으로 모아졌다. 자기들은 불행한 세대라고 어른의 말투로 항변한다. 불안하기에 더욱 게임에 내몰리게 된다고 토로한다. 소외받고 뒤처진 아이들에게서도 별반 다르지 않은 소재의 글이 대부분이다.

미림이 자활촌에 소환당하며 여태 헤매고 있듯, 아이들은 코로나19 속에서 불안감에 사로잡혀 이리저리 흔들렸다. 자폐와 격리를 강요당하며 표류하고 있다. 명퇴한다고 한들 자활촌으로부터 촉발되는 내면의 표류가 멈출 수 있을까? 코로나19 팬데믹이 사라진다고 해서 외로움과 불안감을 이미 느끼고 알아 버린 아이들의 고독감, 그 표류가 끝이 날까? 한번 경험한 뇌는 표류의 간극을 어떻게 용해할 수 있을까?

질문이 쏟아졌다. 코로나19는 미림의 자활촌이 아이들에게 전이된 현실이고 한 현상으로 극명하게 전류했다. 코로나19는 표류의 시작을 알리는 험악한 유희였다.

앞서 산문을 읽은 뒤 운문, 이를테면 시를 읽는다. 아주 짧은 시—라고 하기에도 미흡하지만 그나마 연과 행을 가른 시적 모양새는 갖춘 시답지 않은 시—가 대부분이다. 그도 그럴 것이 아이들은 글쓰기를 귀찮아하거나 어렵게 여겼다. 심지어, 자기 이름 쓰는 것마저 싫어하는 아이들도 없지 않았다. 그래도 독후감상반 아이들은 나았다. 그중에서도 마 군의 글은 그동안 좋았었다. 이번 시도 발군이었다. 소리 내어 읽는다.

그 골목, 끝집

마경필

골목 끝집은 언제나 우중충하다
끝이어서 그렇다는 생각보다
그 끝집에 사는 이들의
어깨가 무겁고, 발걸음이 더디고, 한숨이 깊어서
그렇다

아니, 다시 들여다보니
끝이어서 그렇다는 생각이다

처음과 끝의 간격이
결코, 좁혀지지 않는 벌어짐의 끝,
그 끝이 너무 멀어서
보이지 않고,
닿지 않아,
만질 수 없고
보듬을 수 없는 존재들

아버지와 어머니는
새벽에 일 나가고,
나와 동생은 두 가지 반찬에 식은밥을 먹는다

아버지와 어머니의 손을 잡은 지
손끼리 스친 지도
벌써 오래다
아버지와 어머니가 보이지 않아서다

끝이어서 보이지 않는다

서미림 선생

아프게 닿았다. 마 군의 어머니는 캄보디아 이주 여성이
다. 피부색으로 해서 늘 놀림당하는 아이다. 그럼에도 마 군
은 밝았고, 맑았으며, 늘 꼿꼿하다. 일찍 나가고 뒤늦게 집에
오는 부모님을 대신해 집안일을 맡고 동생을 돌보는 아이의
고뇌가 자닝히 느껴졌다.

시가 불현듯 튀어나온 건 아이의 시를 읽고 난 뒤였다. 표
류와 유희의 격랑을 겪으며 그동안 무솔고 뭉개져 한껏 밀쳐
둔 시적 자아가 솟구쳤다. 얼마 전 다녀온, 간척지 논이 보이
는 자활촌의 옛집이 떠오르며 그동안 시적 트라우마에 시달
렸던 가슴 저 밑에서, 그야말로 불쑥 시가 왔다. 마 군의 얼
굴과 그 아이의 시 위로 자활촌에 살던 어린 날 자신의 모습
이 겹쳐졌다.

자활촌을 걷다

거기 그쯤에 멈춰라
그 초입을 지난 지 오래지만 아직은 꼿꼿하오니
출구를 벌써 탐하지 않으련다

속성은 감출 수 없는 인고이나
삶의 지양만은 결코 아니니

이제는 그 옷깃, 더 여미겠노라

순간은 또 그렇게 순간이다
그 순간의 순간들이 여울처럼 흐르는
저 들녘의 외로움
저 황홀한 헐벗음
저 능멸의 기억들

이제,
여기 이 빈 집에서
저기 저 빈 수레에 실어 보내지 않으려니,
운명의 가난이여

코로나19로 더욱 또렷하게 드러난 '자활촌 아이들'은 더 확연하게 드러나고 속출할 테다. 그 아이들에게서 멀어질 수 없는, 벗어날 수 없는 숙명으로 불현듯 솟구친 시적 자아처럼 명퇴 철회의 내심이 미림에게서 강렬하게 돋아났다. 결정된 명퇴를 공문으로 번복할 수 있을지 모르겠으나, '시가 이렇듯 내게로 온 걸' 이제는 내칠 수 없다는 걸 미림은 버겁게 깨닫는다.

'자활촌 아이'인 저 아이의 시를 가슴으로 다시금 되뇐다.

오래된 잉태

1

"왔냐? 꽃이 이쁘다."

내가 들어섰을 때, 그는 아파트 베란다에 있었다. 그는 거기서 꽃을 들여다보고 있는 참이었다. 얼레지였다. 망울이 막 부푼 꽃을 들여다보면서 그는 무표정하게 나를 맞았다. 그 꽃 말고는 망울을 한껏 부풀려 이 봄을 생동의 봄처럼 화사하게 이끌 만한 화훼라고는 보이지 않았다. 단지 노르끄름한 빛을 띠고 있어 벌써 낙엽에 이른 이파리 몇 개 달고 있는 벤자민 한 그루가 얼레지와 어울리지 않게 큰 화분 속에 뿌리를 담그고 있었다. 그의 키만큼 큰 벤자민이었다.

"타박했다며."

"아내에게 사과했다."

"아직도 껍질 못 깼어?"

유명 제품 옷 입고 다니는 걸 감추기 위해 상표를 떼어 버린다거나 혹은 고색창연함이 빛나야 남들이 깔보지 않는다는 등산 장비의 유구함을 드러내기 위해 새로 산 알루미늄 제품의 물통을 땅바닥에 내동댕이치고 모래밭에 문질러 칠을 벗겨내던 따위의 이십댓적 취향에 그는 아직도 집착했다. 하찮은 것에까지 자신을 옭아매는 사고의 편집성에서 이제는 벗어날 만한 나이가 지나도 한참 지났음을 내재한 되물음이었다.

그가 히죽 웃었다.

"… 짜식."

얼레지를 그의 아내에게 캐 준 건 나였다.

그러니까 지난 주말, 지리산 왕시루봉에 가려고 등짐을 지고 막 나서려는 참에 전화가 왔다. 목소리가 깊게 잠긴 그였다. 집사람이 산에 가는데 같이 가주라는 주문이었다. 언제 만나서 어디를 어떻게 가라는 말도 나누지 않았다. 나도 그러마, 했다.

그와 통화를 끝내고 난 뒤 한 이십 분 정도 지났을까, 그녀에게서 연락이 왔다. 순천에 왔는데 조계산 산행 안내를 해달라는 것이었다. 꼭 왕시루봉을 고집해야만 될 산행도, 아울러 약속한 일행이 있는 것도 아니었다. 나는 그의 아내의 산행에 따라나서게 되었다.

선암사 너머 밥집이 있는 굴목재에서 송광사에 이르는

길목에 얼레지가 군락을 이루고 있었다. 그녀가 환성을 질렀다. 더러 절제를 아끼지 않는 그녀의 평소 모습을 보아 왔던지라 나 또한 덩달아 활짝 핀 꽃에 고개를 처박고 내음을 맡는 둥 해댔다.

이파리가 꽃에 뒤지지 않을 만큼 돋보이는 야생화였다. 일명 가재무릇이라고도 하는데 꽃 안쪽에 짙은 자주색 무늬가 있어 얼룩덜룩한 게 백합과의 색다른 여러해살이 풀이라는 설명이었다. 요즘 들어 한창 야생화 키우기 바람이 불면서 꽃집에서는 찾아보기 힘든 인기 품목이 되어 있단다. 그래, 내가 캐준 것이었다.

그녀는 그의 반응을 예단하여 내버려 두라고 했다. 하지만 나는, 녀석이 뭐라 하거든 나한테 일러 나무람을 청하시오, 하며 세 뿌리를 조심스레 캐줬었다. 겨우 한 분을 살렸나 보았다. 처음엔 무릇, 자연은 거기 본래 자리에 있어야 아름다운 법이라며 지청구를 해댔단다. 그러더니 열심히 물도 주고 하더라며 오늘 그의 집에 가겠다는 전화 통화 말미에 얼레지의 생사 여부를 묻자, 그의 아내가 그렇게 전해 줬다.

"좀 어떠냐?"

그때까지도 나는 그의 아내에게서 지난 주말, 산행 끝에 들었던 병세만 알고 있을 뿐이었다. 허리와 목 부위의 병세가 위중하다고는 하나 그가 어떻게 해서 병마에 이르게 되었는지 아는 게 없었다. 앓고 있는 부위가 허리 5번 경추인지, 가슴 안에 담아 둔 삶의 여느 이명에 의해 처절하게 내몰려 희부연 안개를 밟듯 휘청거리는 속병인지, 그 역정을 제대로 접속하지 못하고 있었다.

"목이 가버렸어."

그의 목소리는 성대의 떨림으로 나오는 말소리가 아니었다. 목이 잔뜩 쉬어 겨우 알아들을 수 있는 속삭임 정도였다. 하지만 그건 쥐어짜듯 뱉어 내는 절규라는 걸 느낄 수 있었다. 이십오 년여를 넘기며 서로 단단하게 지내 온 터였다. 그는 워낙 자신에게 철저한 미학적 태도를 견지해 온 친구였다. 나는 그가 저렇듯 병마에 휘둘리게 된 저간의 함의가 있음직하다는 괴이쩍은 생각에 퍼뜩 사로잡혔다.

미학적 태도라는 그럴듯한 포장재를 끌어다 붙이긴 했어도 사실 그는 포장으로 해서 내용물이 더욱 값나가게 보이는 따위의 상술적 엔터테이먼트로 위장되어 있는 자아를 거부해 왔다. 나는 그걸 그대로 인정하고 있는 처지였다. 그러므로 더욱이나 그의 병이 깊다는 걸 단숨에 알아챌 수 있었다.

"성대에 이상이 있는 거야?"

"목 부위로 뻗친 혈을 돌팔이 놈이 건드렸어."

그가 허망하게 말했다.

"누구한테 치료를 받았는데?"

"그게 그러니까….."

그의 설명은 대강 이랬다. 지난 겨울, 갑자기 경추 5번에 원인을 알 수 없는 통증이 오면서 몸 상태가 좋지 않았다. 명상요가의 꽤 깊은 수행 단계에까지 이른 터에 허리 통증은 섣부른 규명을 유보하지 않을 수 없는 상황이었다. 일 년이면 두어 차례 단식요법으로 건강을 유지해 왔듯 단식으로 다스려 볼까 하고 시도하려 했단다. 그런데 마침 어느 선배가 자못 도통했다는, 이른바 혈맥 치료사를 소개해 주길래 대저 그게 무슨 초식인가 하고 알아도 볼 겸 아울러 혈을 짚음으로 해서 그가 도달한 인체 해석의 깊이가 대저 어느 지경에까지 이르렀는가에 대한 담화도 나눌 요량으로 찾아갔단다. 한두 마디 나눠 보니 그리 신통치 않았지만 선배의 소개도 있고 해서 그가 이끄는 대로 몸을 맡겼다. 그러고 난 하루 뒤 이렇듯 목소리가 가버리는 현상이 왔다는 해명이었다. 벌써 다섯 달째 접어든 병마였다.

어쨌거나, 나로서는 쉽게 요해되지 않는 부분이었다. 경추 5번과 관련한 몸의 내장 기관은 심장이다. 심장을 요가에서는 몸 안의 연꽃에 비유하는바, 그 연꽃에 생채기가 돋아 경추 5번에 통증이 오고 거기에 더해 목까지 병마에 휘둘렸다는 것일까? 그렇담 그의 화병, 심화의 근저는 무엇일까?

"인제 말 놓고, 글 쓰겠네."

나는 씁쓰레한 웃음기를 흘렸다. 초췌해진 그의 몰골을 바라보면서 내뱉는 언사로는 고약하다 하지 않을 수 없다. 목 부위와 관련한 후두암이니 식도암이니 혹은 인후암이니 하는 중병이 아닌 걸 알고 우려를 떨구게 된 때문이 아니었다. 기실 아픈 부위가 목이라는 데에 흥분과 당혹스러움을 갖게 되었다. 시인詩人인 그가 붓을 꺾고 민주 진영 한복판에서 복무하던 위치에서 본업인 시인으로의 전향을 예견하는 듯한 느낌이 불현듯 밀려온 까닭이었다.

시인으로서 시를 놓고 폐업한 상태에 있는 그는 자신과 세상을 관통하는 수단으로 사람 만나는 일과 대화와 논쟁의 즐거움, 다시 말해 말의 현학성을 애써 찾곤 했다. 심화가 잠복해 있음으로 해서 5번 경추의 통증에 시달리게 되고 급기야 목소리도 놓게 됨으로써 신음마저 깊이 삼켜라, 하는 심중이지 않을까? 하는 느낌이 들었다. 시를 공부하던 젊은 시절 그가 되뇌곤 하던 중국의 백화운동가 호적胡適의 '부작무병신음不作無病呻吟'에 새삼 이끌리어 있다는 것일까?

"MRI로도 원인을 못 찾겠대."

의외였다.

"병원에 갔었단 말야, 언제?"

지난 주말, 그의 병세에 대해 이야기를 나눴던 그의 아내도 전혀 거론하지 않은 새로운 사실이었다. 그의 아내가 모르고 있거나, 아니면 최근에 찾아갔을 수 있는 일이었지만 천만뜻밖이었다.

그가 자신의 몸의 현재성을 파악하는 유일한 방법으로 차용하고 있는 건 요가였다. 그리고 대체의학을 통해서 몸에 관한 인지 능력을 확대하는 것이었다. 요가를 통해 몸의 질서를 담보하는 그는 다른 대체 수단을 허용하지 않는 단계였다. 그는 양의학을 몹쓸 학문으로 치부하고 있었는데, 그 수위가 경멸에 가까울 정도였다. 인체에 대한 접근 자세가 처음부터 오류투성이라는 것이었다. 또한 동의학에서 찾아 일궈 낸 인체 해석의 경이로움에 대해서도 제대로 알려고 하지 않으며, 전자기계류에 의존하는 양의학의 인체에 대한 접근 태도를 질타했다. 동의학이나 고려의학이라 일컬어지는 동양의학 내지 전통의학만이 결국 인간의 체내 구조와 현상을 적확히 꿰뚫고 있음을 믿는 그였다. 그러니만큼 국민들의 아름다운 질적 삶을 정부가 나서서 보장한다는 명분으로 실시하는 전 국민 사회보장제 가운데 하나인 의료보험제의

수혜를 거부해 왔다. 당연히 보험료를 납부하지 않아 의료
보험 혜택을 받지 못했다. 양의학적 사고에 기초하여 수립
된 의료보험제는 한의학에 대한 보다 광범위한 적용을 수용
하는 선에서 수정되어야 한다는 게 그의 일관된 주장이었다.

어쨌거나, MRI는 보험 혜택에서도 제외되는 진단 방법의
하나였다. 그런 그가 하, 여의치 않았으면 양의학의 문을 두
드렸겠는가? 그의 아내는 부엌에서 그릇을 씻고 있어서 그
가 양의洋醫를 만나고 MRI를 했다는 걸 듣지 못했다. 그도
아직 아내에게 그 사실을 발설하지 않은 듯했다. 나는 나무
람을 담은 눈빛으로 그를 바라봤다. 그는 얼레지에 물을 부
으면서 내 시선에 대한 응답으로 바싹 마른 웃음을 건넸다.

그리고 그가 제안했다.

"산책 가자."

2

산책로에는 많은 사람들이 걷거나 의자에 앉아서 노작이
고 있었다. 대단위로 들어서기 시작한 아파트군이 쏟아내는
산책 인구가 시간대에 관계없이 많겠구나 싶은 곳이었다.

주위에 그리 훼손되지 않은 숲과 산이 있고 도심에서 벗어나 외곽에 위치해 있어 쾌적하기도 하였다. 또한 산책로 주위의 나무와 돌 하나라도 풍광과 어울리게 배치를 해 편안함을 주었다. 쉼터로서나 건강을 도모하기 위한 걷기 코스로서나 혹은 그와 나처럼 오랜만에 만나 담소를 나누려는 축에게도 자리를 내놓는, 원형의 광장성과 비원형의 호젓함을 갖춘 입구ㅅㅁ의 꾸밈이 인상적이었다. 4월의 다사로움이 깃든 산책로 초입의 의자에 앉았다.

그는 허리에 통증이 오는지 무릎 사이에 얼굴을 묻고 좌우 상하로 몸놀림을 반복했다. 자궁 속 양수에서 파닥거리는 태아의 몸짓이었다. 요가의 본질이 허리로 묻고 허리로 답하는 허리 중심의 수행법이었다. 동양의 정신세계를 연마하고 인체의 내공을 쌓아 가는 명상요가의 수행에 있어 꽤 높은 경지에 도달해 있는 그였다. 그런 그가 경추 5번을 앓고 있고 그게 심화를 품고 있는 근거라고 내 나름의 판단을 해보지만 대저 별스러운 일이었다. 그의 내면의 아픔, 심화의 면모는 어떤 것일까? 추궁해 볼 일이었다.

"이참저참 해서 종합검진 한번 받아 보는 게 안 좋겠냐?"

"최첨단 진단 장비로도 원인 규명을 못 하잖아. 그런데 뭘 하라는 게야?"

"네 몰골 보니까 당장 고단위 아미노산 수액제라도 주입해얄 것 같다. 너무 쇠해 있어, 지금. 최소한 몸을 지탱해 나갈 수 있는 필수 요소라도 집중 보강해서 기력을 끌어올리는 게 우선이겠다고."

"지금껏 서양이 동양을 지배해 온 게 근대 300년이다. '보이는 것'만으로 그래 왔어. '보이지 않는 것'의 깊이와 내막을 들여다볼 줄 아는 형안이 그들에겐 없어. 그래서 그들에게는 희망이 없는 거야."

"실재적 존재까지도 부인할 수는 없는 거 아냐. 그들이 이룩해 놓은 합리성과 물질세계 또한 인류의 문명사에 핵심적 기여를 한 점도 분명하고."

"천박하기는."

그와 내가 앉아 있는 의자의 서편 쪽 뒤 나무 그늘 아래에서 화투를 치는 패들이 소란을 피워 시끄러웠다. 그 바람에 그와 나는 구경 삼아 시선을 그쪽으로 모았다. 이른바 고스톱공화국이라는 말이 회자되고 있긴 하지만, 공원에서 대낮에 남의 시선은 아랑곳하지 않는 화투판이었다. 나이가 들었어도 그와 나보다 근 10여 년 아래로 보이는 남과 여가 섞여서 만 원짜리가 서로 오가는 판돈으로 보아 푼돈 따먹기는 아닌 듯 보였다. 아울러 그들 주위로는 맥주병이 나뒹굴고 있고 안주로는 닭튀김까지 먹으면서 치는 화투놀이로는 지나치다 싶었다. 그런데 급기야 무슨 사단이 났는지 남과 여가 서로 쌍소리를 주고받으며 투정을 내고, 나머지 셋은 편을 갈라 싸움을 부추기는 모습이 볼썽사나웠다.

"저게 천박이야, 인마."

"그러니까 너한테 문제가 있는 거다. 자본주의의 본질이 천민성에 있다는 걸 일찌감치 체득한 사람의 눈으로는 저걸 천박하다고 하지 않는다. 차라리 자본의 본색으로부터 유혹을 덜 받는 네놈 같은 치들이나 저걸 그렇게 보는 거지."

"인식과 행위가 저런 식으로 등가되어야 한다고 보는 게 더 곤란하지."

"그렇게도 이해를 못 하겠냐?"

화투판이 끝났고 그네들은 제각각 고성을 내지르며 갔다. 맥주병과 닭튀김과 화투와 화투판의 요는 그대로 거기에 나뒹굴고 있다. 그와 나는 천민성과 천박의 명료한 개념 차이와 정리를 위해 천박에도 똑같이 '성' 자를 덧붙이지도 않았고 그 화두를 더 이상 붙들지도 않았다. 그와 나의 대화라는 게 대개는 이런 식이었다. 느닷없이 이런 이야기를 했다가 터무니없는 연상 작용에 의해 뜬금없는 화제가 튀어나오기도 하고 그랬다. 그와 나도 제자리로 돌아섰다.

"MRI 해볼 생각은 들었던 모양이네?"

나는 그가 병원에 간 속내의 진정을 알고 싶었다. 입때껏 기왕의 그가 내보인 양의학에 대한 사고태로 보아 그건 쉬이 지나칠 일이 아닌 듯 닿았기 때문이다. 어떤 대비를 위한 사전의 정지 작업이지 않나 싶은 의문이 일었다. 필시 내연의 함의를 외연의 실체로 확인하고자 하는 그의 자신만만한 어떤 의도가 있을 것 같다는 생각이 그와 이렇게 자리를 함께 하면서부터 더욱 굳어졌다.

그렇게 생각을 갖도록 가세한 대목 또한 있었다. 지난주, 함께 간 조계산 산행에서 그의 아내가 현재의 그에 대해 전한 말에 따른 것이기도 하였다. 송광사에 들러, 절집의 배치가 이렇게도 아름다운 곳은 정말 흔치 않다고 하는 건축학도를 거친 그의 아내의 감탄을 듣고 난 뒤 자연스럽게 절집 아래 즐비한 상가의 전주식당에 앉아 동동주와 파전을 놓고 대화하게 되었다. 특별히 준비해 둔 말도 달리 없었지만 그렇다고 그의 아내와 못 할 말도 없는 처지였다. 그와의 사귐이 그동안 그래 왔다.

그의 근황에 관해서 이야기를 나눴다. 그가 아프다고 첫마디를 꺼내는데 힘들어 보였다. 병세가 심각하여 입원을 적극 권하고 있는데 자가진단에 의한 처방 말고는 알다시피 양의원을 극구 꺼린다는 것이었다. 산행하면서도 얼레지를 보았을 때 말고는 여전히 말을 아끼던 그녀가 그에 관해 절박하게 털어놓는 걸 보면서, 내게 산행을 함께 가자고 한 것이 의도적이었다는 걸 느끼기 시작했다. 그건 그의 현재 상태가 매우 위중한 단계에 있는 것 같은데 본인은 그동안 자신이 견지해 왔던 몸에 관한 인식 태도 속에서 병세를 호전시키려고만 할 뿐이어서 답답하다는 심중을 드러냈다. 현학을 즐기던 말수도 극히 적어지고 대인기피증까지 생겼다고 덧붙였다. 내가 나서서 그의 그런 태도가 인식적 오류라기보다는 양의와 한의韓醫의 진단 방법의 차이가 엄연한 상황임을 주지하여 단기적인 치료 효과를 낼 수 있는 양의학의 문으로 이끌어 달라는 주문을 하기 위해서라는 것을 알 수 있었다.

말을 나누는 가운데, 나는 처음으로 그녀가 임신한 사실을 알게 되었다. 듣고 보니, 그녀의 평소 산행 보법과는 달리 느릿하였고 아울러 배 부위도 약간은 더부룩한 듯하였다. 술은 따라 놓고 술잔만 만지작거렸다. 지리산 계곡 산행이며 빨치산 비트 탐색 산행을 즐기던 그녀의 산행 이력을 알고 있는 나로선 임신부로서 할 수 있는 정도로 무리하지 않은 산행이기도 한 코스였다. 아무튼, 그동안 안부를 묻는 전화 통화를 서너 번 나눈 것 말고는 6개월 간이나 만나질 못하였다. 그래서 나이 사십 중반의 그에게 그토록 거창한 일이, 그가 갈망했던 2세의 잉태를, 그 신비로움을 그제야 듣게 된 것이었다. 딴은 몇 차례 짧게 나눈 안부 전화를 하면서 가깝게 지내는 처지라고는 하나, '아내가 아이를 가졌다'라는 소식을 쉽게 꺼냈을 수는 없었겠다, 싶다. 그때는 임신 사실을 몰랐을 거라고 보는 게 타당했다. 어미가 아이를 가졌다는 사실을 인지하는 게 보통은 6주에서 8주 정도 지나야 확신할 수 있는 까닭이었다.

그와 그의 아내가 그동안 아이를 갖기 위해 무던 애를 썼다는 걸 알고 있는 나로서는 섭섭하기도 했다. 하지만, 한편으로는 입덧 기간이며 태아가 어미의 자궁에서 곱게 자리를 잡아 갈 수 있는 기간 동안 내내 마음 조아렸을 터였다. 몇 차례 실패를 경험한 그녀이기에 혹여 있을지 모르는 유산에 대한 염려로 알리지 않았을 수도 있었음을 감안해, 나는 뒤늦은 기쁨을 감추지 않았다.

그런데 그녀의 말을 이리저리 조합해 보면, 그의 병마와 그녀의 임신과의 사이에 긴밀한 연관이 있음직하다는 게 내 직감이었다. 그것은 그녀가 아이를 가졌다는 사실을 알고 난 직후부터 허리 통증이 시작되었고, 태아가 자궁에서 이제는 안착한 듯하다는 진단이 있은 뒤 혈을 잘못 짚이는 바람에 목소리가 갔으며, 평소 자신의 몸에 대한 명백한 판단을 해오던 그를 염두에 두고 볼 때, 그의 지금의 아픔에 대해 알 수 없는 묘한 기운이 감도는 것 같다는, 돌이켜보니 그러한 느낌이 든다는 그녀의 말로도 그러했다. 나는 필연코 곡절이 있다고 판단하였다. 그의 심화의 근저에는 이제 가슴에 안고자 하는 그의 2세의 잉태와 깊은 함수를 이루고 있을 것 같다는 판단이 서는 것이었다.

"⋯⋯."

그가 무슨 도모를 하고 있는지 쉬이 발설하리라고는 애당초 기대하지 않았다. 내 쪽에서 먼저 단도직입의 수작을 걸어야 함을 알고 있었다. 물론, 그게 그리 용이하지 않을 거라는 것은 충분히 예견한 일이다.

딴은, 양의에게서 MRI를 했다는 사실이 그의 변화에 대한 예감의 단서가 되는 것은 물론 아니었다. 하지만, 그가 워낙 자가진단적 방법에 대한 완고함을 지니고 있었던 까닭에 그리 단순하게 넘길 대목 또한 아니라고 여겼다. 그녀의 말에 따르면 지난주까지는 병원에 가보자는 권유를 들으려 하지도 않는다고 했었다. 이번 주중에 갔다 왔거나 설령 그전에 병원을 다녀왔다손 해도 그녀 모르게 한 일이 분명했다.

이 사실이 촉각을 곤두서게 하였다. 그리고 그가 하필 나에게 병원에 다녀온 사실을 털어놓는 이유 또한 그랬다. 나는 긴장하였다. 그가 말을 놓아 버리지 않았을까, 하는 의구심이 엄습했다.

"왜 하필 목이냐?"

나는 그가 목을 택한 분명한 까닭이 있다고 일단 속단하였다. 자신의 몸의 현재성에 대해 제대로 인식하고 있다고 자부하는 그가 자신도 어떻게 대처할 수 없는 힘의 작용에 의해 5번 경추를 앓게 되었다고 한다면 그것은 불임의 현상을 넘기고 이제야 2세를 잉태하게 되면서 갖게 된 인체 내의 어떤 신비로운 작용과 연관된 심화일 거라고 추론했다. 한편으로는, 그의 표현대로 돌팔이 수준이라고 파악한 혈맥 치료사에게 자신의 몸을 맡겼다는 행위가 몸에 관한 그의 인식 차원으로 볼 때, 두 사람이 의기를 투합한 인과라고 보는 게 타당하지 않을까? 하는 생각을 떨칠 수가 없었다. 그러니까, 그가 혈을 잘못 짚은 돌팔이를 믿지 못할 작자로 치부하고 있는 게 아니라 전적으로 그와의 협의나 합의 하에 잠시 동안, 그가 어떤 내적 동기에 의해 그 내적 동기의 결말을 도출하고자 하는 기간만큼, 처절한 자기 최면 내지는 간고한 돌진을 통해서 획득해 내려는 피눈물 나는 고군분투의 결단이지 않을까, 하는 판단에 이른 것이었다. 이러한 생각은 결국 그에게 걸고 있는 나의 현명한 기대를 확인하고자 하는 견고한 희망일 수 있었다.

나는 여전히 그가 폐업 처리로 부도를 내고 만 그의 문학에의 열정이 다시 곧추 일어서기를 갈망하고 있었다. 그쪽으로 가기 위한 그의 몸부림으로 나는 믿고 싶었다. 문청 시절 그가 되뇌곤 하던 대로, 신음하지 않고서 어찌 글을 쓸 수 있단 말인가? 미래의 2세 탄생을 앞두고서 그가 자식을 위해 이제 다시 글을 붙들고자 하는 그의 솟구치는 의지에 기인하고 있음이 분명하다고 여기고자 했다.

80년대를 거치면서 문학의 깃발보다 현장 속에서 함께 싸워 나가야 하는 게 우선이라며 책상머리에서 벗어나 길바닥 운동판에 뛰어든 그였다. 운동판에 들어 수많은 성명서와 정세 분석을 내놓은 뒤, 결국 엄혹한 시대에 문학을 붙들고 있다는 비효용성으로부터 벗어나 사람 속에서 낮게 엎드려 만나고, 말 나누고 하면서 더불어 살아가는 것만이 이 부박한 시대의 문학적 사표가 아닌가 여기며 끝내 그는 문학을 던지고 말았다. 그런 그가 이제야 문청 시절의 그 대단한 감성으로 되돌아가기 위해 겪는 심화라고 단정하고자 했다.

"지금으로선 혈이 풀리는 걸 기다리는 수밖에 없어."

나의 기대를 확인해 주는 걸로 여길 만한 우회적 답변이
었다.

　다음과 같은 상상이 가능한 대답으로 확신하고 싶은 속
내였다. 그는 지금 태어날 아이를 위해서 서양의 안데르센
보다, 내가 만났던 동화작가 김목 형이나 윤기현 형의 동화
보다 더 빛날 수 있는 아주 멋드러진 동화를 쓰고자 한다. 시
인인 그가 요즘 동화 잘 쓰는 시인 몇몇보다도 더 좋은 동화
를 써서 자신의 2세에게 읽어 줌으로써 아비로서의 지극과
정성으로 가득한 애정을 드러내고 싶은 것이라고 나는 규
정했다.

　그 이야기의 내용은 이 세상에서 가장 지고한 청순미로 가
득 채워진 유토피아, 최소한 유토피아적이다. 그 아이는 그
런 세상에 살 권리를 지니고 있다. 그는 동화에서 당연히 이
세상에 박차고 나올 새싹에게 맑은 물과 깨끗한 공기와 툭
트인 높고 맑은 하늘과 생동하는 땅과 푸르른 나무와 빛나
는 별과 온정으로 가득 찬 웹 세상과 느리고 느린 여유로움
에 마냥 흐뭇해하는 아름다운 사람이 정겹게 어우러져 사는
세계를 보여 준다. 딴은, 아비의 마음으로 정말이지 그런 세
상을 실제로 마련해 놓고 싶다. 그런데 작금의 세상은 어지
럽다. 또한 새 세상을 일궈 낼 인류의 큰 스승이 쉬이 나타날

기미도 없다. 아울러 그 역시 어지러운 세상의 도래에 일조한 죄인임을 고백한다. 그 고백으로부터 동화는 시작되어야 한다고 그는 확언한다. 하여, 그는 자신이 오늘날까지 살아온 연혁의 껍질을 하나하나 벗겨 내는 작업부터 시도하고자 한다. 동화는 맨 나중의 결정체일 터이므로 자신의 지난 삶 가운데 크게 위악이라고 여길 만한 행적이면 죄다 털어내 버리는 일이 우선되어야 한다는 것이다. 최종의 동화를 쓰는 데 가장 중요한 덕목은 먼저, 자신의 몸의 청정에 있음을 깨닫게 되고 그 깨달음의 단초로써 말을 놓는 것이었다. 말을 놓음으로써 심신을 맑게 닦으려는 수행이었다.

나는 다시 상상하였다.

"2세가 태어날 쯤이면 낫겠지, 뭐."

대수롭지 않게 불쑥 뱉으면서도 나는 그의 표정을 놓치지 않으려 눈길을 번득였다. 그는 얼굴에 어떤 변화의 기미도 띄우지 않았다. 물론, 말을 놓음으로 해서 몸의 청정함이 이룩되리라고 믿는 건 다분히 그에 대한 나의 이해의 폭 안에서만 가능한 갈망 사항일 수 있음을 모르는 바 아니었다. 그의 목소리가 잠겼기 때문에 거기에 시선을 두었고 묵언 수행은 사부대중들의 정진의 한 모습이기도 하였다. 그와 나는 절집에 자주 드나드는 축이기도 하여, 초점을 그쪽으로 두게 되었음을 부인하진 않겠지만, 그의 지난 삶의 궤적 속에서 자신을 곧추세우기 위한 부단한 수도적 자세를 익혀 보아 왔던 터이다. 그리 무리한 발상도 아니라고 나는 자위하였다.

그러므로 그의 아픔이 단순한 병마로만 치부되어서는 아니 되었다. 한 개인의 역사 안에서 중대성을 지닌 선언적 단계에 있는 사안이라고 여겼다. 충분히 그렇게 조명될 만한 삶의 진중함을 그는 지니고 있었다.

"좀 걷자."

그가 또 제안했다.

3

그가 산 숲 산책로로 발길을 틀었다. 산의 숲 사이로 아주 완만한 경사를 이룬 채 구불구불 난 산책로였다. 산의 2부 능선을 따라 곱게 다져 놓은 황톳길이었다. 그래야 했다. 산길이란 큰 산의 등산로건 얕은 산의 산책로건 간에 거기에 인공의 솜씨를 곁들이면 피곤한 길이 될 따름이었다. 여기서 어디까지 3.2km라는 푯말이 세워져 있다. 사람들의 발길로

만 다져진 듯한 산책로를 죄 걷기에는 왕복의 거리가 그의 상태로 보아 결코 짧은 거리가 아니었다. 그는 아무런 말도 없이 는적는적 산길을 걸었다. 허리가 좋지 않은 그가 오래 걷는 게 좋을 리 없을 것 같아 한마디 거들고 싶었지만, 이내 입을 닫아 버렸다. 어디만큼 가다 돌아오리라. 아니면 허리 통증으로 해서 한 달이면 두세 차례나 지리산에 들던 산행을 그동안 했을 리 만무한 터이기도 하여, 숲길 옆에 주저앉아 산속에 왔다는 느낌이라도 갖도록 배려하는 게 좋을 듯해 만 류하지 않기로 했다. 사실은, 나도 그를 따라 잠시 말을 놓고 싶은 때문이기도 했다. 잠깐이라도 말을 놓고 말의 무가치함 을 혹은 말의 거추장스러움을 확인하고 싶었다.

말을 놓음으로 해서 냉상에 삼기는 심상의 여로를 안면 따라서 가보자. 그의 그러한 여로의 말미에 도대체 그가 거 머쥐려는 무엇이 있단 말인가? 그런 상상을 진전시켜 보고 자 하는 나의 몸짓이기도 했다.

그가 허리의 통증을 인내하며 아주 천천히 걷듯 나 또한 쉬엄쉬엄 걸었다. 때로는 주름이 깊게 파인 상수리나무의 가 지 끝에 매달린 연초록의 잎새를 한참 쳐다본다거나 휘파람 새 소리를 듣고 그게 홀~딱 벗고 홀~딱 벗고, 하는 소리라 는 걸 아느냐며 깔깔대던 아주 오래전의 산행을 기억해 내기도 하면서, 그의 뒤를 시나브로 따랐다. 이러한 교감마저도 끊어낼 수 있어야 그가 현재 수행하고 있는 용맹정진의 본질을 알 수 있지 않을까, 하면서도 그게 그리 쉽지 않은 버릇임을 나는 이내 깨달았다.

그는 헐렁하면서도 주머니가 여럿인 바지를 즐겨 입곤 하였는데 오늘도 그는 매우 펑퍼짐한, 흔히 몸빼라고 하는 여자들의 통바지 비슷한 걸 입고는 하릴없는 듯 주머니에 손을 넣고 무망한 걸음새로 앞서가고 있다. 나는 울퉁불퉁한 굴참나무 껍질을 만지작거리다, 저만치 앞서 걷고 있는 그의 뒷모습을 건너보았다. 퍼뜩, 그 옛날 스무 살을 두엇 더 넘긴 시절이 떠올랐다.

그와 내가 알게 된 이후 얼마 되지 않아서 소양면에 있는 위봉사를 지나 동상면 대야리 저수지로 나오는 꽤 긴 산책을 나섰을 때의 모습이었다. 오늘처럼 주머니가 여럿 달린 바지를 헐렁하게 꿰입고는 어깨에 잔뜩 무거운 고뇌를 짊어진 듯 걷던 이십사오 년 전 그의 모습이 아련한 슬픔으로 떠오르는 걸, 나는 놓치지 않고 품에 안았다.

들녘으로는 햇볕 또한 따사로워 벼 이삭이 영글어 가는 무렵이었다. 아침나절 소양면 소재지에서부터 시작한 평상의 걸음으로 위봉사를 지나 동상면 저수지 상단의 지경에 이르렀을 무렵에는 이미 점심때가 훨씬 지나 버렸다. 그와 나는 몹시 배가 고팠다. 허나, 어디에서도 먹을 걸 구하기가 어려웠다. 품안에 돈이 있다 한들 쓸모가 없었다. 민가도 보이질 않았고 남새를 심어 놓은 채전도, 먹을 만한 열매를 달고 있는 나무 한 그루마저도 가까이에서는 보이지 않는 적막의 길이었다. 가을 햇볕이 따갑게 이마를 달굴 뿐이었다. 그와 나는 흐르는 계곡물을 마시기도 하고 나무 아래 그늘에서 담소도 나누지 않은 채, 이렇게 준비도 없이 나선 무모한 산책에 의기투합했던 게 꼭 아름다운 합의였을까에 대해 새삼 의문을 품고서 서로를 외면했다. 아울러 여기도 내 땅이구나, 하는 조국 산하를 두 발로 걸어 뜨겁게 만나기 위한 구실로 다시금 이런 판을 벌이는 건 치기적 태도일 뿐이라는 토라진 심중을 무언으로 확인하면서 쉬고 있었다.

그때, 70살 가까이 되어 보이는 노인이 그 길을 밟아 오는 동안 눈에 보이지 않던 단감을 따서 지게에 얹고 지나다 그와 내가 쉬고 있는 그늘에 지게를 세워 놓지 않는가. 그와 나는 드디어 먹을 걸 만나게 되었다. 나는 노인에게 잔뜩 허기에 지친 퀭한 눈길을 건네며 단감 몇 개 먹었으면 좋겠다고 하였다. 노인은 흔쾌히 그와 나의 앞에 먹음직스런 단감을 적지않이 쏟아 놓았다. 그가 얼마냐며 주머니에서 돈을 얼른 꺼냈다. 그러는 그를 보고 노인 왈, "젊은 사람들이 그러면 못써" 하지 않는가. 그와 나는 참으로 배가 고팠지만 그런 노인 앞에서 어리둥절한 눈빛과 태도를 내보였다. 단감을 먹을 수가 없었다. 한입에 콱 베어 먹으려던 단감을 내려놓았다. 머뭇거리는 그와 나를 두고 노인이 "됐네, 그려. 어서 먹소" 하며 지게를 짊어지고 땡볕 길을 휘적휘적 나서는 것이었다. 그와 나는 한참 만에야 무안함을 털고 단감을 먹기 시작했다. 내가 두 개째 입에 넣으려는 참에, 느닷없는 그의 울음을 듣게 되었다. 그가 펑펑 우는 게 아닌가. 자본에 찌든, 썩은 가슴이라며 얼굴을 무릎 사이에 묻고 엉엉 우는 것이었다.

아닌 게 아니라, 그는 눈물이 많았다. 가령 북덕유(산)의 9부 능선에서부터 정상인 향적봉에 이르기까지 군락을 이뤄 샛노란 물결이 출렁이듯 자지러지게 피어 있는 원추리 꽃밭에서 위아래 겉옷부터 속옷까지 다 벗어 성기마저 드러내 놓은 채 흠씬 취하다 그만 울어 버린다거나, 혹은 장기수 선생들의 사상 투쟁에서의 비전향과 몇십 년 동안 독방에 살면서도 몸의 균형을 유지하고 정신의 평형을 지켜 낸 그들의 전 생애를 담보한 전력과 그들이 부르는 노래를 배워 부르며 기어코 눈물을 쏟고 마는 그였다.

그래, 목 놓아 우노라, 였다. 따지고 보면, 그가 오늘 이렇듯 목소리를 놓은 것도 울음의 형태를 바꾼 모습에 진배없지 않은가? 목을 놓고 속으로 우는 시퍼렇게 멍든 울음이 참으로 애간장을 태우는 짓이지만, 오랫동안 함께 세상을 헤쳐 나오면서 표정 하나에 묻어 있는 그의 생각을 능히 짚어 보곤 하던 관계로서도 오늘 그의 심화의 실체에 관한 접근은 추적할 뿐, 용이하진 않았다. 상상의 개연성을 통해 얻어진 직감으로 그가 현재 끌어안고 있는 고뇌의 과중과 깊이를 느낄 따름이었다. 더불어 그의 아내가 내게 찾아와 부탁한 병원에의 입원 권유는 아내로서 그에게 갖는 깊은 애정의 발로이겠으나, 수긍하고 싶은 상황 인식은 아니라는 걸 알게 되었다. 그녀가 임신한 사실이 곧 자신의 몸을 청정하게 가다듬어야겠다는 내적 동인으로 작용한 수도적 정진인바, 타인의 눈으로는 병마이지만 그가 지닌 함의로써는 태어날 2세를 위해 아비가 할 수 있는 복받치는 즐거움으로, 그러면서도 처절한 아비의 애정으로 수행하고 있는 용맹정진이라는 걸 나는 감지할 수 있었기 때문이었다. 아울러, 저렇듯 피골이 상접한 그의 모습에 대해 내가 가져야 할 작금의 태도는 2세의 탄생을 앞두고 자신을 올곧게 견인하고자 정진하는 아름다운 고뇌라는 인식이며, 아울러 2세의 탄생에 의해 그의 목소리 또한 그동안 그가 즐겨 왔던 말의 현학성을 딛고

환골탈태한 변형의 모양으로 문자의 공간성과 시적詩的 탄탄함으로 치환하여 세상에 드러내 놓을 것이라는 데에 의심의 여지를 더 이상 갖지 않아야 한다고 믿게 되었다.

"뭐 하냐?"

개구리발톱이 여기저기 널려 있는 길섶에 앉아 있는 그의 곁에 갔을 때, 그는 가느다란 풀 이파리에 귀를 대고 있었다. 애기똥풀이었다. 귀를 기울이고 있는 그의 모습이 매우 진지하여, 나는 그만 그가 하는 양을 물끄러미 내려다보았다. 그는 한참 동안 미동도 하지 않은 채 풀잎 끝에다 귀를 세우고 무언가를 열심히 듣는 자세를 취하고 있었다. 그의 이마에 핏줄이 선명하게 돋아 있는 걸로 봐서 꽤 심각해 보였다. 풀 잎에 귀를 대고 교감하고 있단 말인가? 풀잎에 귀를 기울이고 있다는 건 필시 무슨 소리인가를 들으려 함일 테지만 대저 풀잎에서 어떤 소리가 난다는 것일까? 근래에 꽃이 봉오리를 맺은 데에서부터 활짝 피어나는 모양을 영상 기술로 보여 주고 있는 정도이니, 이를테면 어느 시인이 '바람보다 먼저 쓰러지고 바람보다 먼저 일어나는' 풀잎 모습을 통해 정곡의 이미지를 전달하였듯, 그는 지금 풀잎끼리 빚어 내는 음악을 어느 종교에서 말하는 방언처럼 들으며, 그로부터 자신의 심화를 치유하고 있는 중인지도 몰랐다. 혹은 '애기똥풀'

이라는 풀 이름을 새기며 자신의 2세 탄생과 관련한 명상에 빠져 있는 듯도 싶었다. 나는 그만, 거기서 그의 심화의 본질을 들여다볼 만한 어떤 단서를 찾을 수 있지 않을까, 하고 촉수를 곤두세웠다.

"애기똥풀의 음악."

한참 뒤, 고개를 들고 심각한 투로 내게 던진 뜬금없는 그의 대답이었다. 때때로 그의 무리한 상상력의 동원으로 인해 터무니없는 연상 작용을 만나게 되면서 당혹스러움과 신선한 충격을 종종 겪어 왔던 터이다. 그가 애기똥풀에 대고 귀를 기울여 무언가를 듣고자 하던 행위를 일부러 눙쳐 받아 넘겼다.

"독주로, 협연으로."

"존 케이지John Cage 식으로."

존 케이지? 존 케이지? 나는 그만, 뒤통수를 때리는 매우 둔탁한 충격으로 한동안 먹먹해졌다. 정신을 이내 수습해 다시 존 케이지, 존 케이지, 하고 입속으로 뇌까려 보았다. 존 케이지라면 〈4분 33초〉라는 무정형의 음악을 통해 근대 문명을 통렬히 비판한 현대 음악의 거장 가운데 한 사람 아닌가?

"4분 33초 동안?"

"시간이 본질은 아니지."

애기똥풀 이파리들의 연주를 들었다고 한들 그가 내게 전달할 수 있는 실재음은 존재하지 않는다. 중요한 건, 풀잎들의 연주를 어떻게 들었는가, 하는 청각의 이미지였다. 그것을 어떻게 가슴의 심상으로 전환하고 있는가, 하는 문제였다. 그게 그의 심화의 본말일 수도 있겠구나, 하는 생각에 사로잡혔다.

"어떻게 들었는데?"

"두보杜甫의 심상으로만 가능하지."

나는 매우 헷갈렸다. 그러니까 '애기똥풀의 음악', 이를테면 존 케이지의 무음의 음악을 동양적 사고의 틀 안에서, 그것도 세상에 대한 가장 아름다운 격정의 감성을 지닌 두보 식으로 들어야 귀가 열린다는 표현인데, 쉽게 풀 수 있는 숙제물이 아니었다. 물론, 존 케이지의 음악에 대한 이해의 바탕 위에서 인식해야 할 부분임을 모르지는 않았다. 그럼에도 현대 문명의 불확정성에 대한 봉기로 집약되는 〈4분 33초〉의 무음의 음악을 정음으로 들을 수 있다는 논리적 비약으로 닿았다. 더군다나 귀의 열림이 두보 식의 동양적 상상력에 기반해야 한다는 명제는 내 빈곤한 감성과 사고태로는 범접하기가 쉽지 않은 인식이었다. 다만 실타래를 풀어 나가듯 하나의 단서로 포착할 수 있는 거라고는, 존 케이지가 서구 문명의 한계를 〈4분 33초〉가 초연된 1952년에 벌써 보았다는 점이었다. 서양의 문명이 보이는 것에의 집착에 의해 발전되어 왔다면, 동양의 문명은 보이지 않는 부정형의 흐름으로 지속되고 있다는 것인데, 〈4분 33초〉는 바로 그러한 인류 문명의 불확정성을 간파하여 당시의 서구 사회에 던진 문명사적 질문이었다는 점이다. 그런 견지에서 유추해 본다면, 존 케이지는 동양 문명이야말로 앞으로 세계 문명의 핵심이 될 거라는 점을 깨달은 서양의 미래문명학자가 분명했다. 그러니까, 그는 바로 동양적 사고의 결집인 동양 문명만이 앞으로의 세계 문명에 있어 유일한 대안이라고 믿고자 하는 자신의 내면을 구축하고 있는 게 아닌가? 그게 그의 심화의 본질이 아닐까? 하고 나는 추론하였다.

"'보이지 않는 것'으로의 지배?"

"……."

그가 말없이 다시 풀잎에 귀를 기울였다.

의문은 꼬리를 물었다. 무음으로 진행되었을 '애기똥풀의 음악'을 두보가 지닌 격정의 감성으로 들어야 한다는 그의 상상력과 그가 자신의 2세를 위해 지금 진행하고 있는 묵언 수행의 함의와는 어떻게 접맥되어 있는가? 하는 인식이었다. 주위의 많은 풀 가운데 하필 '애기똥풀'이 빚어 내는 음악을 듣는 건 자신과 2세와의 연관이 있음을 직감하면서도 쉽게 요해되질 않았다. 아울러 불확정성의 현대 문명을 비판한 존 케이지의 음악적 화두와 그가 목을 놓았다는 점과 대비해서, 음악의 목놓음이 곧 무음의 음악인 것처럼 그가 말을 놓기 위해 목소리를 놓아 버렸다는 점을 동일한 화두로 인식할 수 있을 것 같다는 심증적 추정으로, 그 연관성을 어렴풋이 짐작할 수는 있겠네, 하는 데까지 이르렀다. 하지만 MRI와 무음의 음악은 서로 대척점에 있는 듯한데, 그게 서로 어떻다는 말인가?

"MRI와 '애기똥풀의 음악'… 거, 선문일세."

조급함이었다. 그의 심상의 여로에 침입해서라도 그로부터 어떤 확인을 해야겠다는 내 의지를 앞세우는 건 다분히 나의 초조함의 표현임을 부인할 수가 없다. 그는 눈을 감을 채 애기똥풀에 귀를 기울이고는 미동도 하지 않았다. 또다시 4분 33초쯤 흘렀을까.

"MRI는 문명의 확산이고 '애기똥풀의 음악'은 문명의 거부다."

선답도 그가 맡았다.

"…그래. …그렇군."

그가 현재의 몸 상태를 알기 위한 방편의 하나로 차용한 MRI적 양의학 처방은 인류의 기원으로부터 지속적으로 발전시켜 온 문명사적 전진으로서의 일정 단계라 할 수 있을 터이다. 하지만 '애기똥풀의 음악'은 그러한 발전이 결코 인류의 진로를 명백히 제시하여 새롭고 유용한 가치의 창조를 보장해 주고 있는 것만은 아니라는 인식을 내재하고 있다. 나는 주억거렸다. 인류의 건강을 혹은 수명을 더 연장하고자 하는 최첨단 진료 기기마저 이기의 허구에 지나지 않음을 표출하고 있는 태도이고 인식이었다. 개인에 따라서는 문명의 전진이라는 게 아무런 효용 가치도 지니지 못하다는 추론이자 그의 확신이었다. 결국, 인류에게 가해지는 불확정성을 예견하여 인류의 청각과 시각을 통해 이미 전달한 묵언의 메시지라는 의미를 함축하고 있다고 여겼다.

"그래서?"

"내 아이에게 건네고 싶은 심경이다, 이게."

그는 이미 자신의 병을 자신이 일으켰기 때문에 MRI로 자신의 병을 측정해 낼 수 없음을 간파하고 있었다. 그리고 그것의 확인을 통해 문명의 질적 변화가 결코 기계적 작동과 발명의 손아귀에서 그리고 자본의 속도가 주는 물적 토대에 의해 이뤄지는 게 아니라는 점을 확신하고 싶었던 것이다.

그가 2세를 위해 드러내고 싶었던 함의가 바로 이것이라고
그는 나지막하나 단호하게, 절규했다.

그가 자신의 병마를 제어하면서 자신의 2세에게 심어 줄
태교로 목놓음을 택한 데에 대해 매우 흥분된 두려움과 한
편으로는 경이로운 동의의 내심을 가지지 않을 수 없었다.
그건, 그가 쓰고자 염두에 두고 있을지 모르는 어떤 동화보
다, 어떤 시보다 더 처연한 실재라는 생각이 든 때문이었다.

"이젠 글로 드러내거라."

그럼에도, 나는 겨우 그렇게 대꾸했다.

그가 히죽 웃었다. 그러마, 하는 의미를 담고 있는 것인
지, 아니면 넌 어찌 그리도 천박하기만 하냐, 하는 속내인
지 모를.

"가자."

4

산책로는 여전히 붐볐다. 골이 깊고 까슬까슬한 표피를
가진 굴참나무가 길섶으로 촘촘히 들어선, 두 사람이 겨우
비껴갈 만한 숲길이었다. 이렇듯 키가 큰 굴참나무가 많다

는 건 그동안 개발되지 않아 사람들의 발길이 잦지 않았다는 증거였다. 물론, 서구의 동양에 대한 침탈의 표상이 되어 있는 코카콜라 병이 저만치에 널브러져 있어 묘한 대비를 건네긴 하였다. 하지만 도심에서 그다지 멀리 떨어져 있지 않은 곳에 잘 보존된 숲과 그 숲을 가르며 댕기를 드린 듯 곱게 난 산길은, 더욱이나 그 숲속의 길에서 가까운 곳에 새로 지은 아파트로 거처를 옮긴 그에게 좋은 산책로 구실을 할 게 분명했다. 그래, 그는 통증을 잘도 이겨 내며 저만치 앞서갔다. 또한 그래서 그런지, 되돌아가는 산책로에서도 그가 앞서고 나는 뒤에 따랐다. 그는 키가 크고 나는 키가 작아 보폭이 좁아서 그런 것만은 아니었다.

따지고 보면, 언제나 그는 나보다 앞서가고는 하였다. 나는 늘 그의 뒤를 좇아다니곤 했던 기억들로 가득 차 있다. 이를테면 여럿이 술을 마시다 튀자, 하면 그는 벌써 저만치 도망을 가고 있었고, 나는 겨우 문턱을 넘다 주인에게 잡혀 치도곤을 당하곤 했다. 물론, 그 치기 어린 시절에 술 먹고 도망치는 패거리들에 대해 술집 주인들도 대개는 관대하여 어찌어찌 술값을 계산하고 나면 그걸로 그만인 때이기도 했지만 이른바, 475로 40대 중반을 넘긴 세대들이 그랬듯이, 썩은 자본의 악습으로부터 그런 식의 도발을 통해 조금씩,

서서히, 태연하게 맑스주의자가 되어 갈 무렵, 그는 나보다 앞서서 그 길, 그의 길을 간고하고 격렬하게 모색해 나갔다.

그러니까 그때, 그와 나를 지탱해 준 건 괄목상대였다. 괄목상대. 이 한마디로 그와 나의 그 시절의 관계는 집약되었다. 그는 나만이 아니라 알고 지내는 모든 친구들에게 뒤지지 않으려 맹진하였고, 나는 그런 그를 따라잡으려 경주하곤 했다. 전주천 상류에 있는 한벽루의 네 모서리를 꽉 채운 편액을 그나마 두리뭉실하게 해석해 내던 어느 녀석의 한문 실력을 6개월 만에 앞서 버린 그의 진력은 고전으로 회자되곤 하였다. 돌이켜 보면, 그러함이 그에게는 문명사적 변환에 대한 오늘의 이와 같은 패러독스를 이끌어낸 주요인으로 작용했을 가능성을 배제할 수 없다. 그는 대단한 식성으로 학문적 편력을 치러 내고는 하였는데, 존 케이지도 그가 내게 던진 화두의 일종이었다. 그리스·로마 문화 이해를 통한 문명의 세계사를 제대로 알기 위해 어느 날 갑자기 라틴어 공부를 하고 있다거나, 화인들의 생애에 얽힌 미술사를 통해 오늘날 그림이 자신에게 어떻게 용해되어 있는가를 설명하는 그의 현학성에 때로는 진저리를 치곤 했던 기억이 새삼 떠올랐다.

그가 자신의 직업으로 사회과학 서점을 그 도시의 대학

앞에 낸 것도 결과적으로 책상다리에 붙잡힌 현학의 맑시즘에 몰두한 그의 편력에 의해서임을 부인할 수가 없다. 그럼에도 그가 여전히 맑스주의자인 건, 맑스주의적 사고에 기반한 서점 운영의 가치를 두둔하고 있다는 점 때문이었다. 물론 마모되고 꺾이지 않으면 아니 될 세태에서, 다시 말해 소득의 에누리 없는 신고가 서점 운영에 타격을 입힌다는 점에서 조세 제도의 허점을 가늠하여 조금의 탈루를 자행해야 하고, 혹은 대학 생활을 시작하는 그 치기 어린 행위마저 사라져 버린, 요컨대 노랑머리로 대별되는 이념과 사색으로부터의 일탈 그리고 시트콤적인 재미만이 오로지 유행으로 넘쳐나는 대학로에서 아직도 사회과학 서점이어야 한다고 믿는 그의 주장이 차라리 유약해 보이기까지 하였다. 하지만 우리 사회의 혹은 인류의 새로운 얼개를 짜기 위한 물적 토대로서의 지식을 이 땅의 젊은 친구들에게 건네주기 위한 제공처로서의 역할을 서점이 수행해야 한다고 보는, 그야말로 고전적으로 고집하고 있다는 점에서 그는 이제야 제모습을 갖춘 맑스주의자가 분명했다.

한 무리의 중년 부인들이 멕시코 치아파스 주의 사빠띠스타Zapatista처럼 온통 얼굴을 감싼 채, 그처럼 무장했다고 해서 결코 게릴라마냥 숨죽이며 작전을 수행하는 듯 보이지 않는, 끊임없는 수다로 주위의 새소리마저 들을 수 없게 하는 부인들이 나의 곁을 스쳐 휑하니 앞서 나갔다. 나는 그 중년 부인들보다 더 앞서서 걷고 있는 그를 힐끗거리면서 그와 함께 지내온 세월을 더듬으며, 터벅터벅 걸음을 옮겼다. 그의 집으로 되돌아가는 길이었다. 숲길에 접어들었을 때보다 되돌아가면서 산책로 주위의 여러 풍광들이 눈에 더 차 들어왔다. 길옆 숲으로는 연초록으로 단장한 나지막한 풀들이 무성하게 돋아 있고, 혹쐐기풀에는 이슬도 아직 매달려 있다. 푸짐한 웃음소리를 내지르는 예의 중년 부인들을 다시 쳐다보다가 나는 그의 아내를 생각했다. 그의 아내는 앞서가는 중년 부인들이나 그처럼 다변이 아니었고, 언죽번죽하지도 못했다. 그의 말의 현학을 즐겨 듣고는 그것을 요약해서 이해하는 데에 대체로 호응하는 편이긴 했으나, 한편으론 늘 동의하는 것만은 아닌 속내 또한 지니고 있지 않을까, 하고 미루어 짐작하고 있다. 아무려나, 이처럼 무리하다 싶은 그의 패러독스에 대해 쉬이 수용할 수 있으리라는 예감이 들지 않았다. 그는 아직 자신의 아내에게 현재 그가 수행하고 있는 문명사적 대변환에 대한 깊고 깊은 사색에 대해, 그것이 태교라는 데에 대해 밝히지 않은 듯했다. 그가 아직은 그런 내심을 가지고 있지 않는 듯도 하여, 나는 이 부분에 대해 그에게 시비를 걸어야겠다고 생각했다.

앞서가는 그를 건네보았다. 굴참나무 숲이 끝나고 처음 산길로 접어들던 부근에 이르러, 막 접어들었을 때는 본 듯 싶지 않은 줄기가 여러 갈래로 뻗은 키 큰 아까시나무 서너 그루가 향내를 피우려 꽃망울을 부풀리고 있었다. 아직은 취하지 않을 만큼 연한 내음을 맡으며 시나브로 걷는데, 내가 어느덧 그에게 이르렀는지 모르게 그의 앞에 당도해 있었고 나를 기다리고 있던 그가 내게 말을 걸어 왔다.

"산길 좋지?"

"한적하다면 더욱이나 좋겠다."

"언감생심."

"어쨌거나 집 잘 구했네."

"… 집사람한테 밝혀야겠다."

"태교를 애 어멈이 아직껏 듣지 못했다면 말도 안 되지."

"화룡의 점정을 짚어 보고 있었다."

"그때야?"

"오늘 일찍, 정기검진 받는데 함께 갔었어. 아주 잘 크고 있대."

"네 아내가 받아들일 수 있을까?"

"정말, 빌었다."

아주 오랫동안 애를 가지지 못해 안타까워하던 그네들이 포기했다가 다시 시작하여 애를 갖게 되었으니 어찌 그럴 만도 하지 않겠는가? 수긍했다. 그런 한편으로, 나는 그에게 마음이 상했다. 그건, 그의 아내에게 자신의 관점과 동일하게 사유하길 은연중 강요하는, 때때로 사변을 통해 주지시키거나 주입하고야 마는, 논리적으로 허점이 명백하게 드러나지 않은 명제와 진술로 결국은 고개를 끄덕이게 만드는 그의 태도에 아직도 변화가 없다는 점 때문이었다.

"뱃속에서부터 골머리깨나 앓고 있겠다."

"흐흠."

그가 웃음을 흘렸다.

"아비의 태교를 듣자니 어멈이 고단하게 여겨지고, 어멈의 노심초사를 듣노라니 아비가 준 병인 듯도 싶고."

나는 이쯤에서 농으로 받았다.

"크흐흐."

그가 쉰소리로 웃었다.

그의 집에 다시 들어섰을 때, 그의 아내 또한 베란다에서 얼레지를 보고 있었다. 이파리에 묻은 먼지를 닦고 있었던 듯했다. 하얀 헝겊에는 꽃잎과 꽃술 사이에서 묻은 연분홍의 티끌이 살짝 배어 있었다. 나는 그의 아내에게 얼레지가 한 송이만 산 것을 보면 쌍둥이는 아닌 듯싶다고, 서운해서 어쩌냐고, 농담을 건넸다. 사십 중반에 아이를 가졌으니 이왕 한꺼번에 두셋씩 낳아 기르면 태어날 아이가 외롭지 않아 좋으리라고, 안 해도 좋을, 그녀가 아니라 그에게 했어야 할 농담이었다. 그의 아내는 웃음도 절제하는 듯했다. 그가 얼레지를 들여다보고 있던 그의 아내를 아늑한 눈빛으로 건네보더니 이내 말문을 열었다.

"그저께 병원에서 MRI 했어."

그녀가 얼레지 잎을 닦던 헝겊을 떨어뜨렸다.

"결과는?"

"당신도 몸에 관한 나의 성실한 집착을 잘 알잖아. 내 몸에 대한 확신으로부터 출발한 거야. 릴케와 두보를 읽어 주고 푸르트뱅글러Wilhelm Furtwangler의 베토벤이나 들려주는 따위로는 내 아이가 태어나서 적어도 이 세상을 너무 안이하게 만나게 될 것 같아서 내 전체를 걸고, 오늘날처럼 파렴치한 시대는 없었다는 걸, 인류가 문명을 발전시켜 오면서 인류의 피를 이토록 추악하게 더럽힌 적은 없었다는 걸, 내 삶의 저 잔잔한 지평을 뿌리째 흔들어 놓고 있는 문명의 광속적인 속도를 도무지 견딜 수가 없어서, 이런 문명사적 변환의 시기를 관통하고 있는 한 인간으로서 부박한 시대에 맞서 아무것도 해줄 수 없는 이 아비가 얼마나 허약한 존재인가에 대해 고통스러워하면서, 그럼에도 무엇인가를 해야 한다는 단초로써, 내가 할 수 있는 일이라는 게 내 몸 하나 마음놓고 부릴 수 있는 단계의 자유는 허용되어 있기에, MRI의 그 '자기공명영상'을 통한 진단이라는, 다시 말해 내 몸 안에서 발현하는 내부의 공명에 의해 내 몸의 실체를 낱낱이 파악할 수 있다는 시스템의 허구를 확인함으로써 격정의 심상에 이르러 문명의 실체를 보여 주기 위한, 그리고 그 격랑의 사고가 전개되는 과정을 아이에게 들려 주기 위한 묵언의 절규로, 마침내 인간 혹은 인체 해석의 명료함을 지닌 동양 문명의 확실성을 근거로, 내가 보여 줄 수 있는 최선의 몸짓으로 택한 태교야… 이게."

그의 아내가 눈물 한 줄기를 떨어뜨렸다. 그 영롱한 이슬이 얼레지의 꽃술을 적시며 서서히 꽃의 함지 속으로 빨려 들어가는 그 아름다움에 나 또한 한 켜의 울음을 삼켜야 했다. 하지만, 나는 조금씩 그리고 서서히 그의 여전한 편집증적인 사고 취향에 다시 화가 치밀었다. 그리하여, 여기서 그의 병마에 대한 단상을 마쳐야 한다는 걸 깨달았다.

얼레지가 웃고 있었다.

이장移葬

"간다더니 왜 그러고 있어?"

아내가 채근했다. 바깥 날씨가 유독 추웠다. 눈발이 날렸고, 탱글탱글 언 차가운 바람이 창문을 할퀴며 들쑤셨다.

"햇볕이라도 좀 나오면 가려고."

"그러게. 귀를 떼어 갈 듯하네. 저 바람 소리 좀 봐."

연신 창문을 뒤흔드는 바람이 억셌다.

"당신도 갈려?"

아내가 굳이 동행할 거라고 여기지 않았다. 절차를 밟게 되면서 겪게 될 상황이 떠올랐다. 아내도 모르지 않는 가족 관계다. 새삼 아내까지 되새김하게 할 필요는 없지 싶다. 아내가 흘깃 쳐다보다가 고개를 내젓는다.

"혼자 가는 게 뭐 어때서. 복잡할 것 같아서?"

아내와 함께 간다고 해서 쉬이 풀릴 일도 아니다.

"혼자 가지 뭐. 어려울 것도 없지 않을까 하니까."

"무슨 소리야? 알아봤어, 벌써?"

시립묘지 관리자에게 물었을 때 그는 간단하다고 말했다. 일반적인 경우로 보았을 그의 답변이었다.

"그리 예측한다는 게지, 무슨."

아내에게는 시립묘지 관리자에게 전화로 문의해 봤다는 걸 알리지 않았다.

"애타고 그럴 필요 없어. 이장한다는데 안 될 것도 없고 또 안 된다고 하면 그대로 모셔 두면 되지. 개의치 말아요. 누가 어쩌고저쩌고 이상한 소리도, 이상한 눈길도 건네지 않을뿐더러 설령 그런다 해도 흥분하지도 말고."

사려 깊고 분별하지 않는 편인 아내다.

"누가 겉으로 드러내기야 하겠어. 절차가 어떨까 궁금하다는 거지, 뭐."

이런저런 변수가 있으리라 예상했다. 유골을 직계 가족에게 인도하지 않을 경우 발생할 수 있는 문제가 엄중하기에 그렇다. 적법한 과정을 밟는 건 당연했다. 담당자들 역시 확인 절차를 섣부르게 처리하지 않을 게 분명했다. 시립묘지 관리자는 파묘 승인 절차는 복잡하지 않다고 하긴 했다.

"이장을 맘먹었고, 그리하려면 거쳐야 할 의례 중 하난데, 뒤돌아보지 말아요. 그 나이 들어 가지고 그걸로 속을 끓여, 끓이긴."

"……."

아내의 거친 호응에도 이러구러 할 말이 떠오르지 않았다. 여전히 서글프고 한숨 짓게 만드는 데에 도리가 없다. 세상 만사 들여다볼 줄 알게 된 이전부터 지금까지 멍에였다. 어머니 또한 가슴 졸이며 살다, 이생을 뜨셨다. 어머니가 육십 초반까지 담배 태우고 가끔 술도 한잔씩 마시곤 했던 걸 보면 그렇다. 종국에는 치매 10년을 앓다 돌아가셨다. 어머니의 담배, 술, 치매를 지켜본 자식으로선 그 연유가 섧지 않을 수 없다.

어머니 돌아가신 지 올해로 23년 됐다. 시립 공원묘지에 모셨다. 공원묘지 1차 사용 기간 15년이 경과했다. 연장 사용 15년을 허가받고 그새 8년이 지났다. 오래전부터 이장을 하려는데 차일피일 미루다 그만 여태까지 왔다. 순차적으로 장지를 배정받는 공원묘지에 모시다 보니, 그 지형에서라도 좋은 위치랄 수 있는 묘소를 선택할 수 없었다. 공원묘지 중에서도 꽤 높은 지대에 모셨고, 계단은 아주 가팔랐다. 성묘할 때마다 오르고 내리는 데 힘이 들었다. 또한 시일이 지나며 옆에 모셔진 망자亡者들의 분묘가 헤집어져 어수선했다. 보기에도 민망하고 씁쓸했다. 이장을 고려해야겠다는 생각이 더욱 솟았다. 기일에 맞춰 이장하려면 행정 절차를 서둘러 알아보아야 했다.

눈발이 날리고 도로는 살짝 얼어 있다. 오가는 차량이 거의 없다. 시 외곽에 있는 시립묘지에 가는 길은 명절 안팎 아니면 늘 한적했다. 시립묘지는 차로 한 시간여 걸리는 거리에 위치해 있다. 성묘객은 보이지 않았고, 을씨년스럽고 칙칙하게 닿았다.

관리자가 일러 준 대로 묘지와 비석 앞뒤 사진을 찍고 사무실에 들렀다.

"전화 받고 복사는 해뒀고만요. 언제쯤 하실라고?"

시립묘지 관리자는 서글서글했다.

"삼월 중순이 기일이어서 이월경에 하렵니다만."

"이월이면 날이 덜 풀려서 산소 개장이 쉽지 않아. 여긴 산속이잖아. 삼월에도 땅이 얼어 있거든. 대개 인부들이 산소를 여는데, 땅이 그러면 포크레인으로 작업을 해야 해. 가만, 묘소까지 포크레인은 올라갈 수 있으려나?"

나보다 몇 살 아래로 보이는 그는 민원인을 편안하게 대하려는 듯 말끝을 도려냈다. 망자를 보내는 유족들과 성묘객을 대하는 오랜 경험치가 엿보였다.

"여기 사정에 맞게 해야지요."

"오 구역이면 소형(미니 포크레인)은 올라갈 수 있겠고만. 그런데 포크레인 기사가 이월에는 어쩔까 모르겠네. 그 사람들도 날이 추우면 안 할라고 하니까. 유골을 수습하는 일도 그렇고."

산소 이장은 시립묘지에서 늘 있는 일일 터이다. 나는 다시 한번 여기 사정에 맞추겠다고 했다. 덧붙여 물었다.

"개장하면서는 어떤 절차를 밟기도 하나요?"

분묘를 열고 유골 수습 시에 하는 정황을 인터넷에서 찾아봤다. 알아본 대로 꼭 그렇게 진행할 생각은 없다. 그래도 할 수 있으면 요망되는 순서를 빠뜨리지 않고 모셔야겠다고 마음을 이끌었다.

"음식 차려서 술 따르고 그러지. 믿는 사람들은 그렇게 하지 않기도 하는데. 손 없는 날로 정하고 수의를 입히기도 하고. 대개 그 정도들 하셔."

고개를 끄덕이며 그가 복사해서 건넨 매장 서류를 봉투에서 꺼냈다.

어머니를 모실 당시 공원묘지 사용 허가 신청서와 15년 뒤의 연장 사용 허가증 복사본이 들어 있다. 경황이 없어서 시립묘지에 모실 당시의 신청을 누가 했는지 기억에 없었다. 신청자가 외손外孫으로 돼 있다. 하단 신청자 난의 외조카 이름 밑에 내 이름이 적혀 있다. 내 글씨였다. 그랬나? 싶다. 10년 치매를 앓다 돌아가신 어머니를 영안실에 안치하고 조카가 안장 장소 관련 일을 보았던 모양이다. 시립묘지로 모시기로 했으나, 그 절차를 밟아야 할 일은 상주인 내가 나설 상황이 아니었을 테다. 딴은, 그 서류에 이름을 올린 기억도 없다.

"여기서 한 육 킬로 내려가다 보면 동사무소가 있어. 거기가서 개장 신고를 하고, 허가받으면 돼. 허가도 곧바로 떨어지니까, 이월경이라면 아직 시간은 있네."

행정복지센터에서 하는 처리 과정이 순조롭길 바랐다. 그렇듯 기대하는 심중 한편으로 심란한 속내가 실린 어두운 감정이 나도 모르게 일어났다. 서류를 봉투에 넣고 고맙다는 말을 건네며 서둘러 나서려는 나를 그가 힐끗 건네보았다. 통렬한 슬픔 속의 유족들을 상대해 온 그는 예리했다. 심약한 자존의 늪에서 흔들리는 표정을 꼭 집어 읽었는지, 그가 되물었다.

"연장 서류를 보니까 매장 당시에는 외조카가 신청을 했더라고. 연장 사용 신청을 할 때는 사장님이 했고. 사장님은 외조카 밑에다 추가로 이름만 적어 놨는데, 정황으로는 아들인지 알겠지만 그렇다고 긴가민가하기도 하고. 이런 경우는 흔하질 않거든. 사장님과 망자의 관계를 그 서류만으로는 우리가 알 수 없잖아. 근데, 지금 사장님이 이장 신고를 하려고 한단 말야. 연장 신청을 사장님이 했으니까, 당연하기는 한데….”

말끝을 흐리더니, 그가 이내 덧붙였다.

“사장님 이름 앞에 자子 자만이라도 여기에 써놨더라면 모를까, 그 서류만으로는 동사무소에서 아무래도 좀 애매할 것 같아. 매장 당시 등본이나 가족관계증명서도 첨부되어 있지 않아서 좀 이상하다 여길 게 뻔하거든. 그 시기에는 더러 서류를 갖추지 못했어도 허가가 나기도 했던 모양이지만 말야.”

표정 속에 가족 관계의 이면이 담겨 있었을까?

“이 서류 말고 또 무슨 서류가 필요한데요?”

물음에 흥분과 떨림이 묻어 있다. 그는 차분했고, 능숙했다. 답을 건너뛴 채 앞서 언급한 내용을 붙들고 늘어졌다.

“외손이라고 적혀 있는 조카의 오래전 011 핸드폰 번호와 주민번호가 있으니까, 우리는 그걸 보고 행정적으로 연락처를 알아내서 조카에게 연장 여부를 물었을 거거든. 8년 전이라 누가 이렇게 처리했는지 모르지만, 사장님은 이름 석 자 외엔 전화번호도, 주소도, 아무것도 적혀 있지 않으니 우리가 연락할 수가 없잖아, 이 서류만 봐서는. 그리고 여기서는 전화로 안 해요. 서류를 보내지. 근거를 남겨놔야 하니까. 삼 차까지 연장이 가능하지만 그때를 지나고도 연장을 하지 않고 연락도 안 되고 그러면 무연고 처리를 할 수 있게끔 법으로 정해져 있거든. 그걸 대비해서 서류를 남겨놓는데, 조카에게 보낸 서류도 없는 걸 보면 팔 년 전, 그 당시에는 조카가 사장님에게 미룬 게 틀림없다고 봐지는만. 당연히 그랬겠지.”

시립묘지 관리자로부터 연장 여부를 묻는 연락을 받은 건 나였다. 1차 사용 기간이 지났고 연장할 건가 말 건가를 전화로 물어 왔다. 그가 말하는 것처럼 연장 신청을 하라는 서류는 받지 못했다. 연장 여부를 묻는 전화를 받자마자 나 또한 서둘러 신청했다. 모실 곳을 따로 마련하지 못한 까닭이었다. 서류를 받았다면 보관해 뒀을 터이다. 무엇이건 섣불리 내버리지 않고 보관해 두는 성격인지라 더욱 분명했다. 시립묘지 관리소에서 진행하는 절차를 알지 못하는 나는 연장 여부를 묻는 전화 연락 또한 당연히 여겼다. 연장 신청과 허가 역시 덜컥거리는 절차 없이 곧바로 허가받았던 기억이 또렷하다.

되짚어 보면, 모실 그 당시에도 내 이름으로는 매장 신청을 할 수 없었던 게 맞다. 신청자 하단에 내 이름을 올리게 된 저간의 사정이 그래서 이해가 됐다. 망자 본인이나 직계 손이 해당 지자체에 주소가 등재되어 있어야 안장 허가가 나기 때문에 해당 지자체에 주소지를 둔 내 이름 석 자는 올려야 했을 경우였다. 몇십 년 지난 일이기에 생생하진 않다. 어머니 주소는 해당 지자체에 등재되어 있었다. 지자체에서도 다소 느슨한 행정력을 내보였을 것이다. 조급하고 안타까운 사연에 따라 용인해 주었을 게 틀림없다. 어머니는 동거인으로 올라 있었다. 그러나 동거인으로 올라 있는 내 서류가 첨부되어 있지 않으니, 그것도 짐작할 따름이다.

시립묘지 관리자가 꽤 집요했다. 사무실을 나서려는데 또 되짚었다.

"조카 연락처를 알아서 조카에게 연락했고 조카는 당연히 아들이 해야 할 절차라고 여겨서 사장님 전화번호를 알려 줬을 테고, 그 번호를 받아서 담당하는 여기 누군가가 서류를 보내지 않고 전화를 했다는 건데⋯ 아무튼 그건 그렇다 치고,"

말을 더 이으려다 멈칫할 찰나, 그의 말을 싹뚝 잘랐다. 그가 무슨 말을 하려는지 짐작하기도 했다. 드세게 나가야 할 처지와 상황이라는 생각이 치솟았다.

"어머니 공원묘지 연장 사용에 관한 한 조카로부터 어떤 연락도 받지 못했고, 이러건 저러건 당시 담당자는 허가를 해줬잖아요. 이제 와서 그걸 따지는 건 가당찮은 일이니, 그만 접읍시다. 고맙습니다."

"그거야 그렇지. 아무튼 동사무소에서 물으면 서류 밑에다 원본대조필을 쓰고, 내가 사인을 해놨으니까 필요하면 연락을 하셔."

석연찮은 낯빛을 띤 그에게 목례하고 나왔다.

행정복지센터는 어렵지 않게 찾았다. 성묘 할 때 지나곤 하던 2차선 도로 안쪽에 있었다. 담당 공무원을 찾았고, 그에게 서류를 보여 줬다.

"선생님, 신분증을 좀 주시지요."

그가 신분증과 서류를 훑어보았다.

"음, 조카 분이 매장 신고를 하셨고 선생님 성함만 적혀 있네요. 연장 허가는 선생님이 하셨고요. 제가 잠깐 선생님 신분증을 보고 승인 여부를 확인하겠습니다. 편히 앉아 기다리시지요."

제출한 서류만으로는 파묘 결정을 해줄 수 없겠구나, 하는 생각이 밀려왔다. 아무려나, 거쳐야 할 절차로 받아들였다.

담당 공무원이 한참 뒤에 내게 왔다.

"이 서류만으로는 산소 개장 결정을 해줄 수 없겠습니다. 잘 아시겠지만, 직계가 아니면 어렵고요. 또 직계를 증명할 수 있는 증빙 서류가 첨부되어야 하니까요."

여기까지 와서 주저할 상황도 아니었다. 더 어찌할 다른 방도도 알지 못했다. 바로 전에 찍어 둔 사진을 보여 줬다. 매장 당시 시립묘지 관리소에서 마련해 세운 비석으로 뒷면에 가족 상황이 새겨진 사진이었다. 거기에는 성姓이 다른 두 누님과 내 이름, 아내와 직계 손인 자식들 이름이 적혀 있다.

"죄송합니다만, 저희가 하는 절차를 이해해 주실 걸로 알고 말씀드리겠습니다. 선생님이 보여 주신 서류와 사진으로 증명이 전혀 되지 않았다고 할 순 없습니다. 하지만 저희로서는 이 비석 사진을 유일한 증빙 자료로 인정하고 처리하긴 어렵습니다. 죄송합니다."

"이 이상 더 어떤 자료와 서류, 설명이 필요하다는 겁니까? 스물세 해 전 일이고 제가 지금껏 성묘를 다녔습니다. 연장 허가 신청도 제가 해서 득했잖습니까. 모실 당시 비석 사진도 있고 또 제 이름이 새겨진 비석 뒷면 사진까지 보여 드렸잖습니까. 무슨 증명이 더 필요하다는 겁니까, 대체."

억하심이 돋았다. 대거리하듯 맞섰다.

"망자 분의 따님 두 분이 계시던데 작은따님께선 생존해 계시니, 그분의 증명이 필요합니다."

누님이 오셔야 한다는 요지다.

"그분께서는 지금 치매를 앓고 계십니다. 올 수가 없는 처지거든요."

"다시 말씀드리지만, 확실한 절차를 거치지 않으면 파묘 신청은 거절됩니다."

남의 묘를 파헤쳐 시신을 탈취하거나 훼손한 자가 중한 처벌을 받은 기사를 본 적도 있다. 애초에 절차를 지킬 생각이었다. 담당 공무원의 요구 역시 마땅했다. 민원인의 흥분에도 담당자는 냉정했고 흐트러짐이 없다.

"당연히 절차를 밟아 진행하려고 합니다. 시신 유기를 막기 위한 절차는 반드시 지켜야 할 부서의 의무라고 저도 생각하고 있으니까요."

마음을 가라앉혔다. 그래야 할 계제였다.

"그런 예가 전혀 없지 않아서 저희로서는 확실한 증빙 서류 요구와 절차를 꼭 준수하려고 합니다. 선생님과 망자 분의 관계가 확실할 거라는 걸 저희도 믿습니다. 하지만 앞서 말씀드렸듯이 이 서류와 사진만 가지고 최종 증명이 완료되었다고 말씀드릴 수 없습니다. 확인 절차를 누락해서 혹

추후에 발생할 수도 있는 어떤 문제에 대한 중대한 책임을 떠안게 되는 사태를 저희로서는 감안하지 않을 수 없습니다. 이해해 주실 것이라 봅니다."

"이의 제기할 만한 유족이 저 말고는 없습니다. 가족 관계 서류를 보셨다시피 큰누님은 사망하셨고, 작은누님은 현재 치매를 앓고 있습니다."

더 이상 할 말이 없었다.

40대 초반쯤으로 보이는 담당 공무원의 말투는 딱딱했다. 친절함은 잃지 않았다. 차가운 인상 또한 아니었다. 꽤 능숙한 대면 처리술을 지니고 있다는 느낌을 받았다. 업무와 관련해 사용하는 언어에서 빈틈을 엿볼 수 없었다.

"누님 되시는 분의 자녀들은 계시지 않습니까? 조카 분들에게라도 연락해서 누님 되시는 분을 모시고 오겠끔 하는 게 최선일 듯합니다. 공원묘지에 모실 당시, 매장 신청도 조카 분이 하셨으니까요."

"누님이 연로하시기도 하거니와 말씀드렸듯이 치매를 앓고 있는데, 다른 방도는 없는 겁니까?"

위임 동의를 받는 방법도 있겠거니 했지만 앞서 언급하지 않았다. 담당 공무원이 그걸 모를 리 없다. 혹 시신과 관련한 문제이다 보니 적용되지 않을 수도 있으려나, 싶기도 했다.

아무튼 먼저 제시하고 나서서는 안 되었다.

"그리하시기에 정히나 어렵다면, 위임 동의를 받아 제출하면 될 수 있으리라고 보는데, 이 부분은 계장님과 상의를 좀 해야 할 사안이라고 봅니다."

속으로 그러면 그렇지, 했다. 내색은 하지 않았다.

"조카 동의를 받으면 된다는 건가요?"

일부러 동의 내용을 잘 모르는 듯 되물었다. 안도하는 내색이 드러나지 않도록 얼굴 기색을 다독였다.

"서류상 친자親子가 살아 계시니까, 그분이 오셔서 신분 확인을 하는 게 최선입니다만, 그분이 동의하는 위임 절차를 거치면 그나마 가능하리라는 점을 말씀드리는 겁니다. 잠깐 앉아서 기다리시지요."

잘 상의해 주길 바란다며 고개를 끄덕이는데, 마침 전화가 왔다. 화장실로 향했다. 요의尿意를 느끼기도 했지만, 얼굴을 한번 씻고 싶기도 했다. 아내 전화였다.

"왜 아직 안 오셔?"

"응. 좀 복잡하네. 누님을 모시고 오지 않으면 안 된다고 하더니, 다른 방법을 찾아보겠다고 상의를 한다느만."

"고모도 고모지만, 조카가 모시고 오라면 올까?"

아내는 예상하고 있었던 듯 응대했다. 또한 예견되는

상황을 짚었다. 아내는 5년 전에 누님을 만나 이야기 나눴던 당시를 떠올렸을 테다. 그 정황으로 미뤄 보건대, 조카의 채근을 듣는다 한들 누님이 따라나서지 않을 거라는 점도 염두에 뒀을 것이다.

"그러게. 나도 그게 좀 그래서 담당자에게 어떻게 안 되겠느냐고 부탁하고 있어."

"그렇기도 하지. 시신 유기 같은 게 큰 문제가 되기도 하니까. 그걸 미연에 방지하기 위해선 확실한 절차를 밟아야겠지, 그 사람들도."

얼굴을 닦고 다시 들어갔다. 담당 공무원이 기다리고 있었다.

"계장님과 상의를 했는데, 누님 되시는 분 치매가 깊어서 거동이 어려우시다면, 위임 동의서로 갈음할 수 있다고 하니까, 여기 이 위임장에 반드시 도장을 받으시고 누님 되시는 분 신분증 사본을 뒷면에 첨부해서 제출해 주십시요. 가족관계증명서도 첨부해 주시고요. 사진은 아까 보여 주신 대로 망자의 묘소 정면과 다른 묘지가 나오도록 옆면을 찍어서 여기 안내해 드린 번호에 입력해 주시면 되겠습니다. 까다롭게 해서 죄송합니다. 저희로선 이런 절차를 거치지 않으면 안 된다는 점을 십분 이해해 주시니, 저희가 더 고맙게 생각합니다."

"고맙습니다. 그렇게 하겠습니다."

인사하고 나가려는데, 계장이란 사람이 나섰다.

"한 가지 더 말씀드려야 하는 건데… 모시려고 하는 장소가 어딥니까?"

"제가 지금 거처하고 있는 마을 뒷산이지요."

산중턱에 밭과 농막도 있다.

"거기가 묘지로 지목되어 있는가요?"

"그래야만 하는 건가요?"

또 하나의 장벽이 우뚝 가로막는 듯했다. 화장해서 평장으로 모실 생각이었다. 아내는 수목장이면 어떠냐고도 했다. 고려해 보자고 했던 터이다. 예상 밖이었다.

"잘 아시겠지만, 묘지와 관련해서 분묘가 난립하고 또 미관상 좋지 않다는 민원이 끊이지 않습니다. 이런저런 어려움 때문에 장묘 문화를 바르게 정착하기 위해 매장할 곳을 묘지로 지목 변경하도록 법제화해 두고 있지요."

"평장을 할 생각이고 또 제가 그 마을에 살고 있으니까, 마을에서 민원이 제기되지는 않을 겁니다만."

"아무튼, 우선 해당 서류를 가지고 오시고요. 그 문제는 그 다음에 살펴보도록 하지요."

이 장

안 될 수도 있다. 하지만, 안 된다는 건 아니었다.

누구나 겪지 않는 경우겠다. 한편으론 누구라도 겪을 수 있는 정황이겠다.

여직 떨쳐내지 못한 채 가슴 깊이 곪아 있는 상흔이었다. 이런저런 당혹스런 처지에 놓이게 되면 늘 내 탓이라며 안으로, 안으로 침잠하고 자책하곤 했다. 내 표정이 어떠하기에 이 사람이 이렇지? 먼저 염려했다. 눈으로 보지 못한 일제강점기와 귀로 포성을 듣지 못한 육이오가 빚어낸 가족 관계는 어김없이 나를 옭죄곤 했다.

행정복지센터를 서둘러 나왔다. 표정을 들키고 싶지 않았다.

차 시동도 걸지 않은 채 조카에게 전화했다. 가끔 통화하고 안부를 묻곤 해왔던 터이다.

"어머니 건강은 어떠시냐?"

누님 나이 올해로 85세다. 나와는 15년 차다. 그 15년 사이에 내가 겪어 보지 못한 이 땅, 이 나라의 참혹함으로부터 빚어진 가족의 사史가 녹아들어 있다. 어머니 이장을 위해 그 난망한 가족의 한恨을 다시 들추고 상기하는 게 참으로 마뜩찮다. 되새김하고 싶지 않았다. 그러함에도 거쳐야 할 통과의례였다.

누님의 아픔이 절절히 다가왔다. 어머니의 치매를 누님 역시 겪지 않을 수 없는 병마처럼 여겨졌다. 나 또한 벌써 치매기를 느끼고 있다. 아내에게 나의 치매는 벗어날 수 없는 내력이라고 못박아 뒀다. 앓거든 집 근처 요양원에 입원시켜 주라, 일러 놨다. 아내는 눈을 흘기면서도 그리되면 어쩌나 안타까워했다. 겪어야 할 '숙명적 치매네'라는 생각이 엄습했다. 피식 헛웃음이 나왔다.

"가끔 깜빡깜빡하는데, 운동도 하고 그러서. 삼춘은 어떻게 지내?"

조카가 헛웃음 소리를 들었을 테지만, 개의치 않은 듯 넘어갔다.

"나도 치매기가 벌써 왔는지 깜빡깜빡할 때가 없진 않은데, 잘 지내고 있다. 이것저것 하면서 소일하지."

퇴직한 지 7년 됐다. 일주일이면 한두 번 술도 마시고 벗들과 어울려 지낸다. 요즘 유행하는 맨발걷기도 빠뜨리지 않고 매일 해왔다. 겨울 들어 일단, 접었다.

"건강이 최고니까, 운동도 해야지."

"너는 어쩌냐? 요즘 경기가 그렇고 그런대, 일은 좀 있냐?"

"별로 없어. 이 분야가 지금 다 그래. 풀릴 기미도 없고 해서, 힘들고만."

외조카는 전주에서 건설회사를 운영하고 있다. 그 바닥에서 꽤 성실하고 정직하게 일한다는 소문도 들었다. 나름 건실하다는 평이기도 했다.

"삼촌한테 얘길 못 했는데, 석 달 전에 할머니 산소에 어머니 모시고 다녀왔어. 어머니가 힘들어하시길래 삼촌한테 연락하지 못했어."

"연락하지 그랬냐. 어머니도 오랜만에 보고 그럴걸."

놀람도, 서운함도 묻어나지 않도록 목소리를 깔았다. 누님의 속내가 짚였다.

"어머니 생각에, 그나마 아직 이만만 할 때 아니고서는 언제 또 할머니 묘소에 가보랴, 싶었던가 봐. 눈물바람 하시더라고. 묘소 주변도 좀 황량하대, 이장들을 해서."

5년 전 누님과 만났던 그때를 다시 떠올렸다. 누님에게도, 나에게도, 같이 갔던 아내에게도 당혹의 시간이었다. 누님의 그 허허로운 속내를 여실히 들여다볼 수 있는 만남이었다. 황망한 마음을 가눌 수 없었다.

"그렇지 않아도 이장하려고 한다. 너하고 상의를 하려던 참이다. 동사무소에서 절차를 알아보기도 했고."

방금 알아보고 나오는 길이라고 밝히지 않았다.

"아, 그래. 옮겨야겠더라고. 보기에 영 흉하더라니까. 이장을 하게 되면 연락해요. 어머니를 모시고 갈 수 있을지는 모르겠지만."

치매만이 이유의 다는 아닐 테다. 제 어머니가 겪은 상처를 또다시 수면에 떠올리지 않게 하려는 배려라 여겼다. 누님은 오지 않겠다는 심중일 거라 짐작했다. 그런 심경을 여태 지켜봤을 조카다.

행정복지센터에서 이장과 관련하여 나눈 절차를 조카에게 전했다. 공원묘지 연장 신청에 얽힌 저간의 기억을 끄집어낼 필요는 없었다.

"내가 갈 거냐, 아니면 동사무소에 가서 위임장 받아서 서식에 맞춰 써서 보내 줄래?"

위임장을 담당자에게서 받았으나, 조카가 거주하는 그곳의 행정복지센터에 관련 서류가 없을 리 없다.

"부쳐 줘야지. 언제까지 하면 되는데?"

"할머니 기일이 두 달 뒤니까, 그때에 맞춰서 하면 어떨까 싶다. 위임장에 사인 말고 도장을 찍고 뒷면에 어머니 주민증 사본 붙이는 거 잊지 말고. 가족관계증명서도 함께 보내라."

사업과 관련해 늘 관공서를 상대하는 조카가 서식을 모를리 없겠다. 어쨌거나 설령, 이장을 미룬다고 하더라도 서류는 이참에 갖춰 놔야 했다.

"알았어. 잘 지내시고."

전화를 끊으려다가, 조카가

"딴 데로 모시게 되면 꼭 연락해."

하자,

"너 어렸을 때 할머니가 키웠으니까. 너도 각별하겠지."

내가 제 어린 날을 상기시켰다.

작은누님네가 어려웠다. 큰 외손자를 어머니가 키우마, 해서 중학교까지 내 집에서 컸다. 어머니가 동네에서 구멍가게를 열고 있었다. 그나마 누님네보단 나았다. 공책과 연필을 팔면서 술도 팔고, 양파와 수박을 진열하고, 꼬맹이들 상대로 사탕도 유리병에 담아 놓고 파는 그야말로 잡화 상회였다.

"근데, 삼춘. 삼춘도 깜빡깜빡한다고 하는데, 이게 아무래도 할머니한테서 물려받은 내력인가 싶네. 가족력도 치매의 한 원인이라고 하니까."

"허허, 염려하지 마라. 넌 괜찮을 거니까."

농담으로 받았다. 제 어머니를 생각하는 조카의 속쓰림

또한 없지 않을 테다.

"삼춘이 걱정되네. 조심하셔."

"숙명이라면 어쩌겠냐. 숙명적 치매라면."

어머니가 앓았고 누님이 겪고 있다. 나까지 벌써 기미가 보이는 증세다. 하지만 숙명적 치매라는 표현은 삼가야 했다. 처절한 가족사를 함의하는 이음동의어異音同義語였다. 나도 모르게 한계를 넘고 말았다. 조카의 침묵이 길었다.

조카에게 전화가 온 건 그날, 저녁밥 먹으려고 밥상에 앉아 있을 때였다.

"누구야? 식사한 뒤에 전화 드린다고 해."

아내에게 조용히 하라고 손짓했다.

"응. 그래."

"숙모님한테 안부 전해 줘."

조카도 아내가 건네는 말을 들었을 테지만 흘리는 듯했다.

"어머니하고 이야기 나눈 거야, 벌써?"

"오래 끌 일도 아니고 해서, 어머니한테 얘길 했지."

전화기를 들고 밥상머리에서 내 방으로 자리를 옮기려는데, 아내가 말렸다. 자기도 듣겠다는 거였다. 딴은, 아내도 궁금하지 않을 수 없겠다 싶다. 핸드폰 스피커 표시를 눌렀다.

이 장

"그랬구나."

치매 속의 누님이 뭐라 했을까, 궁금했다.

"삼춘도 깜빡깜빡한다고 했더니, 어머니 낯빛이 흐려지대."

"그런 이야기까지 어머니한테 했어? 아직은 괜찮다. 올 거라고는 보지만."

아내가 핀잔의 눈길을 보냈다.

"그러더니 봇물이라도 터진 듯 어머니가 지난 세월을 쏟아내더라고."

"아이고, 저런. 치매가 오면 옛날 일은 생각나고 지금 것은 잊어버린다고 하잖아. 그랬나 보구나. 그래, 머라시던?"

"삼춘이 말한 '숙명적 치매'라는 말이 새삼 곱씹혔어."

조카의 전언, 그러니까 누님의 말은 이랬다.

— 언젠가는 기억나지 않지만, 니 삼춘과 외숙모가 순천에서 나를 찾아왔다. 모래내川집 할머니 이야기를 해달라기에 오리 물 털듯 단박에 거절했다. "잊어버려"라고.

5년 전, 아내와 함께 전주에 갔다. 누님이 낮 시간을 지내는 시립 노인대학 앞 카페에서 만났다. 모래내집은 어머니와 내가 살던, 조카가 중학교까지 다녔던 점방집이었다. 누님에게 어머니가 선동마을로 시집 오고 거기서 살았던 시절에 관해 물을까, 말까 망설였다. 누님도 떠올리고 싶지 않은 상흔일 거라고 여기면서도 알고 싶은 마음이 앞섰다. 사실은 어머니가 고창에서 전주 모래내로 이사하게 된 사정 못지않게 나의 태생에 얽힌 과거, 그 사실을 듣고 싶었다. 어머니의 모질고 지난한 세월을 더불어 함께 겪었을 누님으로부터 끄집어내지 않으면 알 수 없었다. 결혼에 실패하고 모래내집으로 돌아와 지내다 내가 고3 때 타지에서 갑작스런 병으로 세상을 여읜 큰누님을 '해리댁'이라 불렀는데, 그 해리에서의 기억이 내게는 하나도 없다. 꼭 알고자 했다. 언젠가는 어머니와 큰누님, 작은누님까지 세 여자의 삶을 내 안으로 꼬옥 끌어당겨야겠다고 맘먹고 있었다. 짧게 쓰든 길게 쓰든 글로 남겨야 할 내게 남은 필생의 과제였다. 누님은 "잊어버려"라고 굳은 표정으로 단호하게 토해냈다.

모래내 사람들이 큰누님을 '해리댁'이라 불렀는데 왜 그래? 하고 한참 뒤에 겨우 물었을 때, 딱 한 가지 당신과 관련한 사실만 들춰냈다. 선동마을을 떠나 해리면面 소재지로 옮겨간 뒤 해리에는 중학교가 없어서 이웃 면에 있는 무장중학교로 멀리까지 걸어서 다녔다며 어린 날을 잠시 회상했다. 큰누님을 '해리댁'이라 부른 연유를 알게 되었다. 누님은 거기까지 말하고는 다시 내게 "잊어버려"라고 절규했다.

"5년 전이었는데, 그때는 네 어머니가 아주 초롱초롱하셨어."

지금 생각해도 누님은 몸서리칠 만큼 단호했다. 통한痛恨으로 닿았다. 누님에게 저토록 깊고 오랜 상흔인 걸, 그동안 외면해 왔다는 자책을 하지 않을 수 없었다. 어머니와 누님들 이야기를 지면紙面에 남기고자 부여잡고 있던 과제를 내려놨다, 지금까지.

"일본으로 징용 갔다는 어머니 생부, 그러니까 내게는 외할아버지 이야기를 할 때, 어머니가 가슴을 치더라고."

"그 이야기도 하셨어? 어휴."

누님이 당신의 생부 이야기를 했다니… 신음呻吟이 터졌다.

규슈 탄광으로 끌려가는 바람에 어린 나이에 잃어버린 누님의 아버지가 돌아왔다. '재일거류민단고국방문단'의 일행으로, 1979년 초여름이었다. 어느 장면에서는 기억이 뚜렷하고 지금에 와서 어느 정황에서는 그때 모습이 떠오르지 않았다. 어머니는 서른대여섯 해 만에 만나는 지아비였다. 누님은 얼굴도 가물가물하던 아버지, 일제의 징용으로 생이별한 아버지를 만난 것이다. 큰누님은 일본의 아버지가 오시기 몇 년 전에 이승을 떴기에 작은누님은 더욱 간절한 마음으로 아버지를 만나고 절절한 표현으로 '아버지'를 부르고 불렀을 테다. 그분은 한 달 동안 어머니와 내가 살던 전주 모래내의 아주 작은 점방집에 머물다 가셨다.

나는 처음으로 나의 태생지, 탯줄 묻은 고향집에 이십대 중반의 나이에 그분과 어머니, 누님과 함께 갔다. 고창군 공음면 선동리. 자성일촌自成一村의 종갓집이던 그 집은 곧 허물어질 듯 서까래는 썩어 있고 흙벽은 여기저기 내려앉아 무너지고 있었다. 기와 사이로는 풀이 돋아 멀리서 봐도 을씨년스러웠다. 수십 년 동안 아무도 살지 않았단다. 어머니와 누님에겐 그렇듯 긴긴 세월 동안 잊어버리고 살았던, 혹은 가고 싶었지만 갈 수 없었던 장소였다. 딸 둘을 낳고 지아비와 이별해 살았던 시댁을 바라보는 어머니도, 온갖 풍파를 겪고 살면서 그립고 그리워했을 고향집을 보는 누님도 뜨겁고 굵은 눈물을 쏟아냈다. 마을 사람들은 어머니와 누님을 서로 얼싸안고 또 한 차례 통한의 눈물바람을 했다. 오래된 포한抱恨이었다. 지난 세월에 깃든 처절한 낙담이었다. 나 역시 감내하지 않을 수 없었던 어린 날의 태생적 서글픔이 일어났다. 그곳 사람들은 나를 보고도 반가움과 서러움을 드러냈다. 어머니와 누님의 눈물을 외면할 수 없어 그렁그렁하던 속울음을 감추지 못했다. 나 또한 눈물을 쏟아냈다.

세 살 무렵에 전주로 이주했다고 들었다. 탯줄 묻은 집에 대한 어떤 기억마저 내겐 단 하나도 형성되어 있지 않았다.

나를 잉태하고 또 그 집에서 나를 낳은 뒤 어머니는 더 그 집에 머물 수가 없었으리라. 지아비는 죽었는지 살았는지 모르면서 떠돌이 방물장수이던, 나중에 알았다지만 처妻와 자식을 두고 있던 나의 생부의 꾐에 넘어가, 다른 성姓씨의 자식을 잉태하고 무슨 낯으로 종가의 며느리 자리를 보전할 수 있었겠는가? 시댁에서 떠야 했을 테다. 그곳이 해리라는 걸 미뤄 짐작했고, 지금으로부터 5년 전에야 알았다.

누님은 하루도 거르지 않고 친정인 점방집을 오가곤 했다. 어떻게 만난 아버지인데… 이제는 아버지를 잃지 않겠다고 하는 속내였을 것이다. 그런데 잃어버릴 수밖에 없는, 곧 헤어지지 않을 수 없는 처지라는 걸 누님은 알고 있었던 것 같다. 나도 아버지라 어렵사리 부른, 누님의 생부인 그분은 일본에서 결혼했고, 나와 같은 나이의 아들을 일본에 두고 있었다. 나는 그 사실을 그때는 몰랐지만 누님은 알고 있었던 듯하다. 이제 곧 일본으로 다시 돌아가면 언제 다시 뵈올지 모르는 아버지이기에 야속하기도 하고, 아프기도 했을 누님의 애증의 심경을 그 당시엔 이해하지 못했다. 누님의 절절한 속내까지 헤아릴 처지에 앞서 나의 경우에 더 집착했으니까.

사실, 몹시 불편했다. 나의 입에서 단 한 번도 아버지라는 말을 뱉어 본 적이 없는 스물 중반의 나이였다. 아버지라고 부르는 그 말이 서먹서먹했고, 애달팠다. 어머니가 남자와 함께 누워 계시는 모습도 처음 보는지라 눈에 담지 않으려 외면했다. 졸업을 앞둔 시기였기에, 논문도 쓰고 취업 준비를 한다는 핑계로 한 달여 동안 독서실에서 기거했다. 밥도 먹으러 가지 않을 때가 있곤 했다. 그렇게 한 달여가 되고 아버지라고 겨우 몇 번 불러 본 그분이 마침내 일본으로 되돌아갔고 그분과의 연락이 끊겼다.

누님은 그 후로도 아버지의 주소를 알아 편지를 주고받으며, 국제전화를 통해 안부를 묻고 지냈는지 알 수 없다. 일본의 이복동생이나 일본인 어머니에 대해 말씀을 나누었는지 모르겠다. 누님도 일본으로 되돌아간 그분, 아버지의 행적을 더는 알지 못했고 연락마저 끊겨 관계를 더 잇지 못했던 걸로 기억한다. 그분은 당신의 고향집에 와서 당신의 부모님과 피붙이들의 묘소를 잘 정비하고자 하는 의도로 일시 귀국했던 것이다. 오로지 그 이유만으로 귀국했을 거라는 심중을 입 밖으로 내뱉지는 않았다. 누님 생부의 귀국과 관련한 사안은 그분이 일본으로 돌아간 이후 누구도 더 이상 발설하지 않는 과거로 봉합되었다.

어머니는 내 나이 삼십 중반을 넘긴 어느 즈음에야 당신

시댁에 대해 짤막하게 들려줬다. 양梁 씨 종갓집이었고, 육이
오 때 그 친족들이 거의 몰살당했다고 했다. 나의 탄생에 얽
힌 설화에 대해 암울해하던 속내를 다스리지 못하던 시절이
었다. 여전히 나만의 비밀처럼 한스럽게 가슴 깊숙한 한켠에
개켜 두고 있던 가족사였다. 나는 어머니가 밝히는 지난 세
월의 일면을 들으며 묵묵부답으로 일관했다. 한때나마 어머
니를 원망도 하였다.

어머니는 마을에서 인심을 잃지 않아 이를테면 우익 사람
들의 죽임의 광란에서 겨우 살아남았다고 했다. 그렇듯 죽임
당한 종갓집 피붙이를 모두 수습하여 묏등에 풀이라도 나게
했다고 했다. 어머니가 그 집에서 나온 이후로야 그렇게 모
신 분들의 묘소가 어떻게 되었는지 알 수 없다. 누군들 제대
로 살피지 못해 풀섶에 묻혀 있었을 터이다. 그분은 종손의
의무감을 감수甘受하러 오신 것이었다.

그렇지 않았다면, 일본에 처와 자식을 두고 있다손 해도
연락을 끊기까지 했을 리 만무했다. 어리디어린 딸자식을 놔
두고 떠난 처지여서 정마저도 떨구고 통절해 버린 그분의
속내가 받아들여지지 않았다. 혹여, 수절하지 못하고 씨氏
다른 자식을 둔 전처에 대한 미움이 도사려서 그랬을까? 여
태까지도 수용되지 않는 난망함이다.

"어머니나 삼촌이나 어이쿠, 그렇게 살았구나, 싶더라고."

제 어머니와 삼촌의 태생적 관계에 대해 이미 알고 있었을 조카다. 그러면서도 새삼스레 두 사람이 겪었을 그동안의 지난한 삶을 듣는 조카의 어두운 표정이 읽혔다.

"그런 이야기를 하더란 말이지, 어머니가."

또 한 차례 신음을 토했다. 아내도 눈을 감고 애섧은 표정을 짓는다.

"나도 먹먹해지더라고."

중학교를 졸업하고 제 집으로 돌아간 조카는 당시 상황을 몸으로 못 느꼈을 테다. 혹 제 어머니에게 어떤 이야기를 들었어도 당시엔 제대로 간파하지 못했을 수도 있었겠다. 조카역시 긴 한숨을 내뱉었다.

"그런저런 저간의 사정을 알고자 한다는 내 말을 듣고 네어머니가 잠깐의 회한도 드러내지 않고 단호하게 '잊어버려'라고 하더라. 내가 놀라 눈을 치켜뜨며 바라봤는데, 네 어머니는 전혀 동요됨 없이 아예 없던 일처럼 잊어버리는 게 좋다는 듯 '잊어버려'라고 다시 되뇌더구나. 너무 단호한 절규처럼 들려서 나보다 네 외숙모가 더 놀랐지."

그때 그 순간, 오랜 세월 또아리를 틀고 내면에 개켜져 있는 누님의 깊고 깊은 회한이 담긴 표정을 놓칠 수 없었다. 너

댓 살 무렵 일제 징용으로 아버지를 잃어버린 뒤 사십 줄의 나이에 다시 만난 아버지와 생이별을 한 누님이었다. 이제 팔십을 넘어선 누님의 그동안의 험난한 삶이 내게로 왔다. 나는 잠시 눈을 감고 심경을 다스렸다. 누님에게 가족사의 어떤 내력도 더는 들을 수 없다고 느꼈다. 아니, 물어서는 안 된다고 그때 접었다.

일본의 그분, 누님의 생부는 살아계실까? 생존해 계신다면 백 세를 넘기셨을 터이다. 일본은 장수국이기도 하니 어쩔지 모르겠다. 어머니가 1917년 생이었다. 어머니보다 한두 해 적은 연세였다고 들은 적이 있다. 디아스포라로서 그분의 삶의 여정 또한 험난하셨을 테다. 그로 해서 이미 돌아가셨을 수도 있겠다.

조카가 다시 반추하듯 곱씹었다.

"그런 생을 사셨어. 어머니나 삼춘이."

그런 아버지를 어찌 잊고 사셨는지 누님의 그 회한이 거듭 떠올랐다.

누님의 생부인 그분이 오고 갔을 바다를 보며 기억을 상기할 수 있는 부관페리호 일본행 배표건, 기타규슈행 비행기 표라도 드리며 조카와 함께 지금이라도 일본에 가서 한국 고향집을 다녀간 뒤의 행적이라도 찾아보시라 권하고 싶다. 혹

찾게 되면, 당신 생부가 남겨 놓은 나와 동갑내기라고 하는 일본의 이복동생을 만나 볼 수 있지 않겠느냐고 묻고도 싶다. 그 이복동생을 통해 당신 생부의 모습을 찾아볼 수 있다면, 얼마 남지 않은 여생이나마 그 서러운 회한을 조금은 덜 수 있지 않겠느냐고 말씀드리고 싶기도 하다. 하지만, 입 밖으로 내뱉을 수 없는 생채기였다. 이제 와서 괜히 들쑤시는 곪은 상처였다.

"⋯⋯."

조카에게 아무런 말도 건네지 않았다. 나 또한 가슴이 쓰렸다.

그랬다. 나는 일제를 겪어 보지 못했고, 육이오의 포성을 들은 적이 없으며, 전쟁 뒤 그 어수선한 때에 어리숙한 세태 속에서 잉태되어 이 세상에 나왔다지만, 누님은 그 일제로 해서 아버지를 잃었고 혹 어떻게라도 돌아오실 시기와 상황을 엿보았을 마음마저 그만 접어 버리도록 만들었을지 모르는 동족상잔同族相殘을 겪으며, 그 전쟁으로 해서 자성일촌의 가까운 피붙이들이 죽임당하고, 그로부터 얼마지 않아 나를 잉태한 어머니 때문에 두 누님은 고향집에서 도망치듯 떠나오게 된 저 피폐한 가족사를, 이렇듯 암울한 세월을 부여안고 살아온 누님에게 – 되돌려서 떠올리고 싶지 않아 "잊어버려"라고 절규처럼 내게 토하던 그 심경 속에 나의 탄생 자체를 부인하고자 하는 마음인들 그동안 어찌 없었겠는가? 생각하며— 가족 관계를 다시 묻고 되짚지 않겠다는 다짐을 또 한 번 하게 된다. 더 알려고 하지 않겠습니다, 누님.

"어머니가 뜬금없이 징용 보상에 대한 이야기도 하더라고. '3자 보상' 이야기가 뉴스에 나오길래 언급을 했었거든."

"그래 뭐라시던?"

"저게, 저 이완용이 짓이지. 그러고는 더 이상 말씀을 안 하시더만."

"그랬구나. 네 어머니에게는 보상 문제 이전에 일본의 사죄를 받는 게 우선이겠지."

누님, 그 오래고 오랜 아픔 더 되씹지 마시고, 여생을 그저 평안하게 사시옵길 빕니다. 속으로 기원했다.

"그러더니, 조금 있다가 어머니가 혼잣말로 '엄니를 선동리로 모시까?' 하더라고. 그래서 뭐라고요. 그게 무슨 말씀이요? 물었는데, 그만 더 말씀을 안 하시더라고."

나는 그만 머릿속이 하얘졌다.

"할머니를 공음 선동마을로 모시겠다고 하더란 말야?"

"어머니, 그게 무슨 말씀이냐고 재차 물었거든."

"그랬더니?"

"니 할머니를 원망하고 원망했어야. 그러고는 말씀을 한참 닫더니, 내가 방금 뭐라고 했냐? 되레 되묻더라고."

깜짝 놀랐다. 숙명적 치매 속으로 점점 빠져들면서 누님에게 돋아난 어머니에 대한 화해라는 생각이 일순 솟고라졌다.

"그러고는 눈물을 주룩 흘리시더라니까."

나는 그만, 허공으로 눈길을 옮겼다. 아내가 내 손을 꼬옥 쥔다. 조카도 말이 없다.

"네 어머니 생각대로 할머니를 선동마을로 모셔서 회한을 걷어낼 수 있다면, 나보다 네 어머니 한을 풀어 드리는 게 옳겠다만…."

말끝을 흐렸다.

"……."

조카도 뭐라 표현할 여념이 없는 듯했다.

"이장이 곧 화해라니…."

내가 다시 회한을 곱씹었다.

"'숙명적 치매'라고 한 삼춘 표현 말고는 달리 뭐라 할 말을 모르겠네, 참."

조카가 한참 후에 입을 뗐다.

누님 얼굴이 떠올랐다. 눈물 한 켜가 밥상 위로 뚝 떨어졌다.

만행萬行

아미월화蛾眉月花.

사월의 서녘 하늘에 피어오른 초승달을 한참 올려다보고 돌아선다. 일주문 밖에서 서성이는 자신에게 화들짝 놀란다. 요사채로 잰걸음을 놓는다. 걸음새를 빠르게 내디디면서도 낮에 봐둔, 봉오리를 막 돋우려 한껏 수탐에 든 산벚나무 두어 그루 서 있던 앞산 등허리를 힐끗 건네본다. 이내, 시선을 접는다. 소등하고 와선臥禪에 든 절집의 적요를 조심스레 즈려밟아 선우당禪遇堂 뒷방에 이른다.

처사로 절집에 든 지도 적지 않은 세월이 흘렀다. 그런 그가 요즘 들어 늘 몸에 지니고 다니는 물건이 있다. 핸드폰이다. 절집의 허드렛일에 몸을 부리는 한 처사에게 요긴한 도구가 아니었다. 불사佛事에 따르는 자질구레한 읍내 심부름을 보면서 원주스님이건, 주지스님이건 갑작스레 필요한 물품이나 다른 요구가 생각나 이것저것 주문받을 때 말고는 소용되는 게 아니었다. 지금껏 그가 어디로 걸어 본 적도 없다.

그런 그가 핸드폰을 마련한 지 벌써 석 달이 지났다.

어느 용품이라도 꼭 소용 있어야만 사는 건 아니다. 그럼에도 사고 싶으면 사는 것이고, 필요하다 여겨지면 천금을 주고도 구하고 싶은 게 생심生心 아니런가. 하지만, 바깥세상에 벌여 두고 온 인연은 애당초 끊어 놓은 채 홀연히 절집에 든 한 처사였다. 그런 그가 핸드폰을 산 데에는 필시 예리하게 절단해 놓았다고 여긴 속세의 피붙이에 이끌렸거나 혹은 뉘도 모르게 새로이 가슴 저 깊숙이 품어 안게 된 여느 인업人業으로 해서 마련한 게 분명할 터이다.

한 처사가 핸드폰을 산 건 일반인을 위해 지난 겨울에 연 '참선수련회參禪修鍊會'를 마친 뒤였다. 그러니까, 올해로 두 번째 가진 속인俗人 상대의 짧은 안거낙업연安居樂業演을 치르고 난 직후였다. 공양보살에 의해 안당에 소문이 났다. 칠십 노구의 공양주, 김 보살이 가끔 한 처사를 불러 공양 일을 거들도록 하였는데, 공양주의 이런저런 주문을 처리하다 느닷없는 벨소리에 스스로 놀라 그만 소금독과 함께 공양간에 절퍼덕 자빠져 버렸겠다. 소금에 깨진 독 쪼가리가 한데 뒤섞여 결국에는 소금은 소금대로 몇 종지 챙기지 못하고 소금독은 그예 내다버린 일로 해서 알려졌다.

핸드폰 사용은 그 절집 문하의 사부대중에게는 금지되어

있었다. 종단과 종무와 관련한 포교, 법행, 그 외의 행정 사항 등으로 인해 바깥과 번질나게 연락을 취해야 하는 이른바 행정 스님 말고는 허용되지 않는 계戒의 한 부분이었다. 늘 들며 나는 객승이거나 절집의 군식구들에게도 불문율로 여겨졌다. 핸드폰은 감히 사용도 규제되었거니와 구비 품목에서도 제외되어 있었다. 유선으로 나누는 풍문과 소식이야 어제오늘 일도 아닌 터라 묵인이 되어 있었다. 하지만, 속세에 자주 발을 들여놓거나 행여 탁발을 나선다 한들 잠자리만큼은 차라리 풍찬노숙을 택할지언정 여염집에 들지 않는 법속과 마찬가지로, 산속 사람들이 산밑 사람들에게 자꾸 전화질을 한다거나 잦은 연락을 꾀하는 짓은 용맹정진의 자세에서 짐짓 벗어난 일탈의 하나로 금기시되어 있는 것이었다. 어느 판화가가 새긴 판화(〈무선전화기〉, 철수 '95)에서 "스님, 세상 구경 안 하시겠습니까?" 하는 속인의 전화에 "됐어요. 여기서도 보입니다"라고 대꾸하듯이, 형안을 중시하는 사부대중에게서만이 아니었다. 절집의 군식구들에게도 엄한 풍속으로 적용되고 있었다.

그걸 모를 리 없는 한 처사였다. 핸드폰을 가지게 된 걸 공양주에게 그만 들키게 되자 매우 당혹스러워했다. 늙은 공양주의 노련한 가늠으로 해서 속내를 염탐당할까 두려워하던 한 처사는 몇 날 며칠 핸드폰을 꺼둔 채 품안 깊숙이 넣고 다녔다. 공양주 앞에 되도록 얼씬을 하지 않으며, 바깥일에 더욱 민첩함을 내보였다. 딴은, 핸드폰을 장만하였다손 주지스님에게 불호령을 받을 만한 그런 처지는 물론 아니었다.

한 처사가 연기사緣起寺에 들게 된 것도 주지스님과 안면이 닿아서였다. 주지스님 역시 한 처사에게는 달리 각별하였다. 그의 속세에서의 업보와 수행을 존중해 주고 있는 터였다. 다만, 한 처사 스스로 나서야 되지 않음을, 유별나서는 아니 됨을, 있는 듯 없는 듯, 그리하여 자신의 존재가 절집 안에서 어떤 형태로든 각인되지 않고, 땔감 부릴 때 부리고 남자과에 속하는 절집 처사들 모아 놓고 곡차 한 잔씩 내놓을 때 달게 마시며 지내는 것으로 자족해야 했고, 그렇게 지금껏 지내고 있었다.

늙은 공양주는 한 처사의 절제된 처신을 절집에 든 얼마지 않아 파악하고 있었다. 하여, 한 처사가 핸드폰을 장만한 데에는 필시 무슨 연유가 있음직하다고 미루어 가늠해 본 공양주였지만, 한 처사의 용도과용用度過用의 물건에 대해 더 이상 왈가왈부하지 않는 것으로 넘어가 주었다. 헌데, 절집 안의 군식구 몇몇에게 소문이 난 얼마지 않아 주지스님이 어떻게 알았는지 한 처사가 읍내에 일을 보러 나가 있는 사이 아주 긴요하고도 급박한 사항이 있다며 핸드폰으로 연락을 취해 온 바람에 일단 주지스님으로부터 공식적으로 용인받은 셈이 되었다. 종무와 관련한 이런저런 바깥일을 돕는다는 연유로 해서 그냥저냥 넘어가게 된 것이다.

주지스님은 한 처사가 허투루 바깥에다 연락을 취하는 기미가 도드라지지 않는 한 간섭하지 않을 것이었다. 설령, 바깥의 어느 연에 끈을 대고 잦은 연락을 건넨다 한들 주지스님은 이제, 그가 산문山門을 나설 때가 되었나 보다 하고 고개를 끄덕여 줄 따름일 것이었다. 주지스님에게도 세속의 연줄이 있어 한 처사와 이렇게 저렇게 얽혀 대면해 알고 지내 오던 관계로, 어느 날 갑자기 절집에 와 절집에 들겠다는 한 처사를 주지스님은 아무런 군더더기 덧붙이지 않고 배려해 주었다. 나가고 싶을 때까지 있으라며 요사채 한 귀퉁이에 선선히 잠자리를 내준 것이었다. 혹여, 한 처사의 듦으로 해서 절집 식구들 사이에 서로 꼬이거나 매듭이 엉키는 따위의 염려가 있을지는 모를 일이었다. 하지만 주지스님은 아무런 주의도, 단속도 없이 허락해 주었다.

물론, 주지스님의 어떤 주문에 앞서 한 처사 스스로 절집에 들어오며부터 세상사와는 일체의 두절 상태에서 지낼 것임을 각단지게 다짐해 두고 온 터였다. 애초에 절집의 다른

이에게도 자신을 전혀 드러내지 않고 다만 처사로서의 복무를 게을리하지 않았다. 그러기에 한 처사에게 핸드폰이라는 세속과의 연결 고리가 생기게 된 데에는 어떤 각별함이 분명 내재해 있는 대목이라고 가늠해 보기에 충분했다.

연기사의 일주문은 여느 큰 사찰의 입구처럼 평평한 길 위에 서 있지 않다. 일주문의 축대 밑으로 돌계단을 놓아 경사를 줄여서 들고 나도록 되어 있다. 그러니까, 문밖으로 나서지 않으면 산밑에서 누가 오르는지 알 수 없는 터였다. 산의 중턱 밑에 안온하게 들어선 절집인 까닭에, 산사의 문턱을 넘어서야 비로소 절집에 들었음을 확연히 느끼게 해주었다. 그래, 문밖으로 나서지 않고 방안에서만 그리워한들 누구도 속내의 실상을 짐작할 수 없는 연유인바, 한 처사가 일주문 밖에서 서성거림은 또한 그 애절함의 깊이를 능히 미루어 가늠할 수 있는 품새였다.

절집의 출입문이라 해서 딴은 여염집의 대문과 그 소용이 다르지 않음은 분명하다. 옷매무새와 마음가짐을 조금 정갈하게 다듬고 절집의 일주문에 든다면 여염집의 대문은 그에 비해 세속의 두터운 먼지를 뒤집어쓰고서 곤고함에 전 얼굴로 한숨을 몰아쉬며 여닫는 따위의 차이점은 있을 수 있겠다. 하지만 들고 나는 입구임에는 같을진저, 대문 밖에서 떠오르는 달을 쳐다보는 어떤 애틋함과 일주문 주위에서 서성이며 서녘의 달을 저으기 건네본다 한들, 크게 고무되고 덜 그러한 어떤 의미망을 품고 있다거나 긴장되는 느낌의 폭을 지니고 있는 건 아닐 것이다.

한 처사가 일주문 밖에서 서성인다 해서 그게 그러니까, 동안거冬安居 해제 뒤 바랑 하나 짊어진 채 긴 여정의 바깥 나들이에 나섰다가 그만 초승의 어둠을 밟고 산모롱이를 돌아오는 절집의 어느 사부중을 기다리는 마음에서 출발한 서성거림 역시 아니라는 점을 늙은 공양주는 잘 알고 있다. 그렇다면, 어떤 그리움 깊어져 사월의 매서운 산중 바람에도 아랑곳하지 아니하고 일주문 밖에서 산굽 돌아 이 산중에 드는 어느 인연을 저토록 아련하게 기다리고 있는 것일까? 그를 일주문 밖에까지 이끌어 서성이게 하는 인업의 대상이 대저 뉘인지 궁금함이 이는 걸 늙은 공양주는 억제하기가 쉽지 않다. 다만, 지그시 눌러놓고 있다.

딴은, 인업이 아니고 함지 쪽에서 거꾸로 일어난 아미월화를 맞이하는 또 다른 외롭고 쓸쓸함일는지 모르는 터이기도 하다. 절집에 든 지 금년 봄으로 사 년째 되어 가는 한 처사의 몸부림과 마음가짐을 지켜본 공양주는 이쯤에서 산중 사람僧侶 되는 게 산밑에서 짊어지고 올라온 지난한 업業을 끊어 내는 바 아닌가 싶을 만큼 처연하게 보인 적이 한두 번 아니었다. 그럴 적마다 공양주는 곡진하게 권하기를 여러 번이었다. 하지만, 한 처사는 그런 공양주의 권함에 일언반구 대꾸를 건네지 않는 걸로 자신의 속내를 드러내 놓곤 하였다. 어쨌거나 그런 그를, 잰걸음으로 돌아서며 한껏 수탑에 젖어 망울 부풀리려는 산벚나무 망연히 건네보게 하고 붉힌 낯빛에 마음마저 흥근히 물들게 함으로써 절집 식구들에게 들킬세라 방안으로 내닫도록 만드는 속세의 그 인업이 대체 누구인지 긴장감마저 들게 하는 것이었다. 하, 세월이 흐른들 부처님께 의탁하여 번뇌를 끊으려 하는 마음가짐으로 아미타불을 연신 되뇌지 않으면, 그리하여 부처님의 은덕으로 내려지는 보시를 받지 않으면, 속세의 인연 죄 끊었다고만 여길 수 없는 게 삼십 년 넘게 절집에 살면서 보아 온 처사들에게서 느끼곤 했던, 아니 어느 사부중에게서도 어렴풋 짐작할 수 있었던 업력業曆이 아니런가? 늙었다고는 하나 공양주 역시 여자의 감성이 아직은 남아 있다. 직감할 수 있는 애틋한 심경이었다.

공양주 또한 젊은 날, 산밑 속세살이 그 번잡한 사연들 모두 떨구고 절집에 들었다. 하지만, 예나 지금이나 고즈넉한 저녁참에 풍경 소리 들리어 오면, 못다한 인연들 그만 침떠올라 속내 숨기기에 급급하던 때 어찌 없었다 할 수 있으리요. 하여, 작금에도 앞산 등허리에 남은 사월의 잔설殘雪 녹아스러지는 모양을 먼 발치로 보고 있노라면 처녓적 풋사랑도 떠올라 문설주에 망연히 기대어 일주문 넘나보는 심중이며, 그로 하여 눈물 마실을 나서게 하는 회한마저 깃들어서 패앵, 텃밭에 콧물 흩뿌리게도 되는 것이리라.

김 보살은 한 처사가 선우당 뒷방에 드는 걸 보고서야 문을 닫는다. 참 요상도 하였다. 한 처사의 저러는 낌새를 알고부터 김 보살의 마음 역시 싱숭생숭해진 것이다. 한 처사가 마치 속세계俗世界에 버려 두고 온 자식처럼 여겨지는 까닭에 더욱 애틋해서 그러하긴 하다. 물론, 두상頭狀으로는 산중사람이 제격이겠으나 본인이 마다하는 터이다. 한 처사가 어떤 인업으로 해서 절집을 나서게 된다면, 행장을 잘 꾸려서 내려보내고도 싶지만 한켠으로는 섭섭함이 이를 데 없으리란 걸 김 보살은 이미 감지하고 있다. 전생의 연이야 닿지 않았으나 이승에서 자식 하나 얻은 듯 여겨지는 건 그가 사바세계에 떨구어 놓은 자식의 나이와 같아서 그런 것만은 아니다. 하나하나 메지해 나가는 짓이 성건지고 또한 마음살이 실팍한 데가 있어 더욱 그러하게 느끼도록 하는 것이었다.

산중에서는 속세에서의 업을 따지려 들지 않는다. 미루

어 짐작할 뿐이다. 그런 태도마저 허용되지 않았다. 다만, 군식구들 사이에 이래저래 풍문이 나도는 정도였다. 저 사부중이나 중생에 대해 느끼는 것이란 오늘 그의 처신일 따름이었다. 사부중에게는 세간世間을 벗어나고자 하는 무상심無常心의 무게로, 중생들에게는 기본적인 몇 가지 계행의 자세를 통해 사람의 깊이를 가늠할 뿐이었다. 김 보살이 보기에 한 처사가 절집에 드는 날부터 예사로이 보이진 않았다. 과오가 있으되 그게 죄일 수도 있고, 양심상의 가책으로 괴로움을 겪고 있는 듯도 하였다. 그래, 입때껏 자신의 업으로 인한 번뇌에 짓눌려 있는지 모를 일이었다. 한 가지 분명한 것은 한 처사가 지금까지 자신을 드러내지 않고 마치 묵언수행黙言修行이라도 하는 양 산중 생활을 잘 버티고 있다는 점이었다. 그렇듯 지내 오던 한 처사가 속가俗家의 뉘에게 인업의 끈을 맺으려 한단 말이런가?

한 처사의 속내를 뒤흔들어 놓았을 어느 인업에 대해 짚이는 구석이 아예 없는 건 아니었다. 늙은 공양주의 안목으로 보기에도 참 곱다 싶은 처자가 지난 수련회에 있었다. 세파의 각고가 안면에 배어 있으되 입가에서는 늘 자잘한 미소가 붙어 있곤 하는 데다가 인상과 걸음새가 퍽이나 조신하게 느껴지는 한 처사 또래의 여인네였다. 그러니까, 절집에 들어 몇 해의 세월 동안 한 처사를 지켜보면서도 발견하지 못했던 짐짓 흐트러진 모습을 보게 되었는데, 바로 그 처자 곁을 지나면서 한 처사가 내보이는 허둥대는 꼴이 그러하였다. 공양주가 산사에 들어 경험해 본 대로라면, 소쩍새 밤새 우는 소리에 속울음도 따라 일어 애통히 함께 울먹이게 된다거나, 사전寺田에 심은 남새 거둬들이다가 갑작스러운 비를 맞으면서도 어디 나무 밑으로나 혹여 저만치에 있는 절집으로 내달아 피하려 들기보담 그냥 망연자실 소쿠리 든 채 앉아서, 오는 비 올지라도 한 사나흘 더 내려 넘실넘실 흘러가는 물소리에 취하고자 염원하는 그런 심중에서나 표출될 법한 몸짓으로 예의 처자를 저으기 바라보는 한 처사를 몇 차례 목도하게 된 것이었다. 종무소에서 인적 사항을 뒤적이던 한 처사를 보게도 되었다. 연緣이란 참 불현듯 이는 것이로다.

쏴아, 산죽이 내뿜는 바람 소리가 연신 어딘가로 흘러가고 있다. 방에 들어 몸을 뉘인 한 처사는 쉬이 잠을 이루지 못한다. 절집에 든 지 햇수로 벌써 네 해째다. 짧지 않은 세월이 지났건만 여전히 한 처사의 마음에서 떠나지 못한 애증은 속세에서의 그 지난한 업이다. 그로 하여금 모든 것을 놓게 만들었고, 이제는 진정으로 모든 걸 놓으려는都方下 그의 심중을 끝내 붙잡고 있다. 지극히 한탄스럽다.

그간 공양주로부터 몇 차례 "이제 고마 먹물옷 입으라카이 그라네" 하는 은연중의 제의를 받아서만이 아니었다. 자문으로, 이쯤에서 머리를 깎는 게 어떻겠느냐는 발심發心을 세우려 묻고 묻기를 시도 때도 없이 반복해 오지 않았던가? 그때마다 그의 앞길을 막아서는 건 지난 세월에 대한 미망에서 여직 벗어나 있질 못하고 있다는 자책이었다. 하여, 절집에 살면서 다시 절집으로의 진정한 출가出家를 결행하지 못하고 있는 처지였다. 굳이 집착이라고까지 하기에는 과한 표현이지만 그렇다고 속세에서의 업보를 냉연하게 절단할 수 없는 인과에 의한 응보가 작금의 삶으로 이어진 까닭에, 더욱이나 속절없이 세월만 축내고 있는 듯 여겨졌다. 중생심衆生心에서 대중심大衆心으로 옮겨가지 않는 것이었다.

한 처사가 소등했던 불을 다시 켠다. 저녁 예불을 마친 지도 한참 지난 야심한 밤이다. 방문 밖에서 누군가가 서성이고 있는 듯하여 문을 열어 본다. 무심한 바람만 한 줄기 방안에 부려 놓고 간다. 산등 타고 내려온 바람 속에 눅눅한 내음이 묻어 있다. 비 올 바람인 듯 습하다. 봄비도 올 양이면 싹을 틔우는 산중의 온갖 나무와 풀들이 수탐 없이 넉넉하게 온몸 적실 수 있도록 내렸으면 하는 마음 품으며 방문을 닫는다. 이내, 축축해진 속내를 다스리려 가부좌로 면벽面壁한다. 주능선에 비껴선 골짝 어디메에서 초승의 어둠을 데불고 이제사 기지개를 켠 듯한 소쩍새가 소쩍, 소쩍 퍼질러 운다. 소쩍새의 피울음에 한 처사마저 심란해진다. 가부좌를 더 유지할 수가 없다. 풀어 버린다. 다시 소등하고 자리에 눕는다.

초승의 달빛은 여운마저 없다. 문살과 창살에도 칠흑의 어둠이 깔린다. 그믐과 초승의 어둠에 친숙해 있는 한 처사다. 오늘은 어디론가 끊임없이 추락하는 무공無控을 헤매고 있는 듯 빈궁하다. 소쩍새가 절집의 왼녘 산등 어디쯤으로 날아든 모양이다. 지척에서 여전히 혈토血吐한다.

'얹힘, 무에 그리 많아 저토록 피 토할까?'

소쩍새 울음이 이렇듯 절절하게 닿다니…. 어젯밤에도 들었던 소쩍새 그 울음이련만 오늘, 가슴 더욱 어릿하다. 떨쳐 내버려야만 하는, 그럼에도 이렇듯 어쩌지 못하고 기진한 심고 속에서마저 붙잡으려 하는 이 모진 인연을 새록이 피우려 함은 대저 무슨 작심作心이란 말인가? 만남과 헤어짐에 목메는 행위, 더없이 부질없는 짓 아니던가? 한 처사는 잠자리를 걷고 일어나 앉는다. 소등한 채 다시 면벽한다.

지나온 절집에서의 사 년여를 되새김질해 본다. 절집에 들어 처사로 복무하면서 한 처사가 갖게 된 사고의 진전은 절집에 들게 된 절박한 연유에서 벗어나지 않았다. 그래, 화두話頭는, 놓아라, 하는 것이었다. 이도 놓고 저도 놓으면 모두 놓게 되려니 하는 심중으로, 세속에서의 지난한 업業과 보報를 내려놓고자 함이었다. 그러할진대, 이제 새로이 또 다른 업을 등에 얹으려 하다니…. 한 처사가 핸드폰을 꺼내 든다. 구구절절 세파의 끈이다. 방바닥에 핸드폰을 가만히 내려놓는다. 소쩍, 소쩍… 소쩍새가 울컥울컥 피를 토하고 있다. 저 얹힘, 하고 되뇌다가, 한 처사는 그만 지난겨울, 그 거친 삭풍 속에서 잠시 보았던 어느 인업에 얽힌 잔영에 휘말리고 만다. 그토록 떨쳐내 버리고자 했던 절연의 끈이었다. 오늘 이렇듯 면벽하고 앉아 고뇌하게 만드는 덧난 상흔이었다.

한 처사는 이내 고개를 젓는다. 지난해, 얼핏 옷깃 스치고 지나간 순간의 그 만남에 빠져드는 자신을 떨구려 정신을 곧추세운다. 놓아야 할, 떨쳐내 버려야만 할 업보였다. 그러함에도, 한 처사는 방바닥에 놓인 핸드폰을 집어든다. 절집에서 유용하지 않은 물건임과 동시에 한 처사의 현재의 처지를 규정하고 있는 매몰찬 덫이기도 하다. 한 처사가 기억하고 있는 핸드폰 번호는 수련회 때 알게 된 여인의 것이 유일했다. 뚜껑을 열고 번호판을 들여다본다. 번호판에 새겨진 기호의 조합을 통해 그 여인의 얼굴을 떠올린다. 손끝이 가느다랗게 떨리는 걸 느낀다. 뚜껑을 닫아 버린다. 유혹을 저만치 밀쳐놓는다.

그 보살은 알 만한 여인임이 분명했다. 누누이 봄직한 풍모였다. 속가의 풍속으로 본다면 마음속에 고대해 왔던 상像이라 할까? 그런 겉모습을 지닌 탓인지 모를 일이었다. 그러나 실은, 생면부지의 여인이었다. 속세계에서 무슨 인연으로 해서 안면이 익숙해져 있다는 게 아니었다. 한 처사의 전생에 쌓여 있는 인연의 겁으로 하여금 무시무종無始無終의 숙명 속에서 연기緣起되어 끝내 만나야만 될, 그런 관계 속에 놓인 여인이라고 한 처사는 사념하였다.

'이렇게도 퍼뜩 속내 저 깊숙한 곳에까지 파고들다니…'

한 처사는 그렇게 되뇌면서도 또 다른 속내의 질타를 듣는다. 놓아라, 놓아라, 하는 엄격한 처신에 대한 요구였다. 번호판의 기호와 속내의 떨림이 세차게 내젓는 고갯짓에 의해서도 쉬이 떨궈질 것 같지 않아 한 처사는 질끈 눈을 감아 버린다.

어떤 만남 혹은 피맺힌 절연은 필시 전생의 업과 닿는 응보였다. 그걸 깨닫는 건 쉽지 않았다. 아울러, 그 연緣의 기起를 각성에 이르는 수행에 더욱 매진할 수 있는 운용의 방향

으로 이끌어야 했다. 그러함에도 이렇듯 허투루 부림用하도
록 정신을 놔두고 있는 심중이 더욱 가슴을 아프게 하였다.
용맹정진에 함께 동승하고 부양하는 일조의 깨달음이 있는
가 하면, 앞길을 가로막고 혼미한 안개 속으로 자빠듬하게
발목을 잡아끄는 미욱한 자각의 번뇌는 속가를 떠난 수행자
에게 참으로 백안시되는 헛것 아니런가? 한 처사 또한 절집
에서 지낸 저간의 삶 속에서 수행자들의 정진의 자세를 익히
보아 왔으며 애써 따르려 하였다. 하물며, 이제 애틋하고도
진정한 발심 세워 처사로 살던 절집에서 사부중의 절집으로
출가하려는 자로서, 속절없이 여인의 자태나 떠올림은 엇나
간 추구심으로 경계를 넘어선 방행厖行이었다.

'이렇듯 깊게 자리하게 되다니….'

한 처사는 여직 손안에 쥐고 있던 핸드폰을 물끄러미 쳐
다본다. 이윽고 뚜껑을 연다. 가슴 저 깊은 곳에 홰를 치고
들앉은 여인에 대해 연신 저어하면서도 어쩌지 못해 또다시
핸드폰의 번호판을 연 것이다. 기호를 조합해 본다. 숫자로
표기된 기호를 교합하자 여인의 얼굴이 침떠오르며 한 처사
의 가슴을 파고든다. 번호판의 숫자에 손을 얹는다. 번호의
끝자리를 누르려다 이내 접어 버린다.

그래, 뜻밖이었다.

윤회하는 억겁, 그 유장한 세월의 어느 한 촌각을 통과하는 묘한 언저리에 걸쳐 있는 순간의 만남이리라. 그러할 보살과의 첫 대면은 지난해 겨울에 연 '참선수련회' 때였다. 닷새 동안 기거하는 일정 가운데 첫날이었다. 매서운 바람과 함께 노루 꼬리마냥 짧은 겨울해가 함지로 잦바듬하듯 기울고 있는 고즈넉한 오후, 강원講院에서의 일정이 진행되고 있던 중이었다. 가부좌 자세의 명상법을 간단하게 익히고 난 뒤 그리 고되지 않은 참선 수행을 통해 일단 무아無我의 세계로 자신을 진입해 가는 과정을 습득하는 도중, 아주 작은 울음을 쏟아내는 어느 보살로 인해서 잠시 강원의 적요가 흐트러진 적이 있었다. 한 처사는 수련회가 진행되는 동안 필요로 하는 자질구레한 일들을 거들고 있었는데, 그날도 강원에서 이뤄지는 수련회 과정에서 발생할 수 있는 잔심부름에 대비해 문밖에서 대기하고 있던 참이었다. 그 갑작스러운 울음은 작은 울림으로 밖에까지 흘러나왔다. 예의 자잘한 울음이 퍼뜩 한 처사의 가슴에 와닿은 건 그동안 눈물을 잊고 살았던 때문이었을까? 그 울음이, 그 울음으로 전이되어 자신도 모르게 울컥 눈물이 치솟으려 하자 시선을 돌려, 버얼겋게 물들이며 서산으로 지는 노을을 건네보고 있는 때에 수련회에 참가한 어느 보살이 살그머니 문을 밀치고 나서는 것이었다. 딱 보건대, 눈물을 흩뿌린 그 보살이라는 예감이 밀려왔다. 그리고, 한 처사는 그 보살의 진기가 다 빠진 듯 후줄근해진 몸피에서 풍겨 오는 혹여 지난하였을, 지금도 그러하게 살고 있는 듯 여겨지는 여인의 삶의 여정이 팍 밀려오는 걸 감지하게 되었다. 보살 또한 한 처사의 눈물을 얼핏 보아 버린 탓이었을까? 문밖으로 나서며 당혹해하는 빛이 역력하게 전달되었다. 이를테면, 교감의 전류가 무선으로 강렬하게 통과되는 그런 직감이었다. 저 젊은 날에나 있었을 법한, 한 사람과 또 한 사람 사이에 황당한 느낌으로 퍼뜩 다가와 한 사람의 가슴을 빼곡히 채워 버린, 그런 표현으로나 가능한 정황의 첫 대면이었다.

한 처사의 번뇌가 이내 이어졌다.

절집에 들고자 한 속세에서의 지난 세월이 곱씹혔다. 세속의 거친 풍파를 끝내 인내하지 못하고 세상을 부유하던 그 미망의 시절에서 어렵사리 벗어나자 곧바로 절집에 든 한 처사였다. 젊음의 어느 한 그루터기에서부터 일신의 안온한 풍요만을 위해 사사로이 피아彼我를 구분하여 나我의 앞길을 가로막는 부싯돌만 한 여느 질곡의 벽이라 할지라도 거침없이 허물어 버리곤 하던 지난날의 무고巫蠱함이 전생의 어느 축생畜生과 같은 인과로부터 연유된 행위라고 한다면, 그런

업을 어떻게 절단할 수 있겠는가? 하는 절망의 나락으로 빠져들게 만들어 버린 그 둔탁한 깨달음을 치열하게 품게 된 건 이제 겨우 오 년도 채 안 되었다. 시간의 개념으로만 본다면 세속에서는 짧지 않은 시침의 흐름이지만, 산중 계산법으로 보면 이제 겨우 동자승 산중밥에 숟가락 드는 정도였다. 초발심初發心에도 도달하지 못한 정경靜境일 따름이었다.

그럼에도 한편으로는 이른 새벽 잠자리에서 일어나 주위를 둘러보다 듣게 되는, 밤새 저 어두운 숲속의 날카로운 솔잎과 어울리다 새벽 안개에 휩쓸려 더불어 내려온 맑은 바람 소리를 이제는, 그렇듯 맑은 바람 소리로만 들을 수 있게도 되었고 또한 별빛마저 사위어 간 적막의 산사에서 소쩍새의 솥이 적다는, 저 풍요의 원망願望을 곧이 곧 소망으로 귀에 담아 들을 수 있는 너그러움의 지경에 이른 듯하여, 누군에겐들 그리 얕잡아 보이지 않을 내공을 쌓아 가고 있던 무렵이었다.

그랬다. 한 처사는 절집에 들게 된 세속에서의 아픈 상황을 시나브로 내려놓고 있었다. 더 이상 뇌리에 남는 상흔이어서는 아니 된다며 한 처사는 자신을 추스려 갔다. 너나없이 살아내는 세상, 뭇사람들의 세상살이라는 게 거기서 그 모양이고 저기서 달리 똑별나지 않을 만큼 이러구러 엮어

가는 그런 대체적인 삶의 모습을 갖게 되는 것임에도 삶의 그러한 보편적인 양태마저 수습하지 못하고 이렇듯 속세를 등지게 되는 삶에 이끌리어 여기까지 온 절집에서의 하루하루 역시 그렇게 인과因果될 자신의 연緣에 의한 것임을 한 처사는 수용하게 된 것이었다. 어느 운명이 한 생명과의 연결 고리를 통해 어떠어떠한 결과를 빚어내게 되었다 함은, 그건 결국 그렇게 짐 지워진 윤회輪廻의 표출임에랴. 한 처사는 그러한 인생의 유전을 끌어안으면서부터 부지불식 간에 난데 없는 산중의 삶으로 이끌려 온 속박으로부터 벗어날 수 있었던 것이다.

하여, 짧지 않은 사 년여의 산중살이가 녹록지만은 않았다. 작심하고 들어왔다 한들 세속의 인업이란 쉬이 절단할 수 없는 끈이었다. 들판 가운데 혼자 우두커니 서서 황량한 바람을 만나는 처연한 쓸쓸함이고 외로움이었으며, 세상의 적으로부터 등골에 비수를 맞고 나자빠지는 죽음 직전이었다. 절절히 끓어오르는 분노로 빠개질 듯 아픈 가슴을 쥐어 뜯으며 셀 수 없는 밤을 지새곤 하였던가? 놓아라, 놓아라, 하는 할喝, 사견邪見, 그 하나 짊어지고 얼마나 거칠게 호흡해 왔던가?

'어느 인업에 또 얽매이려 들다니…'

한 처사는 놓아라, 하는 절규의 할, 그 냉연한 절단의 소리가 귓가를 맴돌고 있음을 감지한다. 그 엄격한 통제의 요구로부터 자유롭지 못한 자신을 만나야 했다. 손아귀에 쥔 핸드폰이 으스러지도록 힘을 쏟아 본다.

그 여인은 이후, 한 처사의 시선에서 떠나지 않았다. 번뇌에 이르는 길임을 알면서도 한 처사는 그 여인의 주위에서 서성이곤 했다. 딴은, 딴청을 피우기도 하였다. 그 여인을 보는 시선이 자못 뜨거워져 있는 걸 숨기려 한 처사는 수련회가 열리는 강원 근처로 하루 종일 발걸음을 놓지 않기도 했다. 절집의 요모조모한 궂은일을 마다하지 않고 읍내에 나가 보아야 할 사무에 더욱 얽매였다. 아울러, 늙은 공양주의 예각의 시선을 피하려 그쪽으로는 아예 얼씬거리질 않았다.

기실, 한 처사는 공양주의 애틋한 보살핌을 절절히 느끼고 있었다. 처사로서, 절집에 때때로 일하러 들고나는 여러 처사들과 다르지 않으려 몸가짐을 부려 온 바를 알기나 하는 듯 공양주는 그러한 한 처사의 언행을 애틋하게 여겼다. 또한 알고나 있으라는 듯 공양주는 자신의 그러한 심경을 곧잘 입밖에 담아내곤 하였음에도 한 처사가 굳이 외면해 오고 있었다. 하지만 한 처사로서는 공양주의 염원에 어긋나지 않으려 짐짓 정진해 왔음 또한 부인할 수 없는 한편으로는, 슬거운 부채負債이기도 했다.

피하려 들면 들수록 맞닥뜨리게 되는 경우를 맞곤 하였다. 여인이 있는 줄 모르고 찾은 종무소에 무슨 볼일이 있는지 그곳의 보살과 진솔하게 이야기를 나누고 있거나 하는 경우였다. 저녁 예불을 마치고 요사채에 들어 독경하고 법문을 외워도 자꾸만 나타나는 여인의 자태를 떨구려 벌떡벌떡 일어나 가부좌를 틀곤 하였다. 흐트러진 마음을 바르게 세우기 위해 수련회 업무를 보조해야 하는 강원의 주위에서 발을 빼기도 했다. 마침 원주스님이 본사本寺로 나들이 채비를 하자 수행하기로 하고 절집을 따라나서기도 하였다. 이틀 후면 수련회가 끝나는 날이었다. 한 처사는 포교 및 법행과 관련한 일반적인 사항을 숙지하기 위해 하루 더 본사에 남았고 원주스님 혼자서 산사에 들었다. 한 처사는 수련회가 끝난 이틀 뒤 절집으로 돌아왔다. 눈으로 보지 않으면 마음에서 멀어지는 법이렷다. 함에도, 숙면에 이르러서까지 한 처사의 뇌리를 파고드는 여인의 몸체를 떨쳐 버리기가 여의치 않았다.

여인에게 경도되어 발심의 심중을 곧추세우지 못하고 이렇듯 허둥대는 자신을 단도리하기 위해 한 처사는 수시로 법당에 들어 백팔배를 올리기도 하였다. '도방하都方下'를 외치며 부질없는 인연의 싹을 솎아 내려 산사山寺를 뒤덮곤 하는 새벽 안개가 내려올 무렵까지 정진을 아끼지 않았음에도 낮이면 그 여인이 머무르곤 하였던 산사의 여기저기가 눈심지속으로 헤치고 들어왔고 그곳에 서 있던 여인의 자태가 떠올랐다. 이렇듯 흔들리는 자신이 매정스러웠다.

한 처사는 고개를 내젓는다. 놓으려, 모든 것 놓으려 함에도 놓지 못하는 속내를 진정 절집에 몸 누이려 하는 데에도 입때껏 중생심衆生心에 발목 잡혀 마음을 가누지도 못하고 있는 자신을 실험에 빠뜨리려는 마지막 관문의 통과의례에 들게 하는 구렁일지 모를 인업이라고 한 처사는 여겼다. 그러하지 않고서야 속내 깊숙이 파고드는 부질없는 인연의 끈에 이렇듯 쉽게 빠져들지 않았으리라고 자문해 본다. 한 처사는 자신의 내공이 쉬이도 자진自盡해 버리는 것에 스스로 분노하지 않을 수 없었다. 그동안 쌓아 온 자신의 용맹정진이 하루아침에 거품으로 날아가는 이런 참담함을 느끼는 것에 도저히 마음을 제대로 가누질 못하였다. 한 처사는 절집에 들어 그때까지 염두에 두지 않았던 고행에 자신을 내맡겼다. 살肉에 불火을 대는 화살행이었다.

화상火傷이 아물어 가고 한 처사는 근근이 버텼다. 화살행으로 마음을 다잡았다고 할 순 없었으나 여인에게 쏠린 항심恒心에서 다소 풀려난 듯하기도 했다. 그렇게 겨울이 날

무렵이었다. 햇볕 잘 드는 양지녘으로는 작은 들풀이 새싹 피우려 얼어붙은 땅심을 녹이려는 즈음에 이르러 불현듯 여인의 모습이 떠오르고 다시 걷잡을 수 없는 회오리 속으로 빠져들게 되었나니, 두어 달 전에 치른 수련회 때 찍은 사진을 종무소의 알림판 여기에도 붙이고 저기에도 붙여 놓은 가운데 그 여인의 화사하면서도 한편으로, 저 가슴 깊숙이 박힌 애환의 절절한 모습이 한 처사의 가슴을 사무치게 적시는 것이었다. 일주문에 기대어 삭풍을 맞은 지 벌써 달포에 이르렀다.

'이리 속절도 없이….'

한 처사는 바닥에 놓인 핸드폰을 들었다, 내려놓는다. 부숴 버렸으면 하는 마음이다. 허나, 그리해서는 벗어날 수 없는 정리情理임을 모르지 않는다. 발심은 무너지고 정진은 가시밭길을 걷듯 터벅대고 따가웠다. 또다시 화살행으로 심중을 곧추세울 엄두가 나지 않았다. 연이어 저어하는 고갯짓으로 여인의 잔상을 떨쳐 내려는 만큼 여인은 한 처사의 뇌리를 파고드는 것이었다. 점심 공양을 한 후에도 속내를 단속하지 못했다. 저녁 공양 뒤에는 백팔배를 올렸다. 그리고 방에 들었다. 마음이 도닥여지지 않았다.

'신불神佛이 내린 인업이라면….'

결국, 윤회로 연기된 인업이라 한다면 수용할 수밖에 없음을 한 처사는 느껍게 감지한다. 번호판의 뚜껑을 연다. 숫자를 떠올린다. 천천히 끝 번호를 누른다. 통화 대기 시간이 길었다. 한참 지났다고 여겨지는 데에도 신호음이 울리지 않았다. 이상하다고 느끼는데 마침 녹음된 목소리가 흘러나왔다.

　'없는 번호이오니….'

　한 처사는 그만 푹 쓰러지고 만다. 없는 번호라니…. 온통 헛것에 이끌리어 지금까지 이렇듯 정신을 풀어 놓아 버렸단 말인가? 놓을 걸 놓은 게 아니라 놓아서는 아니 될 화두話頭마저 내려놓고서 이렇듯 매달려 왔다니… 부끄럽기가 무량하다. 곱드러지는 정신을 가늘 수가 없다. 머리를 감싸고 고개를 마구 내저었다. 이내, 새벽을 맞는다.

　한 처사는 잠시 면벽하고 앉는다. 허나, 잘못 외었을지 모르는 번호 혹은 번호판을 잘못 눌렀을지 모르는 숫자는 문제되지 않았다. 이내 곧 풀어 버린다. 무공을 헤매는 듯 어릿하다. 새벽 안개가 방안에 스며든다. 움찔 떨렸다. 한 처사는 핸드폰을 방바닥에 내려놓는다. 물끄러미 쳐다보다 한 처사는 각고의 세월을 무너뜨린 굴왕신을 품고 살았음을 자책한다. 엎질러진 물, 주워 담을 수 있으리뇨. 한 처사는 자리를 털고 일어난다. 어딘가로 추락하는 듯 잠시 휘청거렸으나 조심스레 요사채의 방문을 열고 신발을 꿴다. 무엇 하나 가지지 않고 입은 채로 육신만 거둬 산문을 나설 심사다. 절집의 적막이 가슴속으로 파고들었다.

늙은 공양주의 방을 지나며 한 처사는 발소리를 죽였다. 공양주가 기침한 듯했다. 한 처사는 잰걸음으로 산문을 빠져나왔다. 총총하던 별들이 쏟아져 내리고 있었다. 새벽 안개가 눅눅하게 몸을 감쌌다. 온몸이 떨렸다. 어디로 갈 것인가?

속이 허한 채 산문을 나서는 한 처사의 등뒤에서 늙은 공양주가 합장을 한다.

소쩍새는 여전히 울음을 토하고 있었다.

─. 〈농민〉

1984년 가을 무렵이었을까? 광주·전남가톨릭농민회(이후 '가농'으로 표기)의 주요 활동가였던 고故 노금노·모영주 농민운동가 등이 전남 고흥군 도화면의 천주교 도화공소로 지역의 농어촌 신자들을 대상으로 가농 연수를 왔다. 당시 농민운동에 뜻을 두고 있던 나는 그들과 인연이 되어 현직 교사(고흥 도화고등학교 근무)로서 드러내 놓고는 하지 못한 채 짧은 기간 가농 활동을 했던 적이 있다. 그리고 함평 지역에서 여성 농민들과 함께 가열차게 농민운동을 해오던 박인숙 선생을 알게 되고, 박 선생님의 또 다른 활동 영역이던 YMCA중등교사협의회(이하 Y-교사회)를 소개받아 가입하면서 활동 무대를 옮기기 전까지 가농 활동을 이어갔다.

1985년으로 기억하는데, '고흥·보성연합가톨릭농민회' 결성식이 당시 광주·전남가농 지도 신부이신 이재휘 신부님이 주임신부로 계셨던 벌교성당에서 있었다. 나는 내가 일하던 도화고 아이들 몇몇과 함께 그 자리에 참석하기도 했다. 그 뒤로도 광주가톨릭센터에 있던 가농 사무실에서 노금노·모영주·박인숙 등을 만나 학습을 하고, 고흥 도화로 내려가지 못하면 센터 뒤쪽에 있던 어느 여관에서 밤을 새우며 말씀을 나누곤 했던 기억이 있다.

백남기 농민을 생전에 뵈온 적은 없다. 혹 1985년 고흥·보성연합가농 결성식에 오셨는데, 서로를 알지 못했을 수도 있었겠다. 어쨌거나 나는 농민 집회에 나가거나 하지 못했으며, 1985년부터는 Y-교사회의 교사 운동으로 주된 지향 지점을 옮겼고, 또한 1986년 '5·10교육민주화선언' 참여와 연관되어 징계 처분을 받고 고흥 도화고에서 강진군의 어느 중학교로 강제 전보를 당하여 뵈올 기회가 거의 없었을 테다.

강진에서 전교조 결성과 관련하여 해직된 이후에는 강진군농민회에서 활동하는 농민운동가들과 함께 사무실을 같이 쓰고 낮과 밤으로 뜨겁게 어울렸다. 하지만, 대부분 전국농민회총연맹 산하의 농민운동가로 가농 활동을 하시는 분을 강진에서는 만날 수 없어, 백남기 농민과는 어떤 연계점을 찾진 못했다.

물론 교육운동을 하면서도 농업·농민소설을 써오며 농업과 농민 문제에 대한 인식의 폭을 넓히고, 분석 자료를 모으며 들여다보길 게을리하진 않았다. 또한 관행농업과 생태농업에 대해서도 나름의 관심을 가지고 추후 교사 일을 마친 뒤엔 농민으로 나 자신을 거듭나게 하려는 마음을 다지곤 했다.

내가 본 자료는 암울했고 정부 정책은 헛돌았다. 특히 농업이 산업농으로 바뀌고 대자본에 침식당하면서 농민들의 삶은 더욱 힘들어져 갔다. 농민들의 주된 수입원인 쌀값에 대한 보장은 정부에 대한 농민들의 마땅한 요구였고, 쌀값 투쟁은 생존투쟁으로 더욱 가속화하고 치열할 수밖에 없는 상황으로 치달았다. 어떤 정부 하에서도 쌀값은 보장되지 않았고, 양곡관리법에 의해 정부 주도로 쌀값이 정해졌다.

박근혜 정부 들어 대선 공약에도 미치지 못한 채 쌀값은 급락했다. 또한 유신 체제로의 회귀 가능성이 엿보이는 통치 행태에 급기야 제 분야에서 고통받는 민중들이 분연히 일어서게 되었다. 2015년 11월 14일의 민중총궐기대회다. 그리고 그날, 백남기 농민은 공권력이 쏜 물대포에 쓰러졌다. 2016년 9월 25일 백남기 농민은 317일 동안 한 번도 깨어나지 못하고 사경을 헤매다 영면하셨다.

백남기 농민이 서울대병원에 누워 계시는 2016년 여름철 농한기인 7월 중순, 순천농민회 주관의 시위 차량에 편승하여 서울대병원으로 향했다. 백남기 농민의 쾌유를 비는 문병이었고 공권력에 맞서는 투쟁을 위한 출정이었다. 많은 시위대와 위문하는 분들로 병실까진 가지 못했다. 바깥에서 농성에 합류하여 쾌유를 빌었다. 집회를 마치고 내려오면서 간단하게 자기소개와 소감을 나누는 시간이 있었는데, 나는 교사로서 농업과 농민 문제에 관심을 갖게 된 계기며 잠시나마 가농 활동을 하였고, 백남기 농민과 만난 적은 없지만 그분이 가농 회원이었다는 사실에 일종의 연대감이 닿아 오늘 이렇듯 합류하게 되었다고 이야기했다.

교사가 되기 위해 나름의 노력을 기울이던 대학 시절, 김제평야 끝자락인 김제군 금구면에 있는 고등공민학교(정규 중학교에 진학하기 어려운 형편의 아이들이 검정고시를 통해 중학 졸업과 고교 입학 자격 기회를 주는 학교)에서 아이들을 가르친 적이 있는데, 모든 학생이 그 넓은 김제평야에 살면서도 자기 땅뙈기 한 평 가지지 못한 소작인의 자녀였다. 그 아이들과 만나면서 농업·농민 문제에 대해 알게 됐고 교사가 되면 농민운동을 하고자 하였으며, 잠시 가농 활동을 했던 적이 있다는 말과 함께 백남기 농민의 막내딸인 백민주화와 나의 큰딸이 대안학교인 담양 한빛고 동기라는 인연이 있어, 오늘 가서 뵙고 싶었다고 밝혔다. 한편으로, 가농 활동을 지속하지 못한 속죄의 마음 또한 자그맣게 내재해 있었다.

그리고 이 소설을 쓰고자 했다. 보성 지역의 일터에서 잠시 근무한 적도 있었고 보성농민회에서 활동하는 분과도 교류하고 있었지만 그러는 동안에도 백남기 농민에 대해 알지 못했고, 들은 적이 없었다. 내가 보성 득량의 전통 마을인 강골마을에 잠시 집을 얻어 드나들 때 그리 멀지 않은 웅치면 부춘마을에 백남기 농민께서 살고 계셨으니, 가까운 곳에 서로 터를 잡고 있었던 셈이다. 어느 해인가, 큰딸 아이로부터 보성 출신 동기생, 그러니까 백남기 농민의 막내딸인 백민주화의 집으로 대학생들이 농활을 왔다더라는 이야기를 얼핏 들은 적이 있는 듯도 하지만, 그때는 백남기 농민과 연관할 수 없었기에 그냥 흘려듣고 말았던 것 같다. 아무려나, 그렇듯 나는 부채감의 마음을 버리지 못했고 글로 써서 조금이나마 마음의 짐을 내려놓고자 했고, 그렇듯 뉘우치자는 생각을 했다.

그렇게 시작한 소설의 첫 줄을 어떻게 잡을까, 고민했다. 백남기 농민이 병상에 누워 계시게 된 상황이나 투쟁 일지를 쓰고 싶지는 않았다. 백남기 농민의 인간적인 면을 담아내고 싶었다. 자료들을 모으고 그분의 삶의 궤적을 들여다보았다. 백남기 농민과 사모님 두 분 다 아주 신앙심 깊은 가톨릭 신자이시라는 점이 눈에 띄었다. 나 또한 2016년 당시, 오랜

냉담자였지만 영세 신자(세례명 아모스)였기도 해서 두 분의 삶의 모습에 초점을 맞추고자 했다. 또한 소출의 기쁨이나 두 분 사이에 벌어지는 삶의 애哀와 환歡을 그리는 게 좋겠다고 생각했다. 그런데 두 분의 애환을 그리기에는 내가 너무 자료에 의존함으로 해서 사실성을 담아내기 어렵다고 여겼다. 소설을 쓰는 동안 백남기 농민 댁을 찾아가 둘러보고 밀밭에도 갔지만 사모님을 뵙진 못했다.

결국, 자료에 의존한 구상을 바탕으로 쓰게 되었다. 다 쓰고 난 뒤, 보성에 사는 백남기 농민의 생전에 호형호제하며 살았던 송만철 시인과 함께 사모님을 뵈러 갔다. 발표하기 전, 사모님께 보여 드리고 소설의 내용에 대해 혹은 표현된 사안의 진위나 인격권의 침해 그리고 발표에 따른 허락 여부 등을 들으려 했다. A4로 인쇄된 10여 장 분량의 소설을 건네며 막내따님과 제 큰딸이 한빛고 동기임을 밝히고, 잠시 동안이지만 저도 가농 활동을 한 적이 있다는 말씀으로 사모님께서 혹여 가지실 우려를 조금이나마 상쇄하려 했다. 물론 당혹스러우셨을 것 같고 의아스러움도 지녔을 테지만, 사모님께서는 별다른 말씀을 하시지 않았다. 소설 인쇄지 뒷면에 연락처를 남겨 놓았다. 읽으셨을 기간 뒤에 전화를 드리겠다고 했다. 고쳐야 한다거나 혹은 발표를 못 할 수 있을 거라 여기기도 했다. 꽤 시간이 흘렀다. 사모님께서는 달리 말씀이 없으셨다. 발표해도 크게 무리가 없으시다는 심중으로 받아들여 다른 말씀이 없으시면 문예지에 싣겠다고 전하고 문학 전문 잡지 《시에》(2017년 겨울, 제48호)에 발표하게 되었다.

2023년 4월 25일 발행, 주간지 《시사IN》은 어느 농민의 갈기갈기 검게 갈라진 엄지 손바닥이 선명하게 보이는 손으로 볍씨를 움켜쥔 사진을 표지로 싣고 있다. 제목을 "농민 없는 정부"라고 뽑았다. 관련 기사를 쓴 기자는 '대통령이 사상 처음으로 농민을 걷어찼다'라는 제하의 기사에서 "국내 정치사에서 이렇게 노골적으로 농민을 홀대하는 정부·여당은 없었다"고 간명하게 진단했다. 그러나 이 표현은 정확히는 옳지 않다. 대한민국 정부가 들어선 이래 쌀값은 언제나 농민들 손에서 떠나 있었다. 쌀값을 제외한 모든 산물이 생산자에 의해 결정됨에도 쌀값만은 예외였으니, 역대 모든 정부는 한결같이 농민을 배척하는 정책으로 일관했다고 진단해야 옳다. 이게 엄연한 사실이다. 현 정부 이전의 뭇 정부는 그나마 겉으로는 발길질까지는 하지 않았다. 농민들을 상대로 주먹을 날리지는 않았다.

국회는 2023년 3월 23일, 야당 주도하에 양곡관리법을 본회의에서 통과시켰다. 현 정부의 수반은 곧바로 거부권을 행사했다. 농민들의 주요 수입원인 쌀 생산을 줄이라는 엄포이자 강제였다. OECD 국가 중에서도 식량자급률 최하위인 약 20% 수준에 머물러 있는 상태에서 그나마 주곡이 부족하지 않은 상황을 지탱하고 있는 건 쌀 생산량이 90% 정도를 유지하고 있기 때문이다. 쌀값 하락은 쌀 생산 의지를 꺾게 된다. 쌀 생산량 저하는 주곡의 부족을 초래할 게 불 보듯 뻔하다. 거부권을 행사하면서 정부는 쌀 이외의 다른 소득 작물 생산을 권장하고, 여당은 농민들의 심경을 배려하지 않은 발언을 쏟아냈다.

우리가 먹고 있는 자포니카 계통의 쌀은 생산국이 극히 한정되어 있다. 전 세계적으로 몇 나라가 되지 않는다. 푸실푸실하고 윤기가 없는 인니카 계통의 쌀을 우리 식탁에 올릴 수는 없지 않은가? 쌀이 갖는 식량 주권의 상징성에 대해 현 정부 수반은 제대로 인식하지 못하고 있구나, 하는 의문을 떨굴 수 없다. 현 정부의 이런 행태를 보면서 백남기 농민이 외쳤을 절규를 다시 떠올려 본다. 병상에 누워 계시면서도 소리치고 싶었을, 하늘에 계시면서도 부르짖지 않을 수 없는 '쌀값 보장'에 대한 염원을 내려놓지 않으셨을 터이다.

해마다 봄이면 백남기 농민이 생전에 경작해 온 집 옆 밀밭에서 밀밟기 행사가 열리곤 했다. 코로나19의 세계적 준

동으로 몇 해 동안 못 해오다, 코로나19 팬데믹이 어느 정도 걷힌 이후 작년 2023년 5월 6일에는 밀밭길 걷기뿐 아니라 아이들을 대상으로 하는 그림 그리기, 글짓기 등의 행사를 준비했으나 비 때문에 취소됐다. 2024년 올해엔 5월 4일에 작년에 하지 못했던 행사가 백남기농민기념사업회 주관으로 열렸다. 길놀이부터 아이들이 글과 그림을 그리고 우리 춤과 노래를 부르며, 생명·평화 일꾼 백남기 농민을 기리는 행사가 이어졌다. 특히 젊은 부부들이 아이들과 함께 소풍 오듯 가족 나들이를 와 교육문화연구회 '솟터'의 농악 추임새에 맞춰 한판 어우러지는 모습이 너무 좋았다. 나 또한 오랜만에 백남기 농민의 체취를 느끼고 왔다.

아무려나, 이번 기획 소설집을 내면서 혹여 사모님과 자제 분들께 누가 되지 않았으면 하는 염려의 마음을 지니고 있다. 소설집이 나오면 사모님께 인사드리고 건강과 평화를 염원해야겠다.

더불어, 이 작품은 《푸른농약사는 푸르다》(작은숲, 2019)에 수록된 작품임을 밝힌다.

'겸손하되 당당하게' 청년으로 남아 있는 백남기

최강은

2016년 9월 24일. 이날은 70회를 맞는 백남기 회장님의 생일이었다. 당시 광주교구 가톨릭농민회 김창화 회장 내외는 남녘 장흥에서 술밥을 준비하여 가농 동지들로 구성된 부춘모임 형제들과 새벽길을 나서 서울대병원 천막 농성장으로 향했다. 입담이 구수하거니와 평소 막걸리 자리에서 2박3일은 거뜬히 지샜을 정도로 백남기 회장님과 가까운 사이인 김상욱·배삼태 두 형님과 아내가 함께 왔다. 나는 형님이 위급하다는 형수님의 전갈을 받고 이틀 전에 미리 서울대병원에 도착해 있었다.

직접 빚은 막걸리를 농성장 천막 동료들께 따르며 회장님의 고희를 이렇게나마 축하했다. 물대포에 맞아 쓰러진 지 317일 동안 천막 농성장에선 누구도 단 한 번 술 한잔을 나누지 않았다. 지나가며 보는 사람도 많거니와 만에 하나 말하기 좋은 신문쟁이들이 이 광경을 보고 왜곡 기사라도 써댄다면 어렵게 투쟁한 결과가 잘못 비칠까, 스스로 정한 규율을 철저히 지켰기 때문이다. 그러나 이날은 병상에 누워 사경을 헤매고 계시지만 하루도 거르지 않고 매일 미사를 진행한 천주교정의구현사제단과 천막 농성장을 지키느라 고생한 전국의 수많은 동지께 70회 생신날 회장님이 직접 따라 주는 막걸리로 생각되었다. 돌이켜 보면 남도 끝 장흥에서 빚어 온 이 막걸리로 회장님은 마지막 인사를 하신 듯하다. 회장님은 다음날 호흡을 멈추고 말았다.

70회 생신 다음날인 9월 25일, 위급한 상황이 전개되었다. 백남기 농민의 위급함을 알아챈 경찰 측은 이미 수천 명의 경찰을 동원해 병원을 에워싸고 입구를 통제하기 시작했다. 투쟁본부 지도부도 각종 SNS 등을 통해 시민들께 이 상황을 전하고 어떻게든 서울대병원으로 들어와 백남기 농민을 지켜 달라고 긴급하게 호소했다. 대학로 앞 천막에 남은 투본 지도부와 수많은 시민은 중환자실로 집결하기 시작했다. 형수님과 도라지 내외 그리고 나는 중환자실로 들어가 돌아가시기 직전에 하는 종부성사에 함께했다. 담당 레지던트는 어딘가에서 걸려온 전화를 받고 "네, 병사요? 네?"를 연발했고 꽉 닫힌 중환자실 밖은 수많은 기자의 카메라와 만약의 사태에 경찰에 맞설 시민들로 온통 북새통이었다. 백남기 농민이 주검을 이송할 준비가 됐다는 손영준 총장의 신호를 받고 장례식장 영안실로 옮기는 작전에 돌입했다. 중환자실 문을 열자마자 자발적인 시민 자위대는 시신 침대를 겹겹이 에워싸서 장례식장 영안실에 무사히 안치했다. 이미 부검 영장이 발부되었으니 이렇게 안 했다면 시신은 탈취되고 사인도 병사로 작성되어 왜곡된 역사로 기록되었을 것이다. 나중에 알게 되었지만, 레지던트가 받은 전화는 사인을 병사로 기록하라는 병원 상부의 지시였고, 병사나 외인사라는 용어도 나는 그때 처음 들은 말이었다.

억울한 죽음에 슬퍼할 겨를도 없이 부당한 부검 영장에 맞서 시신을 지켜야 하는 또 다른 상황이 시작되었다. 가톨릭농민회·전농을 비

롯한 각 단체의 농촌 현장에서 올라온 농민들과 강제 부검을 막아내고자 자발적으로 모인 시민은 조를 짜서 날밤을 새우며 영안실을 지켰다. 접객실은 새벽부터 야밤까지 밀려드는 조문객들로 인산인해를 이뤘다. 각 지역에서도 시·군 단위별로 자발적인 시민 분향소를 설치해 조문객을 맞이했다. 평범한 농민의 죽음에 전국 149곳의 분향소가 설치된 것은 그만큼 무도한 박근혜 정부에 대한 분노가 극에 달했으며, 한편으로 백남기 농민의 선행적인 삶이 많은 시민에게 감동을 준 결과라고 할 수 있을 것이다. 그것이 부검 영장을 막아내고 박근혜를 권좌에서 끌어내린 원동력이었으며 1,700만 촛불항쟁의 마중물이 되었을 것이다.

큰형님처럼 넉넉한 가슴으로 보듬어 주시며 힘들 때마다 늘 나의 멘토가 되어 주신 백남기 회장과 나의 첫 만남은 아마 6월항쟁이 끝나 가던 1987년 중·하반기 무렵으로 기억된다. 우여곡절 끝에 농민운동에 뛰어든 나는 가톨릭농민회 전남연합회 교육 간사를 맡고 있었다. 1983년 해금 및 복권되어 1986년 가톨릭농민회에 입회하여 가톨릭농민회 보성·고흥협의회 회장을 맡고 있던 뿔테안경 속 백남기 회장의 첫 인상은 '지적인 농민운동 지도자의 출현'이었다. 1987~1989년은 가톨릭농민회의 현장 조직이 폭발적으로 늘어나던 시기였다. 각 시·군 단위 조직에서는 끊임없는 회의와 교육, 투쟁 등이 일어났으며, 광주에서도 일상이다시피 수많은 집회가 조직되어 전개되던 때였다. 우리와 같은 젊은이들과 잘 어울리고 언행이 늘 진보적이면서도 모범을 보여 줬던 백남기 회장을 차출(?)하여 가톨릭농민회 전남연합회에서는 각 지역 교육에 배치했으며, 광주 집회에도 수시로 함께하면서 뒤풀이 막걸리 자리가 늘 이어졌다. 1989년부터는 백남기 회장이 가농 전남연합회 회장으로 선출되어 지금은 5·18기록관이 된 당시 가톨릭센터에 있는 사무실에 반 상근하다시피 했다. 이때부터 본격적으로 나는 우리밀·가농동지회 등에서 대표와 실무자로서 백남기 회장을 모시고 지내왔다. 돌이켜 생각해 보면 농사 경험도 없는 형수님이 홀로 농사일을 하시며 얼마나 고생하셨을까 하는 생각이 들어 그저 죄송할 따름이다.

결혼 전 당시 나의 자취방은 광주에 올라온 회원들의 숙소나 다름없었으며, 금남로 구 동구청 뒤 동명식당은 우리의 단골 막걸릿집이었다. 동명식당 바로 뒤 영빈여인숙은 최루탄과 막걸리가 범벅이 된 우리를 포근하게 쉬게 해주었던 단골 숙소이기도 했다. 지금 그 주변 막걸릿집은 영흥식당이 몇 년 전 문을 닫고 구이집만 남아 있으며, 동명식당과 영빈여인숙은 이미 사라진 지 오래다. 회의 할 때나 술자리에서 백남기 회장은 주로 듣는 걸 좋아하셨다. 회의의 결정 과정에 직접 개입하지는 않으면서 결정된 사항은 우직하게 따르는 지도자였다. 술자리에서는 주로 당시 치열한 논쟁거리였던 사구체 논쟁에 대해 귀 기울여 들으시며 궁금한 건 여쭤 보기도 했던 기억이 있다. 사람을 대할 때 항상 '겸손하되 당당하게'라고 하신 말씀은 지금도 나의 좌우명이기도 하다.

가톨릭농민회 진도협의회가 창립된 날이 1987년 8월 7일이었으니, 아마도 1988년이나 1989년쯤이었을 것이다. 전날도 금남로에서 있었던 집회에서 최루탄깨나 뒤집어쓰고 동명식당에서 늦도록 술밥을 먹고 영빈여인숙에서 자고 나와 다시 동명식당에 아침 겸 점심을 먹으러 들어갔다. 다들 농사짓는 농사꾼들이다 보니 아침부터 막걸리는 다반사여서 식사보다는 오히려 해장술이라고 해야 맞을 것이다. 나는 진도에서 농민 교육이 있어 중간에 일어서서 다녀오겠다고 인사를 하고 길을 나섰다. 당시에는 자가용이나 사무실 차가 없어 당연히 버스를 타고 출장을 다녔다. 인사를 하는 내게 백남기 회장이 "완전하게 얼른 잘 다녀와, 기다리고 있을게" 하고 말씀하셨다. '완전'은 완벽하고 안전하게 임무를 수행하라는, 평상시에 늘 기를 넣어 주시며 하시는 말씀이었다. 나는 '완전하게 얼른'과 '기다리고 있을게'의 의미를 곱씹으면서 지금은 광주은행 본점과 롯데백화점이 들어선, 당시 대인동 터미널로 걸어갔다. 그때 진도까지는 버스로 2시간 30분에서 3시간이 걸렸다. 진도는 그야말로 남도의 끝, 그것도 섬이었다. 농민들과 2시간을 이야기하고 돌아온다 해도 왕복 7시간에서 8시간이 소요된다. 그 시간까지 거기 있겠다는 말일까? 궁금했다.

　교육을 마친 후 버스에 몸을 싣고 잠이 들었다. 잠시 후 일어나 보니 저녁 7시 전후나 되었을까? 어스름한 대인동 터미널 공중전화 부스로 가 혹시나 하고 동명식당에 전화를 해보았다. 그런데 세상에 그 시간까지 그 자리 그대로 술자리가 이어지고 있었다. 동명식당 주인아주머니 말씀이 술장사를 이리 오래했어도 이렇게 오랜 시간 흐트러짐 없이 술자리를 하는 사람들은 처음 봤다며 혀를 내둘렀다. 그 전날도 많이 마셨으니 설마 그렇게까지 자리가 이어지리라는 생각은 하지도 못했다. '완전하게 얼른'과 '기다리고 있을게'란 말씀이 빈말이 아니었다. 그날도 우리는 전두환, 노태우, 미국놈 등을 안주 삼아 실컷 마시고 영빈여인숙에 또 몸을 뉘었다. 호주머니는 텅 비고 암울한 시대였지만 꿈이 많았던 시절이었다.

1990년대 초까지만 해도 대학생들이 농활을 쉽게 갈 수 있는 지역이 많지 않았다. 행정 당국의 집요한 방해 공작은 마을 농민들과 대학생들을 이간질해서 마을 이장 등을 통해 농활을 오지도 못하게 하거니와 이미 와 있는 학생들을 마을에서 쫓아내는 일까지 벌어지곤 했다. 전라도는 대체로 주민들의 도움으로 무사히 농활을 진행할 수 있었지만, 다른 시·도로 간 농활대들은 계획된 농활이 진행되지 못한 경우가 허다했다. 이렇게 쫓겨난 농활대들이 가톨릭농민회 전남연합회 사무실로 종종 연락을 해왔는데, 이런 경우는 거의 다 보성의 백남기 회장께 연락을 드려 딱한 사정을 이야기하곤 했다. 그러면 백남기 회장은 호쾌하게 웃으며 "얼마든지 보내 주시게, 우리 마을에서 다 받아들임세" 하셨다.

지금 생각해 보면 뒤치다꺼리하시느라 고생만 하신 형수님께 죄송할 따름이다. 서울대병원에 계실 때 많은 의사와 간호사 분들이 그때 보성 웅치면 부춘마을로 농활을 갔던 기억을 되살리며 가족을 찾아와 위로해 주고 극진한 치료를 해주었다. 하여튼 그때 서울대 의대, 간호대도 어디선가 쫓겨나 부춘마을로 안내했던 기억이 난다.

백남기 회장은 조직의 결정을 무겁게 받아들이고 실천한 행동가였고, 동지의 안전을 끝까지 지킨 지도자였다. 고흥군 해창만 간척지 투쟁, 보성 예당 수세 거부 투쟁 시 잡혀간 동지들을 석방하지 않으려면 나도 집어넣으라고 큰소리치며 경찰서 정문에서 날밤을 새우기도 했다. 1989년 조선대 이철규 진상규명 투쟁 당시 가톨릭 내 단체인 천주교사회운동협의회(천사협)에서도 연대 차원에서 단식농성을 결의했다. 당시 가톨릭센터 7층 강당이 단식농성장으로 각 단체에서 한두 명씩 단식에 참여할 사람을 선발했다. 우리 가톨릭농민회에서도 한 명이 참여한다고 하면 당연히 내가 하는 게 순서였다. 그러나 백남기 회장은 "자네는 실무자로서 할 일이 많으니 내가 할라네" 하시며 단호하게 단식에 임하셨다. 끼니를 굶으면 평생 다시 먹을 수 없으니 지금도 아침밥을 챙겨 먹고 있는 나로서는 당시 백남기 회장님의 말씀이 너무나 고마웠다. 당시 가톨릭센터 주변 도로는 저녁이면 포장마차가 즐비하여 닭발 굽는 냄새 등이 스멀스멀 7층까지 올라와 단식자들의 후각을 자극했으니 그 고통이 이루 말할 수 없었을 것이다.

초창기부터 우리밀살리기운동을 주창하시며 함께하셨던 백남기 회장은 집 뒤에 직접 개간한 5,000여 평의 밭에 지난 30여 년 동안 손수 밀을 심고 가꾸셨다. 소득 작물도 아닌 밀이었지만, 식량주권을 위해서도 반드시 살려야 할 일이라며 소득과 관계없이 일평생 우리밀을 심어온 것이다. 2015년 광화문 집회를 하러 가기 이틀 전인 11월 12일에도 그 밭에 밀 파종을 마치고 새벽길을 나서셨다. 우리밀살리기운동 창립

멤버에다 광주전남본부 공동의장을 역임한 백남기 회장은 밀 수매 때면 직접 빚은 막걸리를 들고 나와 농민들을 격려했으며, 검사 요원에겐 농민들 위로 차원에서 등급 좀 잘 주라고 당부하시던 모습이 지금도 눈에 선하다. 30여 년 동안 백남기 회장이 지켜 왔던 그 밀밭은 이제 후배들이 그 뜻을 받들어 경작을 이어가고 있으며, 매년 추억의 밀밭길 행사를 통해 도시민과 함께하고 있다.

물대포를 맞아 그 자리에 쓰러져 1년여 동안 사경을 헤매다 결국 운명하게 된 고인을 두고 박근혜 정권은 사인을 규명하겠다며 강제부검을 시도했다. 그러나 이러한 반인륜적 행태는 결국 정권의 종말을 고하는 신호탄이 되고 말았다. 시민들의 힘으로 강제부검을 막아낸 장례투쟁 41일 동안, 빈소는 매일 미사와 연도가 이어졌으며 끊임없는 조문 행렬로 인산인해를 이루었다. 백남기 농민의 주검을 지키는 영안실 앞에서는 '시민지킴이단'의 24시간 철야농성이 계속되었다. 이들에게 필요한 라면, 화장지, 생수, 과일 등은 SNS로 소식을 들은 전국의 시민들이 택배로 보내 주어 택배 트럭이 줄을 서 물품을 하차하느라 다른 업무를 못 볼 지경이었다. 급기야는 SNS에 물품을 그만 좀 보내 주라는 전갈을 띄울 정도였다. 시민들의 승리로 장례투쟁을 이겨내고 결국 장례식 후 남은 물품은 세월호 천막 등 각 농성장에 모두 기부를 했다.

2016년 10월 29일 청계광장에서의 1차 촛불집회는 5,000여 명이 참가할 것이라는 예상을 넘어 3만여 명의 시민들이 참여했고, 11월 5일 백남기 농민의 장례식이 끝난 후 열린 광화문광장에서의 2차 촛불집회는 5만여 명이 모일 거라는 예상을 깨고 30만여 명이 모여 박근혜 구속을 외쳤다. 백남기 농민의 사인 진상 규명을 위한 천막 및 장례투쟁은 1,700만 촛불 시민들의 위대한 첫 승리였고 박근혜 탄핵과 구속의 신호탄이었다. 청년 학생 시절에는 아비 박정희에게, 노년에는 딸 박근혜에게 고통을 받고 죽임을 당한 백남기 농민은 이렇게 1,700만 촛불항쟁으로 부활한 셈이다. 민주화되고 통일되면 백두산 가서 도라지 캐자시던 숙제는 이제 우리 몫이 되었다.

> – 《한 농민의 삶과 죽음》, (사)생명평화일꾼백남기농민기념사업회,
> 오월의봄, 2021 수록

최강은
백남기 농민을 모시고 가톨릭농민회, 우리밀살리기운동을 했으며 가톨릭농민회 전남연합회 총무, 광주시민단체협의회와 광주지속가능발전협의회의 실무책임자를 역임했다. 우리밀살리기운동본부 이사, 광주·전남본부장, (사)생명평화일꾼 백남기농민기념사업회 상임이사를 맡고 있다.

ㅡ. 〈동맑실 조신한曺迅翰 이장의 운멩〉

이 소설은 주인공인 조신한 이장과 빗댈 수 있는 실존 인물을 염두에 두고 썼다. 2020년 여름에 있었던 섬진강 물난리로 인해 정부의 보상과 추후 예방 조치 수립을 촉구하는

'섬진강수해참사피해자구례군비상대책위원회'에서 주요 직책을 맡은 김일순 농민 활동가다. 구례군농민회 회원이자 수해로 가장 많은 피해를 입은 구례읍 양정마을에서 축산업을 하고 있는 진보당(통합진보당→민중당→진보당) 당원이다.

구례는 지리산을 끼고 있는 곳이다. 이데올로기의 상흔이 가장 많이 남아 있는, 한반도 남쪽의 대표적인 지역 가운데 한 곳이다. 한편으로는 남도에서 진보정당의 지자체 진출이 어느 지역보다 기대해 볼 만한 곳이기도 하다. 구례에는 오랫동안 진보정당에서 활동해 온 분들이 여럿 있다. 그분들은 차라리 무소속으로 나오는 게 유리한 시절에도 진보정당의 옷을 갈아입지 않고 발로 뛰었고, 지금도 그렇다.

사실 그를 중심에 놓고 그리고자 한 소설이 또한 아니어서 김일순 농민 활동가의 이런저런 움직임에 대해서 차출을 하지만, 그의 삶의 궤적에 대해 몇 가지 알고 있는 정치적 꿈과 농민회 활동 이외에 대해서는 그에게 묻지 않았다. 김일순 농민 활동가와 관련한 자료를 얻으려 하지 않아, 선거 때 그를 도왔던 지인들에게도 여쭙지 않았다. 몇 차례 그와 술잔을 기울이며 알게 된 사항들만 옮겨 썼다. 그러니, 이 소설이 담고 있는 내용과 실제 그의 삶과는 좀 동떨어진 부분이 있는 게 사실이다. 그는 기혼남이고, 한 가정의 아름다운 남편이고 귀감이 되는 아버지이며 효자인 아들이기도 하다. 더불어 참된 농사 일꾼이자 견고한 진보주의자다. 이 소설의 발표 시점보다 뒤에 치러진 지방선거에서 그는 구례읍을 지역구로 하는 군의원에 출마했으나, 그야말로 몇 표 차로 낙선했다. 그러나, 그는 멈추지 않는다. 진보정당의 기치를 들고 당당히 지자체에 입성하여 지방의 견고한 정치 기득권을 과감히 뚫고 나가 군권재민郡權在民의 정치를 하겠다는 의지를 더욱더 충전하고 있다. 그는 오늘도 여전히 뛰고 있다. 그의 지방의회 진출을 참으로 기대한다.

이 소설은 대화로만 엮었다. 굳이 새로운 시도라기보다는 사투리를 최대한 많이 끌어들이기 위한 한 방편으로 택한 작법이다. 그동안 농업·농민소설로만 꾸려진 두 권(《강진만》과 《푸른농약사는 푸르다》)의 소설집을 내면서 전라도 사투리를 많이 썼다. 농민의 언어라는 생각에서 그러했다. 두 번째 농업·농민소설집인 『푸른농약사는 푸르다』의 날개글에서 구자명 소설가로부터 "…그는 의외로 여리고 섬세하여 시인의 감수성으로 우리 농업, 농촌의 현실과 비전을 폭넓고 깊게 조망하며 시인의 필치로 소설을 쓴다. 그것도 찰지고 흐드러진 남도 사투리로 노래하듯 읊어 댄다. 그래서 그의 소설에는 운율이 있다. 아무리 척박하고 열악한 현실을 핍진하게 이야기하는 것일지라도 그의 작품들은 노래가 된다. 청산별곡도 되고 귀거래사도 되고 농가월령가도 되고 사철가도 되고 심지어 전원일기의 랩송도 된다. 그가 부르는 농가農歌는 '슬프고 귀찮더라도' 우리가 되찾아야 할 인간살이의 본질에 대한 것"이라는 과분한 찬사를 듣기도 했다.

전라도 방언에도 지역만의 차이가 엄연하다. 이를테면, 목포 권역의 사투리와 순천 권역의 사투리가 다르다. 광양 지역 사투리가 다르고 구례 지역 사투리가 또한 다르다. 지금 내가 토굴을 짓고 텃밭을 일구며 지내고 있는 구례 지역의 사투리를 알고 있는 한 많이 쓰려 했다. 하지만 내겐 남도 사투리 차용에서의 뚜렷한 한계가 있으니, 전남의 사투리와 전북의 사투리가 다르다는 점이다. 전북 고창 출생으로 전주에서 젊은 날을 보내고 이곳 남도로 일터를 잡고 온 지 40년이 넘지만, 남도 사람과 대화하면 곧 억양의 차이로 이곳 남녘 사람이 아니라는 걸 안다. 입에 붙은 억양이 여전히 가시지 않았다. 하여, 사실은 진정한 남녘 사투리라고 말하기가 쉽지 않음을 인정한다.

나는 이 소설을 써서 지금 내가 토굴을 짓고 지내고 있는 같은 마을 출신의 일터 동료에게 보여 주고 조언을 구했다. "여그 말 중으 아닌 거시 머여라?"라고 물었다. 지적해 준 몇 군데를 고치기도 했다.

최근에는 소설에서만이 아니라 시에서도 사투리를 끌어다 쓴 시를 만나고 읽게 된다. 내가 읽은 전북의 후배 시인의 시집《모롱지 설화》(정동철, 걷는사람, 2023)는 온통 사투리로만 이뤄진 시로 엮은 시집이다. 너무너무 즐겁고 재밌게 읽었다. 전주 태생인 시인의 사투리로만 일궈진 시를 읽으며 내가 살았던 전주의 말을 나도 사용해 보지 않은 사투리가 많다는 걸 알았다.

하상만 시인이 쓴 이 시집의 날개글에서 "그 말과 그 억양이 아니면 표현할 수 없는 세계가 있다. 언어를 잃어버리면 사실 그때를 잃어버리는 것이다. 표준어라고 일컬어지는 이방의 언어로는 〈몽혼주사〉의 석찬이 성도, 〈혼불〉의 풍경도 제대로 보여 줄 길이 없다. 그때의 사람들을 그려보는 방법은 그때의 언어가 아니면 안 된다."는 구구절절 가슴에 닿는 글을 읽는 것마저도 즐거움이었다. 고맙고 즐거운 시 읽기였다.

나는 한때, 왜 교과서에 사투리를 쓴 소설이 실려 있지 않나? 하는 의구심과 함께 지역감정을 교육적으로 해소할 수 있는 방안의 하나로 여긴 적이 있다. 표준어 교육을 우선으로 삼되 문학 교육에서만이라도 사투리를 담아낸 소설을 실었으면 하는 생각을 했다. 한반도의 사투리를 지역별 특성을 담아낸 소설을 통해 그 지역의 문화와 식생, 인식의 깊이까지 중·고등학교에서 알게 되면 지역적 차이, 정치적 감정, 문화적 소외, 언어적 차별 등이 해소될 수 있는 지엽적 근거라도 제공할 수 있지 않을까, 생각했던 것이다. 함경도, 평안도, 경기 지방, 충청도, 전라도, 경상도, 제주도 등 권역별 사투리로 쓴 소설을 교과서에 담아—지금은 사투리를 쓴 소설이 실려 있는지 모르나— 문학 교육이 이뤄지기를 강력히 권장하고 싶다.

주로 농업·농민소설에서 사투리가 차용되었지만 이문구 이후, 한국문학 안에서 변방의 문학도 아닌 거의 생산력을 잃어버린 문학으로 전락해 버림으로써 소설 속에서 사투리를 쓴 작법을 보기 어려웠는데, 최근 농업·농민소설이 아니어도 여타의 소설에서 사투리를 만나게 되는 경향은 아주 좋은 작법이라는 생각을 나는 떨구지 못한다.

. 〈미완의 귀향〉

  이 작품은 청년 전태일을 키워드로 한 소설가 15인의 짧은 소설집 《어느 왼발잡이 토끼의 무덤》(김남일 외, 삶이보이는창, 2011)에 수록된 200자 원고지 40여 매의 짧은 소설로 쓴 〈…그 뒤,〉에 '그 후…,'를 덧붙여 단편소설로 고친 뒤 다시 '그렇…,'을 보탠, 두 번의 개작을 한 소설이다.

  전태일의 삶과 분신 이후 한국 사회의 변모된 양상을 중심 테제로 한 기획 소설집이었지만, 전태일의 평화시장에서의 궤적을 떠올릴 수 있는 분노와 항거 가운데 무얼 주제로 삼아 글을 써야 할까, 고민하였다. 쉽사리 첫 줄을 잡지 못했다.

  농업·농민소설을 주로 써왔으니, 2003년 멕시코 칸쿤에서 열린 세계무역기구WTO 제5차 각료회의장 앞에서 "WTO가 농민들을 죽인다"고 외치며 자결한 이경해 열사를 작품화하거나 또한 전교조 활동과 관련해 해직되었던 교육운동을 해온 처지인 터 교육운동 과정에서 귀중하게 여길 활동을 해온 어느 교육 노동자의 이야기를 쓸까, 고민하였지만 쓰지 못했다. 역량 부족이 원인이겠으나, 어쨌거나 마감에 맞출 수도 없었다.

  그러다 송두율 교수가 처해 있는 상황을 전태일의 삶과

어떻게 연계할 수 있지 않을까, 여겨 책상머리에 앉았다. 2003~2004년 송두율 교수의 귀국과 구속, 재판과 강제 출국 등에 관해 관심 있게 모아 둔 자료를 가지고 있기도 해서 한번 써보자는 마음이 일었다. 그렇게 전태일의 삶에 대입해 보는 계기로 삼고자 했으나 결과는 전태일의 삶을 어떤 식으로든 변주할 수 없었고 송 교수에게만 초점을 두고 분량에 맞게 쓰게 됐다.

이후에도 40매 안팎으로 짧게 쓴 이 소설을 단편 분량, 혹은 더 길게 고치려는 생각을 줄곧 해왔다. 하지만 차일 피일 미루다, 그의 저서 《미완의 귀향과 그 이후》(후마니타스, 2007)를 뒤늦게 읽고 아픔과 더불어 박근혜 정부의 등장으로 또다시 유신 정국이 도래하는 듯한 상황에 대한 분한 생각에 덧붙여 평화와 통일이 멀어지고 있는 이 시기, 송 교수의 통일에 관한 학문적 서설敍說이건 남북에 대한 그의 절절한 통일에의 행동이건 좀 드러났으면 하는 어떤 열망 등이 어우러져 '그 후…,'를 덧붙이게 된다.

그리고 몇 년이 흐른 뒤 송 교수가 끝내 고국으로 돌아오지 않고, 혹은 돌아오지 못하고 포르투갈의 알가베로 이주하였다는 소식을 접하며 '그렇…'을 뒤이어 가미하게 된다. 딴은, 또다시 어떤 내용을 더 덧붙일 수 있을지는 아직 모르겠다. 송 교수가 귀국하지 않는 한, 또한 한반도가 평화 체제를 더욱 공고히 하지 못하고 통일을 이루려는 염원을 지속화하지 않는 한, 이 소설은 아직도 미완未完이라는 조금 건방진 생각을 해본다. 개작한 뒤 〈송두율을 만나다〉라는 제목으로 발표했으나, 이번 작품집에서는 그의 저서 《미완의 귀향과 그 이후》에서 따온 〈미완의 귀향〉으로 바꾼 연유이기도 하다.

나는 40여 매의 짧은 소설을 단편소설 〈송두율을 만나다〉로 고친 이후 송 교수에게 보여 주고 싶다는 생각을 꽤 했다. 그의 독일 연락처를 알 수 없었다. 알 길이 없어 안타깝게 여기던 차에 송 교수가 어느 신문사에 칼럼을 쓰고 있는 걸 알고 연락할 수 있는 방법을 찾아본바, 그의 메일 주소를 알게 되었다. 나는 서두에 혹 불편하지 않을까, 하는 염려를 조심스레 몇 자 적고 이 소설을 메일로 보냈다. 송 교수 또한 오래지 않아 '읽었고 언제 귀국하게 되면 남쪽 어느 바닷가에 나앉아 소주나 한잔 하자'는 취지의 메일을 보내 왔다.

나는 그 뒤, 송 교수가 포르투갈 알가베로 이주하였다는 소식을 그의 칼럼('다시 경계선을 넘으며', 《경향신문》, 2019.9.19)을 통해 알게 된 후, 그러니까 '…그 뒤,'와 '그 후…'라는 소제목을 달아 단편소설로 고친 이후 아직 '그렇…'을 덧붙이지 않은 때에, 송 교수의 '미완의 귀향'에 대해 덧붙여 완전한 귀국을 끝내 내려놓으셨을까? 하는 아쉬움과 섭섭함을 토로한 메일을 보냈다. 아직까지 답장이 없다. 어쨌거나, 송 교수의 '미완의 귀향'이 지금도 여전히 퍽이나 안타깝고 아프다.

비록 소설에서는 그의 귀향에 대한 화자의 표현으로 의문을 내보였지만, 마음속으로는 송 교수가 여러 정황에도 불구하고 완전 귀국을 하겠다는 재시도를 했으면 하는 간곡함을 어찌 여전히 가지지 않을 수 있겠는가? 한국의 정치적 상황, 더 나아가 한반도의 양 체제가 내보이는 반평화적·반통일적 양태에 대한 송 교수의 도발적 언급이나 행동이 한반도의 평화 성착이나 통일에의 여정에 걸코 걸림돌이 되지 않을 거라는 생각을 나는 오늘도 여전히 하고 있다. 현재의 이 엄혹하고 부박한 한반도를 둘러싼 세계의 정치사적 난망의 시기, 신냉전 체제로 진입한 동아시아의 냉연한 상황에 직면하여 더욱이나 더 그의 한반도 통일에 관한 학문적 통찰이건 정치적 발언이건 간곡한 해법의 한 수를 기대하고자 하는 열망이 나만의 간절한 요망은 아닐 테다.

"…한반도 남쪽과 북쪽에서 동시에 배척된 이방인이 됐다는 걸 절감하곤 해, 지금…."

위 대화는 소설 속의 화자가 베를린의 송 교수 댁을 방문하여 송 교수의 서재에서 대화를 나눌 때 송 교수가 소설 속의 화자에게 했던 말이다. 송 교수는 실제로 이 말을 어디에선가 했다. 나는 아마 송 교수의 글을 통해 읽었을 것이다. 나는 송 교수의 위 표현을 접하며 그의 속내의 착잡함에 대해 참으로 아프게 느꼈다.

송 교수가 포르투갈의 알가베로 거처를 옮긴 건 결국 한반도 통일에 관한 자신의 학문적 성과에 대한 양 체제로부터의 거부나 반동의 의미를 확인하는 과정이었으리라고 보아 더욱 안타깝다. 현재 전개되고 있는 남북한의 냉혹한 관계나 특히 신냉전 체제로의 진입에 따라 한반도를 둘러싼 4대 강대국들의 각축이 두렵다. 한·미·일과 북·중·러로 결속되는 급속한 동맹 체제로의 진입은 공포감을 불러온다.

평화는 힘의 역학으로 담보되지 않는다. 힘에 의한 억제력은 유보된 평화일 뿐이다. 결코 지속 가능하지 않은 질서로 자가당착의 기대에 그칠 것임을 양 체제의 지도자들은 외면하고 있다. 나 같은 필부마저도 미숙하나마 조금은 느끼고 있는 한반도의 평화와 통일에로의 길에 대해 양 체제의 정치지도자급의 위치에 있는 자들이 숙고하지 않을 리 없다. 그런데도, 작금의 그들은 평화와 통일에로의 길로 가지 않고 반목과 대결로 치닫고 있다. 민족적 고통으로 여기지 않는 반평화와 반통일로의 고착화를 꾀하려는 듯한 세력들이 참으로 가소롭다.

몇 년 전, 한국문학 안에서 이른바 분단문학 혹은 통일을 지향하는 소설문학관에서 귀중한 성과를 일궈 낸 바 있는 소설가 한 분이 "이제 분단문학은 끝났다"는 요지의 말씀을 하신 적이 있다. 내 기억이 틀리지 않는다면, 평화 체제를 다져 가는 듯한 남북 관계나 정치 지형의 형편으로 보면 분단문학이 한국문학 안에서 존재해야 할 어떤 이유의 소멸이 시의적으로 도래했다는 판단이었을 테다. 덧붙여, 그분 개인적으로도 더 이상 분단 문제를 붙들고 천착할 마음을 접었다는 선언이었을 게다.

나는 그 소설가의 발언을 듣고 '이건 아니다'라는 생각을 가졌다. 한반도는 여전히 분단 상태에 놓여 있고, 분단이 한반도에서 작동하는 한 한국문학 안에서 그 효용성, 즉 문학으로 일궈 내야 하는 통일 지향의 발언은 촉발되고 고무되어야 한다. 혹은 분단 고착화적인 남북의 정치적 행태나 그에 따른 어떤 도발이라도 문학은 거부해야 옳지 않은가, 하고 나를 채근하며 항변하고 싶었다. 특히 '힘에 의한 평화'를 부르짖는 현 정부의 평화 체제에 대한 인식적 한계 혹은 이념적 편향성에 대해 염려를 하고 있으며, 현 정부의 통일에의 정책적 우선 순위에 대해 갖는 기대 난망을 문학이, 문학판이 더욱이나 외면해서는 아니 될 상황이라고 나는 진단한다. 더불어 한반도 북쪽의 최근의 동향은 이제 같은 민족의 개념을 버리고 적으로 규정하며 전쟁을 불사하겠다는 선언을 드러내 놓은 상태다. 어찌 이리 가는가? 여기서 더는 나아가면 안 되지 않는가. 정치적 상황이 이럴수록 문학이라도 불끈 나서서 이 상황을 막아내려는 절규를, 함성을 문학으로 드러내야 하지 않겠는가. 그러나 문학적 능력이 한정되고 한계가 명확해서 작품으로 이끌지 못해 나로서는 문학적 항거를 더 진척할 수 없는 안타까움을 지니고 있다.

그럼에도 나처럼 일제와 육이오를 겪지 않았음에도 분단된 조국에 황망慌忙히 내던져진 태생적 아픔을 지니고 있는 존재들은 여전하고, 또한 지속적으로 그 피폐한 현대사의 굴레에서 벗어나질 못하는 삶 때문에 아픔 속에 숨 쉬고 있다. 남과 북의 수많은 그러한 존재들에 대해 애정을, 소명을 문학이 저버려서는 안 된다고 본다. 또한 후손들이 만대를 누려야 할 한반도에서 아름다운 문화와 평안한 문명을 구가하며 지내야 함은 지고지순한 명제다. 한국문학 안에서 평화와 통일을 지향하는 문학적 천착이 더욱 고무적으로 생산되길 갈망한다. 나는 여기서 나의 문학적 한계에 더욱 절망한다.

* 송두율 교수의 입국과 출국, 재판 과정, 강의록과 방문기 등의 내용은 인터넷 자료를 참고, 변용하여 그려낸 것임을 밝힌다.

-. 〈'연향동파' 유랑의 길로 나서다〉

처음엔 아홉 도반들이 '연향학파'라 칭하며, 섣불리 자만까지 부리며 모였다. 초기엔 한 달에 두 번 모이는 모임이었으니 사실 늘 얼굴을 맞대며 산다고 해도 지나치지 않았다. 지금은 한 달에 한 번 모여 술과 저녁 식사를 곁들인 모임을 이어가고 있다. 조금 늦게 타 지역에서 순천으로 이동하여 오신 한 분을 도반으로 모셔 열 분이 되었으나 현재는 다시 아홉 도반이 함께하고 있다.

좌장이신 박종택 선생님은 철학을 전공한 영어 선생님이셨다. 지금은 순천의 어느 시골로 거처를 옮겨 텃밭을 일구고 손에서 책을 놓지 않으며 지내신다. 그렇게 사신 지 십여 년이 넘었다. 요즘은 우주 팽창과 UFO에 관한 NASA의 자료를 찾아 읽기에 매진하고 있으며, 도반들에게 모임에의 동참을 꾸준히 독려하면서 건강을 챙기고 계신다.

　도반 신이라 부른 박명섭 선생님은 산행을 하다 갑작스럽게 쓰러져 유명을 달리하셨다. 대단한 학습력과 필력으로 한국의 교육 문제를 다룬 깊이 있는 저서를 남기기도 했다. 참으로 안타까운 일이다. 박 선생님의 기일에 맞춰 그의 극락왕생—그는 생전에 불교와 불교학에 심취해 있었고, 특히 불교의 수행법 가운데 한 지류를 담고 있는 '우파니샤드'에서 전하는 명상법을 삶의 한켠에 두고 일상을 정진하던 도반이었다—을 비는 마음으로 그의 영정을 모신 모처를 찾아 기원하기도 했다. 요즘은 도반들 나름으로 비는 정도다. 이 소설에서는 굳이 그를 사자死者로 놔둘 일이 아니라 여겨 생전의 모습대로 그렸다.

　또한 도반 중 두 분은 순천을 떠나 타지로 거처를 옮기는 바람에 모임에서 늘 뵙지 못하는 안타까움을 지니고 있다. 그나마 두 분 중 한 분은 도내道內에 사시는 터에 때때로 모임 날에 맞춰 참석하는 수고를 아끼지 않으신다. 그렇게라도 뵈올 수 있어 다행이다. 다른 한 분은 거리가 먼 타지로 이거하시는 바람에 카페에 간간이 본인의 소식을 전하고, 또 카페에 올라온 도반들의 근황이나 자료에 대해 의견을 달며 소회를 나누고 있다.

도반들 모두가 고등학교에서 아이들을 만난 경력을 지닌 터이다 보니, 가장 첨예한 교육 문제의 하나인 대학 입시를 두고 갑론을박을 나누기도 하고 혹은 훈육의 바른 법도와 교사직을 수행하는 자로서의 태도를 화제의 한 꼭지로 여겨 모일 때마다 곁들이는 걸 잊지 않는다. 최근에는 서이초 교사 사망과 관련해 후배 교사들의 이른바 '교사 생존권'을 내세우는 싸움에 참으로 아픈 심경으로 격려를 아끼지 않는 담론을 나누기도 했다. 그렇거니와, 논점의 대부분은 모임이 이뤄지는 당시의 한국 사회와 세계사적 문제를 논쟁의 화두로 삼곤 했다. 특히, 남북 문제에 관해서는 윤석열 정권 들어 거꾸로 가는 평화와 전쟁 불사의 의지를 앞세우는 반통일적 태도에 매우 심각한 우려를 내보이곤 한다.

　어쨌거나, 모임이 꾸려진 지 거의 사반세기를 지나면서도 여전히 독서를 게을리하지 않고 자신의 영역에서 삶을 이끌어 가는 도반들께 경의를 표한다. 여기서 굳이 밝히지 않은 저를 뺀 일곱 분의 도반 한 분 한 분을 거론하지 않는 게 그나마 예의일 듯하여 소설에 그려진 표현으로 대신하고자 한다. 다만 열 분의 도반, '갑을병정무기경신임계'로 이름 붙인 도반들 각각의 표현에 허술함이 있었다면 감히 용서를 청하면서 널리 혜량하여 주삽기를 바라는 몰염치를 꾸중하신들

어쩌지 못하리라.

이 소설은 한국의 민주주의가 참으로 허약하게 성장해 왔다는 걸 극명하게 보여 주는 오늘의 세태를 그리고 있다. 과거 독재정권과 권위주의 정부에서 자행됐던 수많은 조작 사건은 현재의 법정에서 무죄 판결이 나오는 걸로 그 무도함이 입증되고 있다. 2013년에 있었던 '유우성 간첩조작사건'의 무죄 확정 이후 기소유예 처분을 받은 유씨의 대북송금 의혹으로 추가 기소를 주도한 검사에 대해 사상 최초로 국회에서 탄핵소추 절차가 이뤄져 헌법재판소에서 탄핵 재판이 열리게 된 사실은 시사하는 바가 엄중하다.

시중에서 현 정부에 대해 '검찰독재정권'이란 평가 언어를 어렵지 않게 접하게 된다. 현직 대통령에 대한 부정 평가가 취임 이후 3년째에 접어든 시점에까지 줄곧 30%대에 머물고 있는 건 한국의 민주주의와 국민의 평안과 안위를 위해 불행한 상황이 아닐 수 없다.

작가로서 이런 현재적 상황에 대해 어떤 발언을 해야 하는가? 하는 문제와 만나지 않을 수 없다. '압축성장'의 열매를 따먹으며 나름 누리고 살아온 세대지만, 한편으로는 군부독재가 횡행하던 그 시대, 그 현실을 겪으며 분통을 터뜨리고 절규했던 시대를 거쳐온 작가로선 더욱이나 아프고 처참하게 느끼지 않을 수 없다.

하여, 뼈마디 욱신거리는 오늘의 몸 상태이지만 머릿수 하나라도 채우기 위해 '휴전 70년 평화홀씨마당' 평통사(평화와통일을여는사람들) 행사에도 비회원으로서 발걸음을 내디뎠다. '9·23기후평화행진'에도 젊은 친구들과 함께 갔다. 몸이 허락하는 대로 그런 모임에 동참하고자 하는 심중이다. 여러 도반들의 삶 또한 그렇게 오늘도 충만하다.

─. 〈서미림 선생〉

이 작품의 주인공 서미림 선생은 장편 졸저 《1986, 학교》(문학들, 2022)에 나오는 고등학생 김숙인이고 추후 교사가 된 김인숙 선생이다. 굳이 이 소설에서 미림美林 선생으로 이름을 바꿔 부른 건 아름답고 아름드리 큰 나무 그늘 아래에서 그의 가르침을 받는 아이들이 참으로 즐겁고 행복했으면 좋겠다는 의미를 두고자 했고, 지금 현재 그러하리라 믿고자 해서이다. 다른 한편으론 내가 그 아이의 이름을 들먹이며 써도 될까? 하는 망설임이기도 하다. 그 아이를 생각하면 지금도 아프다.

인숙이는 내가 교사로 있는 동안 만난 제자 중 시詩를 가장 잘 쓰는 아이였다. 1985년도 발행된 고흥 도화고등학교 교지, 《흥양興陽》 제6호에는 그 아이의 시와 소설이 실려 있다. 그 당시, 문학판에 널리 유행했던 공동창작의 유형을 좇아 〈고향의 따뜻함을 위하여〉란 제목의 공동 주제 '농촌'을 담은 약 350행의 공동창작 시를 네 명의 아이들이 썼는데, 모두 3학년이었지만 그 아이만 2학년이었다. 또한 두 편의 단편소설이 실렸는데, 그중 한 편은 3학년 아이의 작품이었고 2학년인 그 아이의 소설이 다른 한 편이었다. 뛰어난 문청이었다. 그런 아이의 시를, 소설을, 그 아이가 폭력과 폭압으로 일상화된 학교로부터 중도에 내몰리어 학교를 떠난 이후 나는 지금껏 그 아이의 시나 소설 혹은 어떤 유형의 글도 어디서고 읽을 기회를 갖지 못했다.

　　이제 중년의 나이에 접어든 제자다. 그 아이가 어느 중등학교 교사가 되어 있다는 사실만 들어 알고 있다. 그 아이가 고등학교를 그만두고 떠난 이후 나는 한 번도 그 아이를 본 적이 없다. 그 아이가 학교를 떠나게 된 데에는 나와 직접적인 관련이 있다.

　　1986년 '5·10교육민주화선언'에 참여하였으나 철회 각서를 쓰고 부끄러워하던 차, 숙직과 관련한 관행적이고 자잘한 이유로 학교장이 징계를 상신하였고 그에 따른 전남도 교육위원회(당시의 명칭)의 후속 조치로 징계를 받게 되는 상황을 맞게 되었다. 그러자 1·2·3학년 전체 아이들이 운동장에 모여 데모를 감행했는데, 그 아이가 주동 학생이었다. 나와 전혀 상의 없이 진행한 데모였다. 전두환의 엄혹한 군부독재 시절인 1986년 10월 11일, 토요일이었다. 면面 단위 학교에서 토요일(그때는 토요일에도 정상 등교를 했다) 아침부터 점심 무렵까지 수업을 거부한 채 전체 학생이 네 시간여 동안 운동장에 모여서 파행적인 학교 운영과 징계 반대를 요구하는 데모였으니, 지역에 엄청난 파문을 몰고 왔다. 도교육위원회(현 도교육청)에서 장학사가 상황을 파악하러 오고, 학교는 주동 학생들을 경찰에 고발했으며, 데모를 사주한 배후 교사를 찾기 위해 아이들을 치도곤했으나 아이들은 끝내 나와의 사전 결부를 인정하지 않았다. 결국, 주동 학생 중 그 아이만 아주 중한 징계를 받게 되었다.

그 아이는 교사가 되고자 하였으나 주동 학생 중 유일하게 무기정학을 당하게 되자 곧바로 자퇴하고 말았다. 성적도 상위였던 아이는 당시 학교장의 추천서가 있어야만 사범대학에 진학할 수 있었던 터에 무기정학으로 인해 학교장의 추천서를 받을 수 없게 되고, 또한 학교의 부당한 징계에 대해 명징한 거부 의사를 자퇴로 밝힌 것이었다.

그 데모로 인해 조사가 이뤄지고 학교 운영과 관련하여 교장의 이런저런 비리가 드러났으며, 파행적인 학교 운영에 의한 결과로 교장은 징계 없이 학기 중에 다른 군郡의 중학교로 강제 전보를 당했다. 나 또한 같은 날 감봉 3개월의 징계를 받고 다른 군의 중학교로 직위해제의 해제와 동시에 강제 전보 조치됐다. 그 아이의 자퇴와 나의 전보 등으로 더 연락할 수 없는 상황에 이르렀고, 이후 연락이 끊겼다.

오랜 뒤, 그 아이의 소식을 전해 들은 건 창원 지역에서 노동자문학회를 주도했던 김해화 시인으로부터 그 아이가 오월문학상(지금의 5·18문학상)에서 당선작 없는 가작 당선을 했는데 그 뒤 어떤 이유인지 모르나 잠수를 해버려 근황을 알 수 없다는 짤막한 소식을 들은 게 다였다. 그리고 또 아주 오랜 뒤에 그 아이가 교사가 되었다는 소식을 도화고 제자들로부터 들었지만 지금까지 연락처는 알 수가 없다.

나는 그 아이에게 오랫동안 부채감을 지니고 있다. 그 아이를 지켜 주지 못했다는 자책이 나를 짓눌렀다. 그 부채감의 발로가 장편소설 《1986, 학교》를 쓰게 하였고, 발표하게 했다. 조금이나마 마음의 짐을 내려놓은 듯하다. 하지만, 그 아이와는 여전히 어떤 교류도 없다. 교사가 되어 있는 그 아이를 여러 방면을 통해 찾고 연락할 방법을 강구할 수 있겠으나 결행하진 못하고 있다. 주변에서 알 만한 도화고 제자들로부터도 그 아이의 연락처를 들을 수 없었다. 그 아이가 여전히 지니고 있건 혹은 지난했던 과거로 밀쳐놓았건 그 과거의 행적이 그 아이를 옭아매진 않았길, 않길 바라는 마음이 간절하다.

딴은, 그 아이가 어떤 교사가 되어 있는지 몹시 궁금하기도 하다. 학교로부터 내몰림을 당했으니, 학교에 대한 인식이 결코 좋을 리 없는 그 아이가 교사가 되었다는 건 학교에 대한, 더 나아가 교육에 대한 또 다른 사유의 결과일 터이다. 그런 아이가 교사로서 어떤 자세로 서 있는지 궁금함을 넘어 애틋하게 닿기도 한다. 이 소설은 그런 아이에 대한 나의 감정 표현이기도 하다.

이 소설의 마지막 부분에서 무리한 듯 보이는 전복을 꾀함은 그 아이에 대한 나의 간절한 희망 표출이다. 문학이 어떤 소용 가치로 그 아이에게 아직껏 인지되어 있는지 알 순 없다. 하지만, 그 아이의 문학적 여망이 학교로부터 쫓겨나고 그런 트라우마가 자신의 문학을, 시적 열망을, 소설 쓰기에의 갈망을 더 이상 진전시키지 못하게 흩트려 놓았을 수도 있었겠다는 생각에 안타까움이 솟는다. 그런 아픔의 어느 지점이 나와 연관한 데모에 의한 결과라 여겨져, 여전히 아프다.

나는 제자, 김인숙의 문학이 세상에 널리 펼쳐지기를 지금도 고대하고 있다.

-. 〈오래된 잉태〉

고故 박배엽 시인의 삶 추적한 휴먼 다큐… 우리 시대
'시인 정신'에 따끔한 충고

- 신귀백 감독 데뷔작, 영화 〈미안해 전해줘〉 리뷰

시詩를 빌려 독특한 영화평을 쓰는 작가 신귀백(53, 정읍 배영중 교사). 그가 펜 대신 카메라를 들고 영화제작자로 나섰다. 하지만 그는 여전히 영화로 또 다른 사색에 잠겼다.

신귀백의 처녀작인 〈미안해 전해줘〉(67분, 2013). 이 영화는 시인이자 문화운동가였던 박배엽(1957~2004)의 삶을 추적한 휴먼 다큐멘터리다. 그가 운영했던 사회과학 전문서점인 '새날서점'과 시 〈백두산 안 갑니다〉, 이광웅 시인으로부터 배운 뒤 즐겨 불렀던 노래 〈금강선녀〉 등이 시인을 떠올리는 매개다.

〈미안해 전해줘〉는 박배엽과 함께 뜨겁고 냉철하게 한 시대를 읊었던 그의 많은 지인들을 불러냈다. 박배엽의 호명呼名에 마흔 명도 넘게 불려 나온 그들의 주관적인 기억들은 영화라는 객관적 성과물로 다시 태어났다. 〈백두산 안 갑니다〉라는 시를 핑계로 백두산에 가지 못하는 그들만의 사연을 풀어놓았고, 구슬픈 음성으로 〈금강선녀〉를 들려줬다. 그리고 그와의 인연 속에서 '갚지 못할 부채'들을 하나둘 꺼내놓았다. 후배들은 "새날서점은 학교 앞 또 다른 대학이었고, 박배엽은 매혹적인 교사였다"고 말한다. 당시 운동그룹에게 지식의 저장소이자 쉼터 역할을 한 새날서점은 "꿈의 공간"(소설가 김선경)이었고, 박배엽은 "후배들의 밥이고 술"(평론가 이재규)이었기 때문이다. 이들에게 박배엽은 여전히 뜨거운 기운을 가진 살아 있는 사람이었다.

감독은 '성명서 시인', '카페 혁명가', '목수를 꿈꾸던 게으른 자유주의자' 등 그의 여러 잔상들을 보여 주고 들려준다. 그러나 결국 주목한 것은 그의 행적에서 묻어나는 시인 정신이다.

> "배엽이는 근본 정신이 투철했다고 봐야지. 배엽이 앞에 서면 '내 문학이 왜 이렇게 가고 있지?' 하는 성찰의 시간을 가질 수 있었고…, 문학적으로 뭔가 다시 한번 반성하게 만드는 그런 사람이었지."
>
> – 김용택 시인

> "이 땅에서 시를 쓰는 무수한 사람들이 있지만 시인 정신을 잃지 않고 시를 쓰고, 시를 쓸 수 있는 사람은 얼마나 있을까? 그런 면에서 배엽이는 시를 못 썼지만 시인의 삶을 살다 간 친구지."
>
> – 박남준 시인

"우리는 배엽이 형만큼 뜨겁지도 않고, 배엽이 형만큼 정신의 급진성
도 없고, 배엽이 형만큼 호쾌하지도 못하고, 우리는…."

- **안도현 시인**

그렇다고 이 영화의 주인공이 박배엽이나 그를 기억하는 사람들은
아니다. 감독의 시선은 박배엽이 활동했던 그때나 사라진 지금이나 여전
히 불안한 시대를 향한다. 박배엽을 기억하게 만드는 시대다. 그래서 감
독은 지인들의 입을 빌려 '시인 정신을 잃지 않고 산다는 것'에 대한 질
문을 던진다. 감독이 "모든 것을 훌훌 버리고 광야를 유랑하겠다"는 김
길수(목수)와 "10년 동안 밥도 안 먹고 글만 쓰겠다"는 소설가 이광재처
럼 후배들의 선언에 주목한 것도 이 때문이다. 박배엽이 어떤 사람이었나
에 대한 탐구보다 남겨진 이들에게 '다시 살아 있는 박배엽'을 보고, 이
들이 무엇을 할 것인가에 초점을 맞추는 것. 그래서 감독은 '지금은 없는
시인'을 대신해 "미안해 전해줘"라고 말하는 것이다.

영화 속 박배엽은 맑다. 그 맑음은 참으로 투명해서 세상의 온갖 더러
움과 바르지 못한 것들을 끌어안고 비춰 내면서도 여전히 아름답다. 이
땅의 시인들이 시집 한 권 내지 않은 그에게, 시보다 시적 허용이 더 많
은 삶을 살았던 그에게 '시인'이란 헌사를 바치는 이유는 그 때문이다.

감독이 '박배엽'이란 고유명사로 이 시대에 전하고자 하는 울림. 그
아득한 기억은 인간이 지닌 원초적인 아픔과 어둠을 밝고 찬란한 빛으
로 만드는 힘이다.

(전북일보 인터넷신문, 2013. 1.31)
- **최기우**(극작가, 전 최명희문학관 관장, 전 전주대 겸임교수)

벗과 함께 오늘도 길을 걷습니다!

한상준

내 작은 서재에 벗, 박배엽과 찍은 빛바랜 사진이 놓여 있습니다. 교사로 첫 발령 받은 학교 앞마을의 어느 집 돌담에 기대어 20대 중반의 나이에 찍은 사진입니다. 벌써 36년 전입니다. 사진 속 벗과 나는 누가 뭐라 할지라도 참 밝고, 싱그럽습니다. 그런 벗이 이 세상을 떠난 지 올해로 12년 됐습니다.

함께 보고, 듣고, 느끼고, 혹은 갑론을박 싸우고, 때로는 미워 만나고 싶지 않다가도 불현듯 보고 싶어 벗에게 달려가기도 하면서 세상을 더불어 살아가는 걸 얼추 동행이라 한다면, 그는 여전히 나와 삶의 길을 같이 걷고 있는 벗입니다.

벗이 몹시 아파하던 시절에 내가 그에게 바친 헌사를 들춰내 나의 벗을 이 글 속으로 끌어들이렵니다. 벗의 쾌유를 위해 쓴 단편소설 속에 드러난 나의 벗, 배엽을 그나마 적나라하게 드러낸 아래의 대목을 혹여, 이 글을 읽을 어린 벗들에게 소개하고 싶어섭니다.

… 그는 헐렁하면서도 주머니가 여럿인 바지를 즐겨 입곤 하였는데 오늘도 그는 매우 펑퍼짐한 흔히 몸빼라고 하는 여자들의 통바지 비슷한 걸 입고는 하릴없는 듯 주머니에 손을 넣고 무망한 걸음새로 앞서가고 있다. 나는 울퉁불퉁한 굴참나무 껍질을 만지작거리다, 저만치 앞서 걷고 있는 그의 뒷모습을 건네보았다. 퍼뜩, 그 옛날 스무 살을 두엇 더 넘긴 시절이 떠올랐다.

그와 내가 알게 된 이후 얼마 되지 않아서 소양면에 있는 위봉사를 지나 동상면 대아리 저수지로 나오는 꽤 긴 산책을 나섰을 때의 모습이었다. 오늘처럼 주머니가 여럿 달린 바지를 헐렁하게 꿰입고는 어깨에 잔뜩 무거운 고뇌를 짊어진 듯 걷던 이십사오 년 전 그의 모습이 아련한 슬픔으로 떠오르는 걸, 나는 놓치지 않고 품에 안았다.

들녘으로는 햇볕 또한 따사로워 벼 이삭이 영글어 가는 무렵이었다. 아침나절 소양면 소재지에서부터 시작한 평상의 걸음으로 위봉사를 지나 동상면 저수지 상단의 지경에 이르렀을 무렵에는 이미 점심때가 훨씬 지나 버렸다. 그와 나는 몹시 배가 고팠다. 허나, 어디에서도 먹을 걸 구하기가 어려웠다. 품안에 돈이 있다 한들 쓸모가 없었다. 민가도 보이질 않았고 남새를 심어 놓은 채전도, 먹을 만한 열매를 달고 있는 나무 한 그루마저도 가까이에서는 보이지 않는 적막의 길이었다. 가을 햇볕이 따갑게 이마를 달굴 뿐이었다. 그와 나는 흐르는 계곡물을 마시기도 하고 나무 아래 그늘에서 담소도 나누지 않은 채, 이렇게 준비도 없이 나선 무모한 산책에 의기투합했던 게 꼭 아름다운 합의였을까에 대해 새삼 의문을 품고서 서로를 외면했다. 아울러 여기도 내 땅이구나, 하는 조국 산하를 두 발로 걸어 뜨겁게 만나기 위한 구실로 다시금 이런 판을 벌이는 건 치기적 태도일 뿐이라는 토라진 심중을 무언으로 확인하면서 쉬고 있었다.

그때, 70살 가까이 되어 보이는 노인이 그 길을 밟아 오는 동안 눈에 보이지 않던 단감을 따서 지게에 얹고 지나다 그와 내가 쉬고 있는 그늘에 지게를 세워 놓지 않는가. 그와 나는 드디어 먹을 걸 만나게 되었다. 나는 노인에게 잔뜩 허기에 지친 퀭한 눈길을 건네며 단감 몇 개 먹었으면 좋겠다고 하였다. 노인은 흔쾌히 그와 나의 앞에 먹음직스런 단감을 적지않이 쏟아놓았다. 그가 얼마냐며 주머니에서 돈을 얼른 꺼냈다. 그러는 그를 보고 노인 왈, "젊은 사람들이 그러면 못써" 하지 않는가. 그와 나는 참으로 배가 고팠지만 그런 노인 앞에서 어리둥절한 눈빛과 태도를 내보였다. 단감을 먹을 수가 없었다. 한입에 콱 베어 먹으려던 단감을 내려놓았다. 머뭇거리는 그와 나를 두고 노인이 "됐네, 그려. 어서 먹소" 하며 지게를 짊어지고 땡볕 길을 휘적휘적 나서는 것이었다. 그와 나는 한참 만에야 무안함을 털고 단감을 먹기 시작했다. 내가 두 개째 입에 넣으려는 참에, 느닷없는 그의 울음을 듣게 되었다. 그가 펑펑 우는 게 아닌가. 자본에 찌든, 썩은 가슴이라며 얼굴을 무릎 사이에 묻고 엉엉 우는 것이었다.

아닌 게 아니라, 그는 눈물이 많았다. 가령 북덕유(산)의 9부 능선에서부터 정상인 향적봉에 이르기까지 군락을 이뤄 샛노란 물결이 출렁이듯 자지러지게 피어 있는 원추리 꽃밭에서 위 아래 겉옷부터 속옷까지 다 벗어 성기마저 드러내 놓은 채 흠씬 취하다 그만 울어 버린다거나, 혹은 장기수 선생들의 사상 투쟁에서의 비전향과 몇십 년 동안 독방에 살면서도 몸의 균형을 유지하고 정신의 평형을 지켜낸 그들의 전 생애를 담보한 전력과 그들이 부르는 노래를 배워 부르며 기어코 눈물을 쏟고 마는 그였다.

- 앞의 글 〈오래된 잉태〉 중에서

젊은 날, 벗의 삶의 모습이 그대로 그려진 글입니다. 그는 친구들 가운데 꽤 부유한 집안의 자식이었습니다. 친구들과 어울려 술과 밥을 먹을 때면 으레 그가 계산하도록 내버려두곤 했습니다. 나는 대학 2학년 때 처음으로 벗이 사준 팥빙수를 맛볼 수 있었습니다. 그가 노인에게 단감 값을 주려 한 것도 마음에서 우러난 순진함이었습니다. 그는 부끄러움을 아는 친구였습니다. 친구의 울음은 사람 사이의 온정과 배려에 대해서마저 돈으로 환산하려 한 속좁음을 스스로 질타하는 값진 반성이었습니다.

벗, 배엽은 폐암을 앓다 끝내 세상을 등지고 말았습니다. 그가 폐암을 앓고 있다는 걸 알게 된 건 병이 꽤 깊어진 뒤였습니다. 그는 서양 의학을 그다지 신뢰하지 않았습니다. 동양 의학이 인간의 몸을 제대로 인식하고 있으며 더불어 인류의 건강을 책임질 수 있다는 믿음을 그는 그 무렵, 지니고 있었습니다. 그런 이유로 폐암이 꽤 진행된 걸 초기에 알아채지 못했고 양방 진료를 어느 기간 동안 받지 않았으므로 아픈 증상이 폐암인지를 몰랐습니다. 폐암 말기 가까이에 이르러서야 병마의 위중함을 느꼈고, 병원에서 폐암 진단을 받았습니다.

그를 모르는 이들은 '아우, 낡은 생각을 지녔었군'이라고 할지 모르겠습니다. 그는 결코 그런 인물이 아닙니다. 그는 벗들 사이에서 가장 많은 독서량과 풍부한 교양을 갖춘 사람이었습니다. 20대 초반에 클래식 LP 음반 수백 장을 보유하여 듣고 있었고, 명상요가의 수준이 상당한 경지에 이르러 있었으며, 인류 문화의 한 원천이라고 여긴 라틴 문화를 알아야 한다며 혼자 공부하여 라틴어를 해석해 낼 만큼 되었으니, 그는 지독히 현학적인 인물이기도 했습니다.

벗들 사이에서 오늘에도 널리 읊조려지는 전설적인 고사가 있습니다. 어느 해 여름날, 술 마신 뒤끝에 전주천변 상류에 있는 한벽루라는 누각에서 담소를 나누게 되었습니다. 정담을 나누다, 우연히 그 누각에 걸린 한문 편액을 읽고 해석해 보자는 누군가의 제의가 불쑥 튀어나왔습니다. 당시 친구들의 관계란 '이런 책을 읽었는데 혹은 이런 함성을 내질렀는데 이렇더라, 저렇더라' 하는, 이를테면 주머니는 비었지만 머릿속은 꽉 차 있다는 편집증적 태도를 드러내곤 하던 시기였던지라, 그 제안에 친구들의 눈은 곧바로 한문 편액에 쏠렸습니다. 그 자리에는 국문과에 다니는 친구 또한 몇이 있었는데, 어느 누구도 그 편액을 제대로 읽고 해석해 내질 못했습니다. 그가 "국문과에 다닌다는 놈들이 이러면 안 되지" 하며 질타를 했고, 우리들은 면목이 없어 괜히 그 제안을 한 친구를 째려보기도 하였을 것입니다. 배엽은 6개월여 뒤, 괄목상대의 모습을 친구들에게 보여 주었습니다. 그 편액을 제대로 읽고 해석해 내는 것이었습니다. 덧붙여 『논어』를 한문으로 공부하고 있다, 했습니다. '국문과'에 다니는 친구들로 하여금 부끄러움을 느끼도록 하는 반면교사의 벗이었지요. 벗은 서울대학교 철학과에서 공부하고자 몇 차례 응시했지만, 떨어졌습니다. 결국 대학문을 들고나지 않았습니다.

벗, 배엽을 처음 만난 건 대학 1학년 어느 무렵, 같은 과에 다니는 동기생의 집안 유고로 학과생들이 문상하는 자리에서 우연하게 마주쳤습니다. 배엽은 유고를 겪고 있는 동기생의 고등학교 친구였습니다. 1970년대 중반, 우리들은 박정희 군사독재의 암울한 터널을 지나고 있었으므로 몇 잔의 술이 들어가고 나면 철권의 올가미에 얽매인 세상의 핍진함을 목울 대 치켜세우며 토혈하곤 했습니다. 더불어 광장의 한구석에서 문청 시절 을 통과의례처럼 맞닥뜨리고 있었기에 김수영과 신동엽을 술상에 올려 놓은 채 '타는 목마름으로 민주주의'를 일갈하였던 터, 우리는 곧바로 의 기투합하여 이후 줄곧 만나게 되었습니다.

배엽과 나는 사진에서 보듯 부조화의 외형을 지녔습니다. 벗은 수수 처럼 키가 컸고 나는 보릿대처럼 작습니다. 서로 잘 어울리는 조화의 외형 이 아니었지만, 우리는 일주일에 서너 번을 만났습니다. 그는 당시 대학 입시 삼수를 하고 있었는데 입시가 그를 옭아매지는 않는 듯했습니다. 우리는 늘 술집에서 만나 밤 12시 통금을 지키지 못할 때면 여관에서 외박하곤 했습니다. 지금은 사라진 전주의 충남여관이었지요.

이듬해, 배엽을 처음 만난 계기를 준 동기생 친구가 군 입대를 한 뒤, 배엽과 나는 더욱 자주 만나게 됩니다. 당시 나는 글을 쓰고자 하는 한 편 고등학교 2학년 때부터 교사의 길을 걷고자 하는 생각을 키워 왔는 데, 나는 "글이 잘 써지지 않으니, 교사나 되겠다"고 표현하곤 했었습니 다. 나의 대학 1, 2학년 시절은 문학에도 맹진하지 못했고 교사가 되기 위 한 다짐마저 흔들리는 시기였습니다. 배엽은 그런 나를 아주 호되게 나 무라곤 했습니다. 이것이 안 되니 저것이나 해보겠다고 해서 되는 교사의 자리가 아니라는 통렬한 자각을 내게 건네곤 했습니다. 기회가 닿을 때 마다 끊임없이 일관되게 문학을 이야기했고, 또한 교사로서의 위의를 갖 도록 나를 채근했습니다. 대학 2학년 때부터 4학년 1학기까지 김제평야의 끝 지점에 있는 전북 김제군 금구면 소재의 고등공민학교(60~70년대 경제개발 시기에 정규 중학교를 진학하기 어려운 형편에 놓인 아이들을 위해 세운, 검정고시를 준비하는 학교)에서 아이들을 가르치면서, 교사로서 가져야 할 덕목을 그나마 차곡차곡 쌓을 수 있었습니다.

아무려나, 대학 4학년 봄에 이르러 나는 섬마을 선생이 되겠다며 섬 학교에서 교육 실습을 하게 됩니다. 전북 부안군 위도면 소재의 위도중학교에서였지요. 아이들은 교생이 어떤 존재인지 처음에는 몰랐습니다. 개교 이래 교생이 처음이었답니다.

그런 뒤, 1980년 교사로 발령을 받았습니다. 친구들 가운데 내가 제일 먼저 일터를 갖게 되었습니다. 당시 나는 마치 소금에 절인 푸성귀 모양 풀이 죽은 듯 여겨지는, 태생지는 아니지만 어린 시절부터 살아온 전주가 싫어 전남으로, 남녘으로 가겠다, 했고 섬이 많은 전남에서 섬마을 선생으로 교사의 길을 걷고자 했습니다.

1979년 제3회 대학가요제에서 입상한 김종률 작사·작곡의 〈영랑과 강진〉이라는 노래 또한 남녘으로 내려가고자 하는 생각에 한몫 거들기도 했을 터입니다. 그 무렵 "남으로 남으로 내려가자" 하는 노랫말이 담고 있는 '남(남녘)'은 남해안에 가까운 아랫녘만을 의미하지 않았습니다. 황톳빛 억압의 땅으로 다가왔습니다. 질곡과 유배의 고난을 오롯이 담고 있는 땅, 질박하나 굳건한 삶의 빛으로 상징되는 '황토'로 다가오는 곳이었지요. 그랬습니다. '남(남녘)'은 독재에 맞서는 처절한 대듦의 내적 상징을 함유하는 단어였습니다. 남(녘)이란 곧 황토를 의미했고, 황토는 바로 핏빛으로 여겨졌고, 그 핏빛이란 이미 민주주의를 외치는 함성으로 다가오던 시절이었습니다. 하여, 남녘으로 가자, 거기서 거침없는 사고와 주저하지 않는 행동을 끊임없이 저지르는 거친 자들을 만나자, 하는 생각으로 꽉 차 있었습니다. 우선은 섬마을 선생이 되자, 그 후 남녘 어딘가에서 땅과 더불어 사는 거친 외침을 내지르는 자들을 만나자, 하는 생각이었습니다.

전남의 섬 지역으로 발령이 났습니다. 첫 부임 학교는 섬은 섬이되 육지와 연륙되어 있는 섬의 여자중학교였습니다. 진짜 먼 섬으로 가질 못했습니다. 교육청의 발령을 따라 부임하는 수밖에 도리가 없었습니다. 아무튼, 이때다 싶게, 내륙에 사는 전주의 친구들이 저기 저 마침내 닿고야 말 유토피아로 새김되어 있는 섬, 이어도를 찾으려는 듯, 학교 부근에서 어머니와 함께 사는 내 집에 찾아오기 시작했습니다. 어느 친구는 제주도를 다녀오면서 들르기도 하였고, 어느 녀석은 여자 친구와 같이 와서는 늙은 어머니가 계심에도 다른 방에서 함께 잠자리를 하는 무례를 범하기도 하였습니다. 월급을 받고서도 내가 전주에 가지 않으면 친구들이 뻔질나게 내려왔습니다. 벗, 배엽도 왔습니다. 그때 찍은 사진이 내 서재에 놓인 저기 저 사진입니다.

벗, 배엽은 시인이었습니다. 〈백두산에 안 갑니다〉라는 그의 시는 꽤 널리 읽히는 시이기도 합니다. 휴전선을 거쳐 내 땅을 뚜벅뚜벅 걸어 백두산에 이르지 않으면, 중국 땅을 밟고서는 백두산에 오르지 않겠다는 통일에의 처절한 염원을 담은 시입니다. 그러나 그는 몇 편의 시보다 시국 관련 성명서를 더 많이 썼고, 전북대 앞에 사회과학 서점

'새날'을 연 책방 주인이었습니다. 전주에서 유일하게 오랫동안 버티며 새날을 맞이하고자 하는 숙원의 사회과학 서점이었지요.

그런 그가 세상을 뜨자, 한편으론 나의 삶마저 궁핍해졌습니다. 함께 놀고, 싸우고, 미워하고, 웃고 하던 친구의 죽음은 피맺힌 속울음을 내뱉도록 했습니다. 아픈 벗의 쾌유를 빌며 바친 나의 단편소설 〈오래된 잉태〉가 혹여 반작용한 것일까? 하는 의구심마저 갖도록 하였습니다. 그를 보낸 마음이 참으로 아픕니다. 그는 나의 스승이기도 합니다.

나는 오늘도 서재에 놓인 사진을 보며 벗에게 말을 겁니다.

— 어이쿠, 배엽아! 이 일을 어떻게 해?

벗이라면 어떻게 이 일을 처리했을까? 하고 그의 입장에서 생각하곤 합니다. 그는 내가 글이 써지지 않으니, 교사가 되겠다고 하던 시절, 나를 실타하듯 오늘 있은 어떤 일에 대한 나의 생각과 행동을 두고 말합니다.

— 지금이라도 저렇게 하는 게 옳겠는데.

나의 물음에 대한 벗의 답은 군더더기 없이 명료합니다. 배엽과 나는 세상을 같이 걷고 있습니다.

여전히 동행의 벗입니다.

— 《난, 너의 바람이고 싶어!》(강병철 외, 작은숲, 2016)

이 원고는 《오래된 잉태》(온누리, 2002)의 표제 소설로 재수록 작품임을 밝힌다.

−. 〈이장移葬〉

누님 얼굴이 떠올랐다.
눈물 한 켜가 밥상 위로 뚝 떨어졌다.

−. 〈만행萬行〉

젊은 날, 나는 가톨릭대학 진학을 꿈꿨다. 로만 칼라를 한 사제가 되고자 했다. 그러나 부름을 받지 못했다. 영세 후 견진성사를 받은 3년이 지나야 입교가 가능한 절차 중 이를 지키지 못하고 아내를 만나 결혼에 이르렀으니, 한때의 아주 짧은 바람으로 그쳤다.

지금은 냉담자를 자처한 지 오래되었다. 무엇 때문에 성당에 나가지 않았는지는 뚜렷하게 내세울 어떤 연유가 별반 없다. 굳이 찾자면, 살던 곳에서 좀 더 큰 성당으로 적을 옮기며 작은 교회 안에서 가졌던 훈훈함, 따뜻함을 느끼지 못해서였을 듯하기도 하다. 결혼하여 10여 년을 전남 강진康津에 살면서 사목회 활동도 했었다. 강진성당은 교우들 간의 교류가 활발하고 좋았다. 사제관에서 곧잘 신부님과 교우들이 모여 음식을 나누고 서로를 격려하고 보살피는 관계였다. 그러던 차, 근무지를 옮기게 되고 좀 더 큰 성당에 나가면서부터 아무래도 서먹서먹해졌다. 또한 아내와 함께하는 산행山行이 주는 즐거움에 빠져 주일 미사를 소홀히 한 탓이라 여긴다.

아내와 나는 산속에 드나들며 산사山寺의 고요와 절집의 멋에 스멀스멀 젖어들었다. 특별히 우상이라 여기지 않아 불상 앞에서 간단히 예를 갖추기도 했다. 지금도 절집에 들면 요런조런 꾸밈 없는 단조로움과 색 바랜 단청의 고아함이며 굵고 오래된 나무 기둥에서 느끼는 은은함과 산세山勢를 거스르지 않은 절집의 아름다운 배치를 좋아라, 한다. 아무튼, 그 당시 강진에서 순천順天으로 이주해서 아내가 근무지를 순천으로 옮기기 전까지 1년 동안 자식 셋 중 큰딸 아이와 지내면서 주말부부가 되고서는 거의 미사에 가지 못했다. 주일 미사에 참여하지 않고 빠지기를 반복하면서 어느덧 슬며시 냉담하는 쪽으로 굳어진 듯하다.

산행하면서 지나게 되는 절집을 꼭 들르곤 했다. 절집에 매료되면서 불교 서적을 몇 권 읽기도 했다. 어렵고 요해되지 않는 부분도 없지 않은 세계였으나 그러함에도 나를 거기로 흡입하는 어떤 요소가 쌓여 갔다. 한때 사제가 되고자 했던 마음을 지녔던 경우처럼 잠깐만이라도 출가 아닌 가출

家出에 대한 어떤 열망을 마음 한편으로는 꿈꾸며 지내기도 했다. 그러니까 발심發心은 미약하여 결행할 수 없는 처지였으나 사문沙門인 양 행세하기를 조금은 즐겼던 듯하다. 하여, 이 소설과 동류의 두세 편을 더 쓰기도 하였다.

이제 일에서 놓여나고 어느 산중턱에 토굴을 지어 살고 있다. 퇴직하며 몸 부릴 곳을 찾던 중 복덕방 아저씨에게 물水 가까이 말고 산山 쪽 가까운 집터를 구해 달라고 요망했다. 여기저기를 봤다. 크거나 작거나, 미처 감당할 수 없는 부담의 액수 등등의 이유로 집터를 구하지 못하던 차, 복덕방 아저씨가 보여 준 산중의 터에 그만 홀려 아내와 상의도 하지 않고 덥석 계약하고 말았다. 몇 년 뒤에는 아내와 논의마저 없이 집을 짓기 시작했다. 두고두고 아내한테서 듣는 꾸지람을 자청한 꼴이었지만 아내도 얼마지 않아 좋아하게 되었다.

지금 자리 잡고 있는 이이재耳耳齋다. 섬진강蟾津江가의 마을로부터 약 2km 떨어진 산중턱에 있는 그야말로 산중 사람이 사는 산막이다. 여전히 아파트에 기거하고 있지만 이제는 산막에 들지 않으면 답답해서 견디기 힘들다.

산속에서 노는 게 좋다. 출가한 사람은 아니지만 말 그대로 산중에 사는 사람이 되었다. 외부의 소음이 거의 없다. 이웃에 펜션이 들어서는 바람에 어느 때는 소란이 없지 않으나 낮에는 거의 산속에서 혼자 지내는 편이다. 거기서 밭 일구고, 책 읽고, 글도 가끔 쓴다. 산중에 들면 이런저런 생각에서 벗어난다. 그저 멍 때리며 지내기도 한다. 이제 머리만 깎으면 되겠다는 어느 벗의 농담을 들으며, 헐헐 웃는다.

이 소설은 한때 절집을 들고나던 아련한 마음을 드러낸 편력이기도 하다. 좀 시건방지지만 애착이 간다. 아무려나, 글 쪽의 발심이 일떠서면 산중 이야기를 또 할 수 있을까?